Meditation

over the

Neva River

徐新辉 著

涅瓦河畔的

冥想

暨南大學出版社
JINAN UNIVERSITY PRESS

中国·广州

图书在版编目（CIP）数据

涅瓦河畔的冥想/徐新辉著 . —广州：暨南大学出版社，2019.7
ISBN 978 - 7 - 5668 - 2414 - 1

Ⅰ.①涅…　Ⅱ.①徐…　Ⅲ.①散文集—中国—当代　Ⅳ.①I267

中国版本图书馆 CIP 数据核字（2018）第 130649 号

涅瓦河畔的冥想
NIEWAHEPAN DE MINGXIANG
著　　者：徐新辉
···

出 版 人：徐义雄
责任编辑：潘江曼　王雅琪
责任校对：黄晓佳
责任印制：汤慧君　周一丹

出版发行：暨南大学出版社（510630）
电　　话：总编室（8620）85221601
　　　　　营销部（8620）85225284　85228291　85228292（邮购）
传　　真：（8620）85221583（办公室）　85223774（营销部）
网　　址：http://www.jnupress.com
排　　版：广州良弓广告有限公司
印　　刷：佛山市浩文彩色印刷有限公司
开　　本：850mm×1168mm　1/32
印　　张：7.625
字　　数：200 千
版　　次：2019 年 7 月第 1 版
印　　次：2019 年 7 月第 1 次
定　　价：36.00 元

（暨大版图书如有印装质量问题，请与出版社总编室联系调换）

自　序

在我成长和受教育的那个年代，国家还没有实行改革开放政策，人们的思想保守，生活十分简单。我生长于粤东北的农村，能接触到的外界事物很有限，如此，加深了我对探索外面世界的渴望。

那时，我能接触到的外国文化，也就是苏联的几部电影、十几首歌曲和几位文学家的作品。

那时候，看电影是很奢侈的娱乐活动。在我看过的为数不多的外国电影中，最熟悉的莫过于苏联电影《列宁在十月》和《列宁在1918》了。

我和伙伴们都十分崇拜影片里的革命领袖和人民英雄，对他们的领袖风范和英勇气概佩服得五体投地，竞相模仿他们的经典台词。我们背诵台词，模仿动作，甚至模拟剧情，还总喜欢在大人面前表演一番。虽然动作生硬，发音不准，表现幼稚，但还是乐此不疲，因为这是我们在那时最主要的娱乐活动了。大人们笑了，我们也乐了。

电影对人的影响是深刻而久远的。时隔三十多年，电影里的场景仍不时浮现在我的眼前。观看苏联经典电影的乐趣始于对其长久的渴望，回味延伸至观看电影后很长一段时间，影响延伸至成年之后的为人处事之中。

俄罗斯歌曲也伴随我成长和求学的整个过程。《喀秋莎》的明快节奏和流畅旋律曾让我精神振奋，《莫斯科郊外的晚上》的无限深情和依依惜别曾让我潸然泪下，《山楂树》的绵绵思绪和丝丝柔情曾让我彻夜难眠，《灯光》的清新淳朴和亲切温暖曾让我茶饭不思，《小路》的真挚浪漫和忠贞不渝曾让我心驰神往，《伏尔加船夫曲》的深沉忧郁和铿锵有力曾让我唏嘘不已，《三套车》的缓缓申诉和诗意情绪曾让我思绪万千，《海港之夜》的恬静深情和含蓄亲切也曾令我遐想无边……最忆是《红莓花儿开》，这首歌曲简直就是我挥之不去的"耳虫"，有着令人无法抗拒的魔力。它优美的旋律总在不经意间闪现在我的脑海里，余音绕梁。

这些经典歌曲，为我打开了一扇通往辽阔而神秘国度的小窗，如同一颗颗流星，在我封闭的世界中缓缓划过，留下永不消逝的亮光。

我的灵魂在黑暗中跌跌撞撞地追逐着那丝亮光，在思想的荒原上砥砺前行。我像一个漫无目的的游人，不在乎未知的终点，只在乎沿途的风景。

我对俄罗斯音乐（歌曲）的渴望，谈不上系统的审美追求，只凭感官点点滴滴地去感受一首歌曲的节奏和旋律，只凭直觉零零碎碎地领悟歌词的意境和情怀。我在点点滴滴中开阔视野，在零零碎碎中丰富思想。

在缓缓前行中，我也认识了一批俄罗斯词曲作家和歌唱家：米哈伊尔·伊萨克夫斯基、马特维·勃兰切尔、丽姬娅·鲁斯兰诺娃、米·马杜索夫斯基、瓦·索·谢多伊、谢·鲍捷尔科夫、尼·伊凡诺夫等，他们的生平与作品，以及养育他们的那个神秘而遥远的国度的点点滴滴，慢慢积淀成我对这个国家的憧憬与想象，在我思想的原野上竖立起永久的坐标。

至今，那一篇篇抒情的歌词，一曲曲动人的旋律，一段段美丽的回忆，总能穿越漫漫的时光隧道，跨过茫茫的思想原野，让我重返那段朴实而充满色彩的岁月，追忆那懵懂却不失追求的似水年华。

文学作品是我了解俄罗斯的另一扇窗口。我接触到的第一位俄罗斯文学家是高尔基，他的自传体长篇小说三部曲——《童年》《在人间》和《我的大学》对我影响深远。

小时候，我很羡慕一个小伙伴，他的家里有许多连环画。其中，外国题材的连环画是同伴间的抢手货，为了借阅小伙伴们都想方设法地"取悦"他，争着帮他做家务或抄作业。我也不例外，卖了力气，流了汗水，终于如愿以偿。第一次，我借到了《童年》；第二次，我借到了《在人间》；第三次，我借到了《我的大学》。从此，我认识了高尔基，他的作品，教会了我许许多多做人的道理。

《童年》告诉我，世界上竟然还有人的童年比我的童年更悲惨，至少我有家可归，而高尔基却无家可归。《在人间》告诉我，世界上竟然还有人读书比我更来之不易，至少我能够上学，还可以通过帮小伙伴做家务借到连环画来读，而高尔基则不得不终日做苦力才能勉强糊口。生活再艰苦，也要自食其力；条件再恶劣，也要立志读书。《我的大学》告诉我，世界上的孩子除了像我们一样要上小学、初中和高中，还要上大学。大学是什么？那时我完全不知道。高尔基为什么苦苦追寻上大学之梦，对此我懵懵懂懂。但他让我明白：小孩子长大后，要努力上大学。

通往外界的窗口一旦敞开，无边的风景就会款款而来，层层涌现。透过文学这扇窗，我遇见了高尔基的《海燕》，爱上了普希金的诗——《假如生活欺骗了你》和《青铜骑士》，迷上了奥斯特洛夫斯基的《钢铁是怎样炼成的》……

我和同时代成千上万的青少年一样，都曾在笔记本上整整齐齐地摘抄下《钢铁是怎样炼成的》的主人公保尔·柯察金在家乡烈士墓前的那段震撼人心的独白：

人最宝贵的东西是生命，生命属于人只有一次。一个人的一生应该是这样度过：当他回首往事的时候，他不会因为虚度年华而悔恨，也不会因为碌碌无为而羞耻。这样，在临死的时候，他就能够说："我的整个生命和全部精力，都已经奉献给世界上最壮丽的事业——为人类的解放而斗争。"

这段话成了我的座右铭，我曾反复朗读、背诵。

说来十分有趣，多年以后，借连环画给我的那位小伙伴，成了一名商人，生意做到了俄罗斯的莫斯科；而我，则成了一名学者，访学到了俄罗斯的圣彼得堡。

我无法知道那套高尔基三部曲的连环画对我那位儿时伙伴到俄罗斯做生意有无直接的影响，但我十分清楚，我到俄罗斯访学和这三本连环画有着千丝万缕的联系。在我心灵的深处，那套连环画动人的故事情节、黑白两色的画面、简明扼要的文字，并未因时间的流逝而褪色，反而因我生活经验的累积、人生阅历的丰富和知识视野的开阔而日益清晰。

唯一在印象中变得越来越朦胧，甚至越来越凌乱的，是那个辽阔而神秘的国度。我对俄罗斯的电影、歌曲和文学总是魂牵梦绕，难以忘怀。

　　我对俄罗斯民族和文化总有一种雾里看花、水中望月的感觉。对它的认知，未必真实；对它的感受，未必真切；对它的态度，未必正确。似乎多敞开一扇窗，我的视线就变得更模糊；多揭开一层纱，它的色彩就更添一分斑驳。原来，我自始至终都是一个局外人，对俄罗斯民族的所见所闻难免道听途说，对俄罗斯文化的所思所想也难免隔靴搔痒。

　　多年来，我一直等待着机缘。与其雾里看花，重云赏月，不如身临其境，把俄罗斯看个真真切切。

　　人在成长期的记忆，往往会在长成期转化为动力。2014 年 9 月，我来到俄罗斯圣彼得堡国立理工大学进行为期半年的访学。万事俱备，只欠一双与心灵交融、发现大美的慧眼。

　　我终于有机会边走边看这座曾作为俄罗斯首都、被认为是俄罗斯"通往西方世界一扇窗"的城市，边看边思这座被誉为"世界博物馆之城"的城市，边思边写这座被誉为"北方威尼斯"的城市。在圣彼得堡：

　　　河流是城市的血脉，桥梁是城市的关节；
　　　道路是城市的骨骼，宫殿是城市的符号；
　　　公园是城市的标志，教堂是城市的灵魂；
　　　博物馆是城市的文脉，图书馆是城市的精神；
　　　音乐厅是城市的律动，植物园是城市的标本。

　　圣彼得堡是一座可以用双脚步丈量的城市，是一座可以用眼睛凝视的城市，是一座可以用心智忖度的城市，是一座可以用心灵感触的城市，是一座可以用诗意书写的城市。

诗意书写，是对年少渴望和执着的追忆，是对青春激情和梦想的致敬，是对一段异国他乡如歌过往的美好纪念，是对一个游子丈量城市足迹的深情回望，是对未来千里之志和万里雄心的遥远祝福。

2018 年 10 月于深圳西丽湖

目 录

克龙维尔克斯基河道上的桥梁

圣彼得堡的美，不仅仅在于它的道路和建筑，它的蓝天和白云，更在于它的河流和桥梁。

河流，是一座城市的血脉；桥梁，是一座城市的关节。

桥梁，是人类历史上最古老的建筑之一。在远古，人类以天然石料架起踏步的桥，或以倒塌树木架起涉水的桥，留下了最原始、最美丽的印记。它延伸了生活道路，拓展了生存空间，使天堑变通途；它联结东西，贯通南北，融汇东西文化；它是人类智慧的结晶，是技术和艺术的完美融合。

桥梁和河流的命运息息相关，密不可分。每一座桥梁都守护着一条河流的美丽，每一条河流都仰赖桥梁的守护而变得神圣。

我来到圣彼得堡的第一天，就惊奇地发现，我的身影与河流如影随形，我的足迹便与桥梁紧密相连。

素有"波罗的海明珠"之称的圣彼得堡，河流星罗棋布，桥梁纵横飞渡，被誉为"世界桥梁博物馆"。在这里，一个人如果不是走在桥上，就是走在通往桥梁的路上。据统计，城区内共有342座式各样、功能各异的桥梁。圣彼得堡的河流、桥梁和岛屿数量在俄罗斯城市中均居首位。若把圣彼得堡城郊的桥梁计算在内，其数量超过1 000座。桥梁成了圣彼得堡的象征。

但是，要精确统计圣彼得堡及其城郊的桥梁数量是很困难的，原因有二：一是桥梁属于"活的建筑"，城市桥梁数目是动态的，总有新建、重建和拆毁的桥梁；二是种类繁多，地处位置复杂，有河道桥、道路桥、铁路桥和管道桥等，也有公园、住宅区、海港码头、企业机关、城里城外的桥等。

圣彼得堡的桥梁千姿百态，但相映成趣。

桥梁材质迥然不同，有石桥、木桥、铁桥、砖桥、铝合金桥和钢筋混凝土桥。桥的外观美轮美奂，有梁桥、拱桥、柱桥、斜拉桥、悬索桥、组合体系桥和高架桥。桥的颜色异彩纷呈，有蓝桥、绿桥、白桥、黑桥、红桥、黄桥。桥的名称韵致超绝，有的以国家名称命名，如英国桥、意大利桥、埃及桥、美国桥、德国桥等；有的以桥所在地机构名称命名，如银行桥、剧院桥、宫殿桥、邮政桥等；有的以世界城市命名，如华沙桥、莫斯科桥等；有的以动物命名，如驷马桥、天鹅桥、狮子桥等；有的以历史人物命名，如施密特中尉桥、罗蒙诺索夫桥、亚历山大·涅夫斯基桥、别林斯基桥、科库什金桥、杰米多夫桥、鲍里索夫桥、波德沃伊斯基桥等。

圣彼得堡最有特色的桥梁风景是"开桥"，景致宏阔，蔚为壮观，令人叹为观止。

圣彼得堡的主要运河上共有 22 座开桥。在每年 4—9 月，每天凌晨 2：00—5：00（过往车辆和行人最少的时段），技术人员利用计算机操作庞大、复杂、精致的机械装置，把位于航道上的桥梁部分凌空架起，方便往来于波罗的海和伏尔加—波罗的海水系的船只通行。

在"开桥"时间段内，过往行人和车辆需耐心等待。每一座桥的"开启"和"闭合"时间都十分精确，并且，在保证船只顺利通行的情况下，始终有一座桥处于"闭合"或"可通行"状态，为消防车、救护车、警车等预留一条应急通道。

述说圣彼得堡的桥梁，就让我们从圣彼得堡桥梁建筑史上第一座桥，即连接兔子岛和彼得罗夫岛的伊凡诺夫斯基桥说起吧。

伊凡诺夫斯基桥

兔子岛（Zayachy Island）位于涅瓦河最开阔的河段，是圣彼得堡城市的原点。1703 年 5 月 16 日，圣彼得堡的第一座建筑物——彼得保罗要塞在此奠基。同年，圣彼得堡历史上第一座桥，即伊凡诺夫斯基桥开建，横跨克龙维尔克斯基河道，连接兔子岛和彼得罗夫岛。

克龙维尔克斯基河道（Kronversky Channel）旧时称"克龙维尔克斯基海峡"（Kronversky Straits），呈弯月形，东西走向，长约 1 000 米，宽约 50 米，深约 4 米，与涅瓦河相通，水流方向相同。河之南为兔子岛，河之北为彼得罗夫岛。

河上有两座桥连接兔子岛和彼得罗夫岛：东边是伊凡诺夫斯基桥，西边是克龙维尔克斯基桥（Kronversky Bridge）。

伊凡诺夫斯基桥长约 74.7 米，宽 10.5 米。它原名叫"彼得罗夫斯基桥"（Petrovsky Bridge），直到 1887 年改为现名。

伊凡诺夫斯基桥名字取自彼得保罗要塞的第一个大门"伊凡诺夫门"，同源自伊凡五世（1666—1696）。伊凡五世是彼得大帝（1672—1725）的同父异母哥哥、女皇安娜·伊凡诺夫娜（1693—1740）的父亲。

伊凡诺夫门

在三百多年的漫长岁月中，伊凡诺夫斯基桥历经了雪雨风霜，见证了城市荣辱兴衰，依旧巍然挺立，成为圣彼得堡历史文化和传统精神的象征。

1703 年，彼得大帝下令在兔子岛一片荒无人烟的沼泽地上兴建军事防御要塞。建筑工程需要大量的沙石、木料等，为此人们在此地修建了一座木浮桥，取名"彼得罗夫斯基桥"，承担运输建筑材料的重任。

1705 年，圣彼得堡史上第一张城市地图上，赫然出现了该桥的名字。1706 年，随着兔子岛防御工程的扩大和城市建设的发展，浮桥被拆除，取而代之的是一座多孔的活动木桥。

水道两旁立起圆木桩柱，桩柱上安装开合枢轴和铁链、绞车、杠杆等卷扬装置以供按需升降木桥，方便桥上行人车马、桥下过往船只的通行。

圣彼得堡的先辈们在这狭小的水道上，不仅建造了圣彼得堡历史上第一座桥，而且创造了第一座开桥。1738 年，人们拆除木桥，建造了一座 16 孔桥。其中，水道两岸用石灰、石块建造了拱形桥孔，左岸（兔子岛一侧）有 5 孔，右侧（彼得罗夫岛一侧）有 3 孔。水道上方有 8 孔，仍然保留着开合装置。

三百多年来，尽管伊凡诺夫斯基桥经过多次翻修和重建，但都保留了两岸的石灰石拱形桥孔。

伊凡诺夫斯基桥在 19 世纪和 20 世纪各经历了两次大规模维修。1951—1952 年，水道上方的 8 孔木梁被换成了钢梁，桥上木栏杆被换成了铁栏杆，并装上了古色古香的路灯。

1953 年，伊凡诺夫斯基桥焕然一新，以靓丽之态迎接圣彼得堡建城 250 周年纪念盛典。

2001 年 11 月，圣彼得堡市政府为了在 2003 年隆重纪念圣彼得堡建城 300 周年，决定重修大桥。这次重修主要对大桥的钢架部分进行了翻新维护，木架部分采用当时最新的防腐技术，桥梁两端拱形桥孔的毛石墙用优质石灰石贴饰。

靠近彼得罗夫岛一侧桥头，两边各建一座古埃及胜利方尖碑。

古埃及人观察到太阳周而复始的东升西沉和尼罗河一年四季的潮起潮落，形成了对太阳的顶礼膜拜，也形成了对空间的感悟和认识，意识到天地运行、前后时间和上下空间方位的存在，逐步形成了垂直和平面空间完美融合的建筑模式。古埃及方尖碑，是古埃及人对方位和空间进行文化阐释的代表性建筑物，反映了古埃及人对空间追问和探索的渴望。

其实，世界各民族的先人对探索空间本质和追问方位意义都有着强烈兴趣。

中国古人对空间探究同样有着强烈的冲动。夸父逐日和嫦娥奔月等神话故事，以及汉武大帝筑造"通天台"以期"上通天宫"的实际行动，反映了中国古人探索升天和飞天的强烈愿望。

根据《圣经》记载，先人为了上达天堂而建造"通天塔"（又称"巴别塔"），雅各在伯特利梦见"天梯"，就竖立起巨大石柱建造神殿，以期通向未知领域，同样反映了先民对空间探索的愿望和兴趣。

俄罗斯人借鉴古埃及人的方尖碑，具有历史、宗教、政治和军事意义。在伊凡诺夫斯基桥上的方尖碑，更多地反映俄罗斯对古埃及文化的借鉴，但从本源上说，方尖碑反映出中西方不同文化对时空本质的追求和对建筑范式的抉择。

伊凡诺夫斯基桥上的胜利方尖碑，碑身正反面都雕刻有图案，碑顶是一顶古代俄罗斯勇士帽。帽子上是一支直指长空的利箭，箭杆垂吊着灯座，典雅优美。

路灯和栏杆造型优美，隐含着丰富的古典几何原理，圆形韵致、弧形直观、三角形条理，相互映衬，相得益彰。路灯高约2.5米，基座和栏杆同高，灯座支架由长枪和梭镖呈镂空式捆扎而成，正中有利剑和船桨交叉支托的圆形图案，支架顶上有一个圆环，圆环上立着俄罗斯双头鹰标志，与彼得保罗要塞的彼得大门相映成趣。

在圆环和灯柱顶之间，一支利箭伸出与灯柱垂直，作为横杆支架悬挂灯具。这支利箭，箭头鎏金，直指长空。

灯座最上端是一座双头鹰雕塑：双头鹰一头远眺西方，另一头雄视东方，象征着俄罗斯是一个横跨欧亚大陆、融合东西方文明的国家。

金属栏杆设计华美精致，呈椭圆形，错落有致，依次排列，有规律地延展开来，沿着克隆威尔克斯基河岸一直延伸到卡缅内岛大街（Kammennoostrovsky Prospect）。

一座桥梁的美，连同它浓缩的历史和它所在的城市精神，通过它流畅的线条、本真的色彩、简洁的造型和稳健的结构，应和着历史的节奏和时代的韵律，向四面八方扩散和辐射。

圣彼得堡的黄昏，夕阳如火；涅瓦河波光粼粼，气象万千；克龙维尔克斯基运河波澜不惊，浮光跃金。

伊凡诺夫斯基桥尽情沐浴在无边无际的缤纷色彩中，现实的和梦幻的，历时的和共时的，看得见的和看不见的，已知的和未知的，都纷纷聚拢而来，碰击、磨合、结晶，自始至终的多重性无孔不入地渗透到圣彼得堡的每一个角落，若隐若现的深度融合循环往复地转换于历史幻境、当下现实和未来期盼之中。

在伊凡诺夫斯基桥下，靠近兔子岛一侧，立有由七根木桩捆扎而成的一座木墩。其中一根木桩上刻有圣彼得堡三百多年来历次遭遇特大洪水最高水位的标志，还有一根木桩高出其他木桩半米左右，顶部有一尊高58厘米的兔子雕像，形象逼真，憨态可掬。

在涅瓦河的金波上，在蔚蓝的天空下，在芬兰湾的微风中，小兔子前腿并置于胸前，后腿盘曲，半蹲半坐于木桩上。它双耳警觉地竖起，视听八达之外，两眼睁得溜圆朝远方凝望，鼻头微微拱起，嗅闻着波罗的海海风的味道，日夜守望着涅瓦河和伊凡诺夫斯基桥。

这尊兔子雕像，是著名雕塑家弗拉基米尔·彼得罗维切夫（Vladimir Petrovichev）专门为庆祝2003年伊凡诺夫斯基桥重建完工和圣彼得堡建城300周年而作。

兔子是俄罗斯民族文化中一个意蕴深厚的文化符号，承载着俄罗斯人许多的美好记忆和神奇传说。

传说1703年的一天，彼得大帝在电闪雷鸣、风雨交加之中乘坐自己亲手建造的木船，横渡克龙维尔克斯基海峡。当他踏上这片荒无人烟的沼泽地时，一只兔子为逃避洪水，惊慌失措地闯入彼得大帝的皮靴。

兔子是幸运和美好的征兆，彼得大帝十分高兴，认为天降祥瑞，就将这个被瑞典人称为"欢乐岛"、被俄罗斯人称为"恶魔岛"的弹丸小岛，命名为"兔子岛"。

就这样，兔子作为俄罗斯文化中幸运、美好、祥瑞的象征，与蔚蓝清澈的涅瓦河、典雅优美的伊凡诺夫斯基桥、风情万种的圣彼得堡一起，世世代代镌刻在俄罗斯人的心中。

天鹅运河上的桥梁

在圣彼得堡，有着纵横交错的河流和四通八达的河岸。清澈的河水汩汩流淌，欢快的浪花追逐嬉戏，拍岸的波涛自由欢唱，倒映的秋叶摇曳起舞，洁白的浮云悠然飘荡……

人在岸边行走，任凭清澈河水引领，任凭时间洪流牵引，任凭微风漩涡挟持。河流本身，没有灯光装饰，却能如明灯闪烁；没有里程路标，却能引领着人们走向梦想遨游的远方。

圣彼得堡河流之美，唯有与它同行，与它同在，才能够感受它的美。

天鹅运河（The Swan Canal），一条值得细细品味、慢慢鉴赏的河流。天鹅运河上的桥梁是富有诗意与神韵的桥梁。

天鹅运河北连涅瓦河，由北向南沿着夏日花园（Summer Garden）西侧和战神广场（The Fields of Mars）东侧，注入莫伊卡河。天鹅运河全长 648 米，是夏日花园和战神广场的分界河。

我第一次阅读到圣彼得堡夏日花园时，便想起世界经典八大奇观之一的古巴比伦国王尼布甲尼撒宫殿：在波澜壮阔的幼发拉底河畔，伊斯塔门巍峨耸立，凯旋大道宽阔笔直，金碧辉煌，空中花园在阳光下栩栩生辉，通天塔直插云霄。

夏日花园位于涅瓦河南畔，是一个四面环水的小岛：北濒涅瓦河，南接莫伊卡河，和米哈伊洛夫斯基城堡相望，东临丰坦卡河，西隔天鹅运河与战神广场遥相呼应。

夏日花园是圣彼得堡第一座花园。彼得大帝喜欢法国园林，梦想拥有一座比法国皇帝更宏伟的花园。1704 年，彼得大帝在他的私人医生、荷兰园林设计师、俄罗斯医院和医学院创始人尼古拉斯·比德鲁（Nicolaas Bidloo，1672—1735）的协助下，亲自设计了这座具有浓郁法国风味的园林式花园：布局对称，小径通幽，绿草如茵，灌木齐整，榆树林立，橡树参天，被誉为"北方之都的凡尔赛"。

夏日花园也是俄罗斯第一座铺设喷泉的园林。为了让夏日花园充满灵动和情趣，彼得大帝仿照法国凡尔赛宫花园，在园内构筑一个庞大的喷泉系统。

他们从英国购得一套精密的喷泉动力装置。园内地下管道系统纵横交错，四通八达。园内共有 32 座大理石喷泉，其造型多姿多彩，形态妙趣环生，主题均取材于古希腊民间故事《伊索寓言》。喷泉源自花园东侧的运河，该运河因此而得名"喷泉运河"，即"丰坦卡运河"。

夏日花园也是俄罗斯第一座雕塑园林。彼得大帝喜欢欧洲艺术，在花园内安置有出自意大利著名雕塑家之手的雕塑作品。当时，俄罗斯驻外使臣也迎合彼得大帝趣味，从欧洲各地购得不少名家名作。根据 1736 年的统计资料，在短短的 20 年时间里，夏日花园内就竖立着 200 座雕塑。后来，园内最多时达 250 多座雕塑。

1777 年，圣彼得堡遭受一次罕见的洪水。夏日花园一片狼藉：花草黯然失色，树木连根拔起，喷泉失去风采。女皇凯萨琳亲自主持了夏日花园的重塑工程，使园林恢复了原有的风采。

树木可以栽种，花草可以培植，喷泉也可以重建，唯有艺术作品不可重复。那些价值连城的雕塑作品，横七竖八，碎落满地，损失惨重。

那些躲过洪水浩劫的雕塑，在经历过多次洪水的考验、严冬雪雨风霜的洗练和战争期间炮火的轰炸，目前仅剩 89 座完整的雕塑。这些珍贵的雕塑作品，有的珍藏于米哈伊洛斯基城堡，有的仍然安置于夏日花园里，供来自世界各地的游客观赏，也为艺术爱好者提供了临摹范本。

如今，夏日花园这89件雕塑作品，每一件都精彩绝伦、巧夺天工。归结起来，这些雕塑作品可分为三个主题：寓言故事、神话人物和历史人物。

寓言故事人物雕塑有真理（Truth）、美丽（Beauty）、信仰（Faith）、高贵（Nobility）、荣耀（Glory）、胜利（Victory）女神等。

神话人物雕塑有主宰一天不同时段的黎明（Dawn）、曙光（Aurora）、正午（Noon）和落日（Sunset）女神等。

历史人物往往和寓言、神话故事融合得天衣无缝，相得益彰，如夏季宫殿（Summer Palace）南面竖立着"和平与丰饶女神"塑像，是意大利巴洛克时期著名的雕塑家皮埃特罗·巴拉塔（Pietro Baratta，1659—1729）于1722年创作的经典作品，庆祝俄罗斯和瑞典两国于1721年9月10日签署的尼斯塔德和约的顺利签署和俄罗斯在北方战争中完胜瑞典这一历史时刻。

随着北方战争的胜利结束，俄罗斯取得了波罗的海完全控制权，向海军强国之梦又迈出了坚实的一步。

在夏日花园的东北角，有一栋两层楼的建筑，这就是彼得大帝的"夏季宫殿"。顾名思义，这里只是彼得大帝和家人度夏的临时居所。宫殿出自当时杰出的建筑师特雷兹尼之手，与不远处的富丽堂皇的冬宫相比，夏季宫殿显得格外简朴。

如今，夏季宫殿改为博物馆。宫殿内，陈设着19世纪早期的家具和彼得大帝的个人藏品，反映出彼得大帝的个人爱好和审美情趣，特别是精雕细琢的檐壁上，装饰着29件精挑细选的浮雕作品，栩栩如生地再现了古希腊罗马神话故事和俄罗斯在北方战争中大获全胜的战争场景，从某个角度真实地反映出彼得大帝的强军富国梦想。

夏日花园也承载着俄罗斯民族文学之梦。普希金的诗体小说

《尤金·奥涅金》的背景是圣彼得堡和莫斯科。在圣彼得堡，主人公塔姬雅娜（Tatyana）就曾在夏日花园里散步。1878 年，柴可夫斯基以《尤金·奥涅金》为基础，创作了同名三幕歌剧，有些布景就融入了夏日花园和运河的元素。

夏日花园里，最有文学纪念价值的要数在茶室前不远处的伊凡·克雷洛夫（Ivan Krylov，1769—1844）雕塑了。克雷洛夫优雅地坐着，捧着一本书，正聚精会神地阅读着……

一个爱阅读的人，令人敬仰；一个仰望爱阅读的人，令人敬仰；一个不爱阅读的人，也要做一个敬仰阅读者、尊重仰望阅读者的人。

一个爱阅读的民族，令人尊重；一个关怀阅读者的民族，令人仰慕。一个不爱阅读的民族，必定没有民族叙事，注定没有民族书写，必将没有民族未来。

无数人在克雷洛夫读书雕塑前默默地仰望着，沉思者……

克雷洛夫是俄罗斯著名的寓言家，被誉为"俄罗斯的拉封丹"。他的寓言作品在世界上广受欢迎，如《橡树和芦苇》《蜻蜓和蚂蚁》《乌鸦和狐狸》《狐狸和葡萄》《狮子和蚊子》《狮子和老鼠》等，都是家喻户晓的故事。普希金称赞克雷洛夫为俄罗斯"最有人民性的诗人"。

在夏日花园的南端，有一个清澈见底的池塘。小小的池塘，宛若一个晶莹剔透的明珠，镶嵌在古木参天、绿树掩映的花园里，为这里增添了无穷的诗情画意。

小小的池塘，历史上曾经辉煌一时，尊贵无比。1839 年，由瑞典国王查尔斯十四赠送给沙皇的一个花瓶，就立于繁花簇拥的池塘岸边。小小的池塘和尊贵的国礼，共同见证了俄罗斯和瑞典两国关系的历史瞬间。

小小的池塘，如今依旧光彩夺目，优雅无比。有好几对雍容华美的白天鹅，每年夏天都如约来到池塘，相伴相随，演绎着一首首浪漫如歌的爱情故事。小小的池塘和优雅的天鹅，共同见证了夏日花园的娴静和浪漫。小小的池塘，由此拥有了优雅、浪漫的名字——天鹅湖，并由此赋予夏日花园西侧运河以柔媚纯洁的名字——天鹅运河。天鹅运河上共有两座桥：上天鹅桥（Upper Swan Bridge）和下天鹅桥（Lower Swan Bridge）。

上天鹅桥

上天鹅桥位于涅瓦河南岸，坐落于涅瓦河和天鹅运河的交汇处，长 14.9 米，宽 12.5 米，是圣彼得堡较早修建的桥梁之一。

1768 年，涅瓦河夏日花园路段进行河堤加固，铺设了花岗岩堤面和挡浪墙，在原有的木桥的位置上重新修建了一座单孔石拱桥，桥身呈抛物线状，被当地人趣称为"驼背桥"。

它实际上是一座"驼峰式石桥"。桥梁基座、挡浪墙、桥身、护栏都以花岗岩石板装贴，桥面护栏和涅瓦河堤面护栏连成一体。当时，桥面四角各安装一盏煤油汽灯，为行人、马车提供照明。其后，上天鹅桥经历了多次维修，但基本保持原貌。

2003 年 5 月 15 日，随着天鹅运河综合治理工程的竣工，上天鹅桥以崭新的姿态，迎接圣彼得堡建城 300 周年盛大庆典。

据说，如果把上天鹅桥置于一个巨大的坐标系中，抛物线的顶点，即拱桥的顶点，与抛物线和 X 轴上的两个交点，形成两个面积相等的直角三角形，从而呈现出"最美抛物线"。

上天鹅桥美丽优雅，自然流畅。它的倒影映照在波光粼粼的涅瓦河上，虚实相衬，刚柔相济，曲直辉映，形成一幅如歌似诗、让人陶醉的水墨风景画。诚如圣彼得堡土生土长的历史学家库夫施泰因写的一首四行诗：

> 天鹅桥，你的身躯无法与
> 五孔巨龙相提并论，平起平坐，
> 你娇小谦卑，你还胆小如鼠，
> 却像一只灵猫，匍匐而行。

在上天鹅桥的不远处，靠近夏日花园一侧，有一个观景台。观景台的入口处建有四座花坛用以分隔行人。人站在观景台上，面向运河，手扶栏杆，美丽景色尽收眼底。

运河对岸绿草如茵，树木参天，不远处是车水马龙的花园大街和繁花似锦的战神广场。右边是享有"最美抛物线"之称的上天鹅桥和风光旖旎的涅瓦河，左边是清秀疏朗的下天鹅桥和饱经风霜的米哈伊洛夫城堡（Mikhailovsky Castle）。

天鹅运河清澈见底，寂静安宁。远处薄雾缭绕，生机盎然，轻歌曼舞，传来优美动听的旋律。

双钢琴联奏出的一连串波浪式琶音，随风飘过柔波激滟的水面。大提琴在如歌的小行板上奏出柔润、温婉、舒展的旋律，引来端庄、高雅、纯洁的天鹅，它们静静地浮游在碧浪清波上，漾起层层涟漪。

法国作曲家夏尔·卡米尔·圣桑的管弦乐组曲《动物狂欢节》中的《天鹅》，把人们赏桥戏水之心，引入一种柔美、纯净、崇高的美好境界。

下天鹅桥

下天鹅桥位于天鹅运河和莫伊卡河的交汇处，长 19.55 米，宽 19.85 米，宽度超过长度 30 厘米。

一般而言，桥梁的长度大于宽度，但在圣彼得堡，宽度超过长度的桥梁却有不少，如莫伊卡河上的蓝桥，长 41 米，宽 97.3 米，是世界上最宽的一座桥。

再如格里博耶多夫运河上的喀山桥，长 18.8 米，宽 95.5 米，宽度和长度之差是 76.7 米，是圣彼得堡宽度超过长度最多的桥。

再如冬天运河上的隐庐桥，长 12.2 米，宽 15.3 米，是圣彼得堡桥梁建筑史上第一座宽度超过长度的石桥。

令人称奇的是，下天鹅桥是圣彼得堡所有桥梁中宽度超过长度而二者之差最小的一座。

最初，在两河的交汇处，人们搭建了一座简易的人行木桥。1835 年 7 月，米哈伊洛夫城堡周边的改造工程将木桥改建纳入了统一规划中。

桥梁改建历时半年，两端石桩桥基支起单孔石拱桥，桥基和桥身装贴花岗岩石片，桥面用花岗岩石板铺设。

自施工之日起，桥梁工程一波三折，事故频发。

完工时，工人刚拆除脚手架，就发现桥身砖块因受力不均而碎裂松脱。随后几年里，小修小补接二连三。只可惜，零敲碎打根本无济于事。在风霜雪雨中，下天鹅桥屡受挫折，命途多舛。

1842 年，桥身多处出现裂缝，最长裂缝竟达 22 厘米。更糟糕的是，桥基和拱顶石也出现了裂缝。

加固维护不见预期成效。1846 年，砖隙间的石灰粉化，砖块松脱，拱顶变形，桥身似要摇摇欲坠。1847 年，人们拆除了旧桥，重建新桥。

19 世纪末，下天鹅桥终因拱顶重现裂隙，桥身下沉。桥身下方石料不时松脱，掉入水中。20 世纪初，下天鹅桥像一头拉着破车的老牛，气喘吁吁，步履维艰，走过了俄国二月革命的风雨飘摇和十月革命的血雨腥风，见证了罗曼诺夫王朝的轰然倒塌和苏维埃政权的呱呱坠地。

1924 年，下天鹅桥终因年久失修，不得不禁止通行。

1925 年，由工程师瓦西列夫（Vasiliev）和萨拉列夫（Salarev）率领维修团队，放弃了砖石拱形结构，改用钢筋水泥半圆结构，桥身侧面仍用花岗岩贴片，用沥青铺平桥面，桥基和栏杆样貌基本未改。整座新桥保持旧桥的外貌和风格。

2001 年，下天鹅桥再次关闭，进行大规模维修。维修后的下天鹅桥栏杆花朵图案栩栩如生、灵气十足。束棒形栏杆端柱典雅端庄、古色古香。桥面则改用花岗岩石板铺设。

2002 年 5 月 24 日，圣彼得堡市长弗拉基米尔·雅科夫列夫（Vladimir A. Yakovlev）出席了下天鹅桥重新开放通行的剪彩仪式。在历史的浩瀚星空下，下天鹅桥获得了新生，次年见证了庆祝圣彼得堡建城 300 周年的历史性时刻。

冬天运河上的桥梁

冬天运河位于冬宫附近，北源自大涅瓦河，南流入莫伊卡河。冬天运河全长228米，宽20米，是圣彼得堡最短的运河之一。

冬天运河两岸是两个小岛。它的东岸是"第一海军部岛"（The First Admiralty Island），岛上建有埃尔米塔日剧场和彼得大帝冬季宫殿。它的西岸是"第二海军部岛"（The Second Admiralty Island），是俄罗斯冬宫的所在地。

"冬天运河"这个名字几经更换，颇有意趣：最初，由于靠近冬宫，名叫"旧宫殿运河"（Old Palace Canal），后来称"冬季宫殿运河"（Winter Palace Canal）；1828年，官方正式称之为"冬天运河"（Winter Canal），俄语发音是"Zimnaya Kanavka"，并沿用至今。

但是，当地老百姓更乐意称之为"冬天水渠"（Winter Ditch）或"冬天水槽"（Winter Groove）。这两个名字，更接地气，也更真实反映了这条水道的历史原貌。

冬天运河上共有三座桥：隐庐桥（Hermitage Bridge）、第一奇姆尼桥（The First Zimny Bridge）和第二奇姆尼桥（The Second Zimny Bridge）。

隐庐桥

隐庐桥位于宫廷滨河路的涅瓦河和冬天运河的交汇处，长12.2米，宽15.2米。桥面两旁是人行道，中央是机动车双车道。

1718—1720年，此处建有一座很窄的三孔开合式木吊桥。吊桥中间装有杠杆、起重机械和齿轮传动构件等开合装置。

1763—1766年，涅瓦河沿岸进行大规模改造时，因铺设花岗岩堤岸，拆除木桥，建造了一座椭圆形单孔石桥。这是圣彼得堡的第一座石桥。

冬天运河和隐庐桥

新桥的桥身装贴花岗岩石片，两旁还有花岗岩栏杆。1933 年，技术监察发现桥基受损严重，石块间隙增大，桥身变形，存在坍塌的可能性。1934 年，工程师萨珀斯坦（A. D. Saperstein）和建筑师德米特里耶夫（K. M. Dmitriev）受命重新设计桥梁，将石桥改建成单孔拱形钢筋混凝土桥。新建的隐庐桥比原来的拱形石桥矮了 0.5 米，并向涅瓦河方向拓宽了 1.44 米。

隐庐桥历史悠久，富有文化意义，为历代艺术家提供了源源不断的创作灵感。

普希金著名短篇小说《黑桃皇后》的创作背景便是圣彼得堡，隐庐桥和冬天运河更是推动故事情节发展的重要场景。

故事讲的是出身寒门的青年近卫士官格尔曼爱上贵族小姐丽莎，但等级制度和门第观念让有情人难成眷属。格尔曼梦想发财致富，跻身贵族，以便和丽莎小姐门当户对，喜结良缘。他偶然发现丽莎的祖母——伯爵夫人有赌场制胜的法宝，即知道三张王牌，于是格尔曼潜入伯爵夫人的卧室，用枪威逼伯爵夫人说出赌博制胜的秘诀。伯爵夫人却因惊吓过度而心脏病发，突然死亡。

丽莎小姐得知祖母死讯，深信格尔曼并非故意杀死伯爵夫人。最终，她感受到爱情理想破灭，伤心至极，来到冬天运河堤岸，走上隐庐桥，纵身跳入冰冷的运河，自杀身亡。

桥梁最初的功用是延伸道路，使人从此岸渡到彼岸。丽莎的人生，赋予爱太繁重的负担，与情有太沉重的纠缠。她有太多爱的痴迷，也有太多情的不悟。因此，她无法通过人生这座桥，到达生命的彼岸；只有通过死亡，她才获得生活的解脱。

某夜，伯爵夫人的幽灵托梦给格尔曼，说出了赌博秘诀："三、七、A。"格尔曼即赴赌场，先后押"三""七"获胜。而第三局，他孤注一掷，押注"A"，底牌却是黑桃皇后。格尔曼悔恨不已，绝望至极，自杀身亡。

俄国作曲家柴可夫斯基和弟弟莫德斯特根据普希金的《黑桃女王》创作了三幕歌剧《黑桃皇后》（The Queen of Spades），由柴可夫斯基谱曲，1891年2月19日在圣彼得堡马林斯基剧院首次公演，大获成功。

歌剧的第三幕第二场，近景是冬天运河堤岸的隐庐桥旁；远景是兔子岛上的彼得保罗要塞。

严寒的冬夜，白雪茫茫，寒风凛冽，丽莎小姐穿着黑色衣服，行走在冬天运河堤岸上。她悲伤地唱着咏叹调《啊，我疲惫不堪》，感人至深，催人泪下。

她的唱词："日夜思念的只有他一人，快乐已过去，你在何方？"是该咏叹调千锤百炼的名句，感情色彩浓厚，风格沉郁温婉。

咏叹调荡气回肠、余音袅袅之时，格尔曼来到了冬天运河堤岸，站在丽莎面前。丽莎陷入他的怀中。

此时，两人对唱，精彩绝伦。丽莎的情深意切，格尔曼的贪婪无情，让人唏嘘不已，感慨万千：

丽莎："忘掉过去的一切，我只爱你一个人！"

格尔曼："我们一块儿逃亡吧！"

丽莎："你想逃到哪里去呢？只要和你在一起，即使是天涯海角，我也与你同行。"

格尔曼："到何处去？当然是赌场！"

两人貌合神离，丽莎无法再涉足爱河，无法渡过家庭、社会这两大河流。生命中的激情之流始终被压抑在坚固的涅瓦河堤岸之内，无法像脱缰之马那样在广阔的原野上尽情驰骋。

她唯有在现实真正的河流中沉入河底，结束自己鲜活的生命。她的生命之花还未绽放，就过早地凋谢了。

大千世界，芸芸众生，不少人都品尝过多情的蜜汁和遭受过无情的伤害。

"苏门四学子"之一黄庭坚，盛赞"坡翁胸有万卷，笔无点尘"，意指苏东坡诗笔不关"英雄气短和儿女情长"。此话值得商榷。

其实，北宋书生意气，英雄气嫌短，儿女情最长。苏东坡《蝶恋花》中"多情却被无情恼"的千古一叹，穷尽了人类爱情的丰富性和可能性，抵达了多情和无情的广度和深度的极限。

丽莎的多情遭遇了盖尔曼的无情。无情若无其事，多情泪眼涟涟。面对恋人的无情，丽莎欲哭无泪，痛不欲生，选择了一条不归路。

而中国古代女子，面对情郎的无情，自有智慧和聪明，做出了迥然不同的选择：忍耐，思念、等待。

她们始终相信：只要生命得于延续，爱情种子得于存留，无情的情郎纵然"轻离别，抛人容易去"，远走高飞，浪迹天涯，但总有一天会回心转意，浪子回头，叶落归根，重归爱巢。

北宋词人晏殊的力作——《玉楼春·绿杨芳草长亭路》，许多人爱听、爱唱、爱朗诵，姑录全词如下：

绿杨芳草长亭路，年少抛人容易去。

楼头残梦五更钟，花底离愁三月雨。

无情不似多情苦，一寸还成千万缕。

天涯地角有穷时，只有相思无尽处。

晚唐女诗人鱼玄机，享有"色倾国，思入神"的美誉，爱上来京城赶考、后得状元郎李亿。郎才女貌，朝朝暮暮，卿卿我我，共沐爱河。

李亿的原配裴氏，出身名门望族，得知丈夫纳妾，急忙从鄂州（今武汉）赶往京城，看到鱼玄机光艳四射，不禁大吃一惊，惊呼：国色天香在民间，沉鱼落雁属草根！

裴氏是有名的悍妇，卧榻之侧岂容他人鼾睡！她狮吼一声，无情地扼杀了鱼玄机的真情。李亿一纸休书，扔到鱼玄机脸上。

鱼玄机不甘，却无奈。伤痛之余，她心头一横，急起直追，直追到李家府前。

重门高墙，鱼玄机不得而入。她索性花裙高提，绕着高墙徘徊，不论烈日炎炎，还是暴风骤雨，不论皓月当空，还是星光黯淡。她徘徊，她呼喊，直至筋疲力尽，声嘶力竭。然而，高墙重重，重门紧闭。

无奈，她唯有将满腔的情天恨海诉诸笔端：

自叹多情是足愁，况当风月满庭秋。
洞房偏与更声近，夜夜灯前欲白头。

《秋怨》是鱼玄机的力作。人叹秋月更声近，秋庭洞房灯影斜。洞房变成空房，甜言蜜语化作揪人心弦的更声，白头人的眼泪，枯竭了："梧桐树，三更雨，一声声，空阶滴到明。"鱼玄机的愁思悲绪，用温庭筠的名句来作注，最为贴切。

鱼玄机从未放缓追寻的脚步，鄂州、江陵（今荆州）、长安、太原等地都留下她万里寻君的足迹。每一脚印，都印记着爱的疼痛和情的思念，也交织在一行行情真意切的诗句里。

面对那份被无奈交织着的无情，鱼玄机从不放弃追寻真爱。她踏遍青山，跋山涉水，一追再追。

哪怕山长水远，哪怕天涯海角，她从不计较一时一地的扑空和失望，只在乎一时一地的拥有和希望！不在乎天长地久的相拥和厮守！

她终于追上了。她来不及嗔怪情郎，也顾不上伤心流泪，只愿珍惜当下相拥的时时刻刻，只愿拥抱眼前真爱的分分秒秒。

鱼玄机和丽莎对爱的态度有着天壤之别。

鱼玄机只顾爱，爱得无怨无悔，爱得山崩地裂。她永远不离不弃。

丽莎只顾爱，却爱得怨天尤人，爱得追悔莫及。她选择了放弃，放弃了爱人，放弃了生命，放弃了整个世界。

鱼玄机比丽莎爱得直率、真切、大胆、热烈且潇洒。她认为，既然无法忘却，不如刻骨铭心。"忆君心似西江水，日夜东流无歇时。"

她用心底的真情，点燃另一颗真情的心，点燃了爱情的希望，用真情的高度和深度，丰富了真情的向度和维度，也同时遮蔽了无情的浅薄和寡义的庸俗。

小说、歌剧和诗词，形式不同，主题各异，意境有别，但辩证色彩同样浓厚，哲理光芒同样四射：在人类所有感情中，多情最苦。

晏殊笔下的年少轻情有其痛苦，普希金笔下的贪婪无情有其悲痛，柴可夫斯基剧中的疯狂绝情有其折磨，但远远不及多情的心灵痛苦和精神折磨。

那份缠绵悱恻，那份情真意切，那份痴迷执着，那份愁闷情思，那份凄寒孤苦，怎个无情堪比！怎个绝情了得！

第一奇姆尼桥

第一奇姆尼桥位于冬天运河中段，连接百万富翁大街和冬宫广场，长 15.6 米，宽 21.2 米。它是一座单孔石拱桥。

1718—1720 年，此处首建一座可升降木桥。因岁月侵蚀，木桥朽坏，因此人们在原址修建了一座三孔木梁桥。当时，因附近住着许多德国人，该桥取名"德国桥"。

18 世纪 80 年代，皇室建造大理石宫殿，工程要求填平战神广场西侧的一条运河，并拆除该运河上的一座石桥。石桥拆除后，工程人员在今天的第一奇姆尼桥位置上，充分利用石桥旧料，修建了一座"驼背式"单孔花岗岩石拱桥。它因连接百万富翁大街而得名"百万富翁桥"（Millionaire Bridge）。

今天，第一奇姆尼桥基本保持了"百万富翁桥"的原貌，桥基、桩帽、引桥和桥面部分的材料均为毛石，而栏杆和桥身则以打磨花岗岩石块装贴。

第二奇姆尼桥

第二奇姆尼桥位于冬天运河和莫伊卡河交汇处，冬天运河在此流入莫伊卡河。该桥全长 20.5 米，宽 10 米。

1933 年，此处搭建了一座简易浮桥，方便行人出入冬宫广场。后来，浮桥改为木桥。

1964 年，人们拆除原木桥，修建了一座钢筋混凝土桥，桥身和栏杆用花岗岩石块装贴，建筑风格与冬天运河沿岸和莫伊卡河沿岸桥梁及附近建筑物保持一致。

冬天运河上的桥梁，均为拱形桥。在隐庐桥和第一奇姆尼桥之间，靠近隐庐桥的地方，还有一座宏伟的拱形建筑，名叫"埃尔米塔日拱门"（Hermitage Arch），横跨旧埃尔米塔日（The Old Hermitage）、埃尔米塔日剧院（The Hermitage Theatre）和彼得大帝冬宫。

埃尔米塔日拱门上方是宽敞的走廊，在拱门刚落成时，有人预言不出半年拱门必坍塌。一时间，圣彼得堡谣言四起，人心惶惶。皇家不得不在拱门走廊上举办一次又一次盛大的宴会和舞会，平息谣言，安抚人心。

观赏冬天运河上的拱桥和拱门，有几处绝佳的观景点：在冬天运河河口对面的莫伊卡河左岸滨河路、在普希金故居博物馆附近高处，或者到沿街的居民楼楼梯的玻璃窗前。在这些地方均可将冬天运河全景尽收眼底。

金色的阳光倒映在平静的涅瓦河上，映照在冬天运河的河面，映出拱桥和拱门的倩影，宛如柔软无声的岁月注入运河、桥梁和宫殿，注入不断凸显母题魅力的"抛物线"，使历史长河中的特定时空间产生交汇，变成了可感可知、可触可摸的媒介。

在冬天运河和莫伊卡河交汇处，莫伊卡河向左拐了个弯。在莫伊卡河右岸，往上游方向慢慢移动脚步，还可找到另外一个独特观景点，看到另一番有趣的景色。

你步步前移，身移景换，直至让莫伊卡河左岸弯道恰好挡住第二奇姆尼桥右侧引桥的栏杆端柱的视线，此时此地，你可尽情欣赏桥身那精致的花岗岩石片天衣无缝的接合，也可尽情欣赏桥上来往行人的美丽倩影，以及河上穿梭不息的游船掀起的朵朵浪花……

猛然间，一群鸽子从你身边快速飞起，升空，消失在碧空中。你在不经意间抬头，目光缓缓移向左上方，眼前一亮：

在莫伊卡河左右两岸的建筑物之间，流光溢彩的圣伊萨克大教堂富丽的拱券正以傲人的姿态展现在你眼前，使人仿佛在大千世界的尽头，看到一丝若隐若现的希望的亮光。

在行人的匆匆步履中，在游船的轰鸣马达声中，在高楼的狭小间隙中，停下脚步，虔诚地欣赏圣伊萨克大教堂巍峨高耸的身影，领略它庄严肃穆的气势，品味它疏朗宁静的韵致，感悟它明艳动人的灵妙，这真是上天对你今生今世的莫大祝福！

此时此地，你只能看到圣伊萨克大教堂的拱券，要领略这座东正教教堂雄浑壮观的全貌，你还得返回莫伊卡河右岸，跨过第二奇姆尼桥，穿越冬宫广场和海军部公园，来到圣伊萨克广场。在那儿，你一定会收获另一番美景，体悟另一种心境！

莫伊卡河上的桥梁

莫伊卡河源自丰坦卡河，流经夏日花园和战神广场，穿越涅瓦大街和克留科夫运河，注入大涅瓦河。它全长4 670米，宽约40米，最深处约3.2米。

圣彼得堡建城之初，这条河淤泥厚，水污浊，散发出恶臭，当地人称之为"软泥河"或"泥沼河"。

"软泥河"的名字源自处于涅瓦河和纳尔瓦河之间的俄罗斯英格里亚地区的英格里亚语（Ingrian），一种世界上正处于涉危状态的语言。据介绍，目前能讲英格里亚语的英格里亚人不到120人，且多数为长者。

每一个民族的语言，都是世界文明进程中的一颗璀璨明珠，都是照亮人类前行的一盏明灯。但愿源远流长的英格里亚语能和绚丽多姿的莫伊卡河一样，在圣彼得堡的历史长河中熠熠生辉，在世界文明进程中闪耀千秋。

1711年，彼得大帝下令综合整治"软泥河"，清理淤泥，修筑河堤，并在新荷兰拱门附近，开凿了一条南北走向、贯通涅瓦河、莫伊卡河、叶卡捷琳娜运河（即格里博耶多夫运河）和丰坦卡运河的克留科夫运河，有效改善了圣彼得堡运河水系的状况。

后来，由天鹅运河和冬天运河分别引来涅瓦河水，注入这条曾经被称为"肮脏河"的河流，"软泥河"正本清源，水质大为改观。

"软泥河"也得以正名，改名为莫伊卡河（Moyka）。在俄语中"Moyka"一词含有"洗刷、洁净"之意。莫伊卡河从此清澈见底，为圣彼得堡市民提供日常生活用水甚至饮用水。

1736年，莫伊卡河上建起了一座码头，这一区域逐渐发展成城市中心。为方便行人和车马通行，政府在莫伊卡河上建造了四座色彩斑斓的桥：蓝桥、绿桥、黄桥和红桥。这四座桥历经风霜雨雪，至今傲然屹立于莫伊卡河上。

1798 年，圣彼得堡市政府为了适应城市发展的需要，对莫伊卡河堤岸进行升级整治，采用精致花岗岩铺设堤岸，改善了周边环境和城市景观。

可惜的是，1811 年工程竣工之时，人们发现河水浑浊，淤泥堆积，政府不得不发布通告，禁止人们饮用莫伊卡河里的水。

如今，莫伊卡河上共有 14 座桥，各具特色，婀娜多姿，令人着迷。

第一工程师桥

第一工程师桥（The First Engineer's Bridge）位于莫伊卡河的源头，跨越莫伊卡河，全长 27.8 米，宽 9.5 米。

第一工程师桥是圣彼得堡外观最为精美、装饰最为精致、寓意最为深刻的桥梁之一。

第一工程师桥与它南端的米哈伊洛夫斯基宫殿可谓"一衣带水，唇齿相依"。米哈伊洛夫斯基宫殿是保罗一世的宫殿，保罗一世入住后不到 40 天，便遭政敌暗杀，其余皇室成员纷纷搬回冬宫。

1823 年，米哈伊洛夫斯基宫殿改成了学校，先是总工程学校，后是尼古拉工程学院，现在是俄罗斯陆军工程技术大学。

1838—1843 年间，俄罗斯著名作家陀思妥耶夫斯基在这里读书。"第一工程师桥"的名字也源自这所学校。

早在 18 世纪 60 年代，在米哈伊洛夫斯基宫殿之前，这里有一座木架结构的宫殿，是女皇伊丽莎白·彼得罗芙娜（Elizabeth Petrovna）的夏日行宫。

人们在莫伊卡河河口处建造了一座木架结构的廊桥，连接夏日行宫和夏日花园。皇室成员跨上木桥，就可通过夏日花园的南大门，到公园赏花散心，休闲娱乐。

由于木桥正对着夏日花园的南大门，当时就被称为"夏桥"（Summer Bridge）。据说，这座廊桥是意大利建筑师拉斯特列利（Francesco Bartolomeo Rastrelli）设计的。他在圣彼得堡留下了许多建筑佳作，包括冬宫和凯瑟琳宫。

19 世纪 20 年代，由著名建筑师罗西负责整体规划，对米哈伊洛夫斯基宫殿周边地区进行综合整治。罗西拆除了夏桥，在原址建造新桥。新桥由工程师巴赞（P. D Bazaine）和克拉佩龙（E. Clapeyron）设计，为箱型梁拱式铁桥，于 1829 年完工。

新桥的桥梁风格和莫伊卡河上不远处的另一座桥风格相同。在随后的一个多世纪里，铁桥只需日常的维护。事实证明，这座铁桥设计科学合理、建筑质量过关，受到业界和市民的好评。

但是，正如俄罗斯民谚所说："月亮底下无永恒。"铁桥在漫长岁月的风霜雪雨中，跨梁变形，桥墩下陷。

1946 年，铁桥禁止通行。1952 年开始重建，次年完工。新桥基本上沿袭旧铁桥的设计方案和建筑风格。2001 年，为了庆祝圣彼得堡建城 300 周年，市政部门对大桥进行了一次综合维护，工程历时两年。

值得庆幸的是，失窃多年的桥身横饰带（一系列表现古代盾牌和武士头盔的雕塑作品）失而复得。

2002 年 5 月 24 日，圣彼得堡市市长到现场参加了新桥维护工程完工典礼。

在圣彼得堡桥梁发展史上，第一工程师桥是一座纪念碑式的桥梁，具有深刻的历史意义和深厚的文化底蕴。

该桥桥墩坚实，以花岗岩石块装贴。南岸桥墩壁上，有一尊高11厘米的金翅雀雕像。金翅雀是俄罗斯民众十分喜爱的鸟类，在俄罗斯民众心中有着特殊的含义。金翅雀外形娇小可爱，羽毛色泽美丽，主要有鲜黄和橄榄绿两种颜色，也有多色相间的，如前额或头侧缀草黄色，尾下覆羽和尾基为金黄色。

1835年，彼得·奥尔登堡王子创立了赫赫有名的圣彼得堡法律学校，校址就在夏日花园附近。圣彼得堡法律学校曾培养出一大批俄罗斯法律界的优秀人才，大名鼎鼎的俄罗斯作曲家彼得·伊里奇·柴可夫斯基就毕业于此校。

该校学生身着黄、绿色校服，课余时间经常到附近酒馆喝酒嬉闹。因为金翅雀有喜欢单独或成对觅食嬉戏的习性，人们戏称法律学校学生是"金翅雀"，并根据俄罗斯古老歌谣编了一首民谣，传唱至今：

金翅雀哟，金翅雀，你到哪儿去了？

哦，在那丰坦卡，喝着伏特加！

一杯又一杯，今夜不醉不归！

1994年，格鲁吉亚雕塑家雷佐·加布里阿泽（Rezo Gabriadze）创作了一尊铜质金翅雀雕塑作品，安装在第一工程师桥的桥墩上。

如今，无论是风和日丽的白天还是华灯初上的夜晚，人们三五成群地往金翅雀雕塑基座上扔硬币。人们相信，向金翅雀雕像抛硬币，若硬币落在雕像基座上，预示着运交华盖。

然而，金翅雀雕像本身却没那么幸运了。作品原件早已被窃，不知所踪。有一次，一位莫斯科市民慕名而来，却发现基座上空空如也。他一气之下捐赠了一大笔钱，发起了保护"铜鸟"的运动。

圣彼得堡大都会雕塑博物馆将一件仿作安置在基座上，不久又失踪，再安置，又失踪。

2002 年，博物馆干脆制作了多件仿品，以备不时之需。自从金翅雀雕塑在桥墩上安置之日起，辖区的警察和圣彼得堡市政管理机构就没有安心过。即使在桥头附近安装了摄像头，日夜监控，也无济于事。难道，昧着良心的盗贼为了蝇头小利就如此猖狂地冒天下之大不韪？

人们曾热议，用大理石或花岗岩作雕塑材料。想法不错，但这样，"铜鸟"岂不变成了"石鸟"？

第一工程师桥侧身的横饰带，雕刻着一系列古代盾牌和武士头盔。横饰带下方是一块无接缝拱形铁板，矩形镂空，虚实相间，明亮清透，矩形边线和对角线优美灵动，妙不可言。

矩形图案的重复和延伸，呈现了产生愉悦的节奏和诗意般的旋律，使整座桥充满轻灵活泼的韵味，让人心旷神怡，流连忘返。

桥面上，人行道的设计和铺设也尽显优雅韵致。人行道的直立面，一系列精雕细琢的神像雕塑作端柱，仿佛带着一股神灵之气将人行道轻轻托起。

直立面的横向装饰带上，镌刻着徽章图案。横槽将神像如珍珠般串联起来，形成了一幅活灵活现、精彩绝伦的画面。

饰板与饰板之间采用多立克式三竖线花纹装饰，彰显了古希腊神殿建筑和装饰的典雅与奢华。

人行道路面上，每一块地砖都雕刻着精致细腻的各式图案，神韵十足，令每一个路人都如临人间仙境。

桥上栏杆的支架是古罗马帝国时期象征最高权力的束棒，束棒上端有两把相对而置的战斧。

栏杆支架中间，安置着古希腊神话中智慧女神雅典娜的埃癸斯神盾。盾牌中央镶嵌着蛇发女妖美杜莎的头像，她青面獠牙，满头蛇发，眼睛直勾勾地盯着前方……

神盾后有一杆长矛和一柄利剑呈十字交叉状，分别向东南、西北、东北和西南四个方向延伸，象征着美杜莎一生的坎坷与磨难——恐惧、战斗、凶残和追踪。

但是，要阐释或解读美杜莎悲情的一生，还需一个关键词：等待。

在远古的希腊西部深海，住着一位海神福耳库斯。海神生的男孩个个丑陋无比，凶残好斗。海神的整个家族声名狼藉，遭到众神的耻笑和排挤。

在海神家族长久的期待中，在不安躁动的等待中，一个具有凡人之身的女孩降生了。她皮肤白皙，双眼乌亮，满头秀发，天生丽质。

父亲海神十分高兴，给小女孩取了一个美丽而响亮的名字——美杜莎，意为"守护女神"。

美杜莎，承担着光耀家族的厚望。

经过十几年的等待，美杜莎长成绝色佳人，出落得亭亭玉立，成为人神共仰的女神。曾经门庭冷落的西海深处，也变得热闹非凡，门庭若市。可是，美杜莎却无暇顾及儿女情长，心甘情愿地长久等待，为的是成就一个伟大的梦想：终身不嫁，专心祀奉雅典娜神庙，提高父亲在神界中的地位。

而美杜莎万万没有想到，雅典娜神殿竟未能成为自己的保护伞，相反，人神共奉的雅典娜竟然成为自己悲剧人生的幕后操纵者。

宙斯的哥哥——波塞冬位高权重，众神敬畏，但在争夺雅典卫城守护神中败给了雅典娜。因此，他一直耿耿于怀，伺机报复雅典娜。

一天，波塞冬来到雅典娜神殿，见里面有个婀娜多姿、妩媚妖娆的身影。随后，波塞冬闯入神殿，玷污了美杜莎。他亵渎了神殿，也将美杜莎的命运推向了万劫不复的深渊。

雅典娜得知神殿被"亵渎"后怒火中烧，但又惧怕波塞冬的地位和权力，只得向美杜莎报复，以泄私愤。她将神界最恶毒的诅咒施加在美杜莎身上，并将她驱逐出神庙。

失去雅典娜的保护，恢复家族荣誉的梦想破灭，美杜莎无处安身，前路茫茫，只得踏上了回家之路。

可怜的美杜莎还不知道，雅典娜的恶毒诅咒已悄然降临。她身体阵阵灼热，疼痛无比。雪白娇嫩的肌肤慢慢龟裂枯萎，柔情似水的双眼变得空洞无物，乌黑柔顺的头发变成一团扭曲的毒蛇，整齐洁白的牙齿变成豪猪般的獠牙，举步轻摇的秀腿幻化成蛇尾……美杜莎已变成比她的哥哥们还要丑陋的怪兽。

当美杜莎历经千辛万苦回到家中时，等待她的不是笑脸、掌声、拥抱和鲜花，而是父亲的冷若冰霜和哥哥们的冷嘲热讽。

美杜莎的悲惨命运远不止于此。为了断绝美杜莎的爱情后路，雅典娜使其目光具有一种魔力，一种与男人目光相遇时会瞬间让男人石化的能力。

美杜莎开始逃离，一串串伤心的泪水变成一排排石头滚入波涛汹涌的大海，仇恨占据了她的心灵。

美杜莎向天神复仇，向人类复仇，向所有的男人复仇。

她退守海岛，居住在秘密花园，行尸走肉般游离于被她目光石化的男人雕塑之间，孤独地守着恐怖阴森的花园，耐心地等待着下一个目标的出现。

随着时间的推移，美杜莎的眼睛具有令人瞬间石化能力的消息远播地中海各国，甚至传言说，谁砍下并拥有美杜莎的头颅，谁就拥有了她所向披靡的石化威力，谁就能取得战争的主动权和制胜法宝。

二十多年过去了，秘密花园迎来了一个又一个贪婪者，命丧花园的男人越来越多。秘密花园越来越大，却越来越荒芜。

一个男人的到来，再次将美杜莎推向命运的深渊。

帕尔修斯，是宙斯化作金雨和达娜埃幽会时的结晶，是一个半人半神的渔夫。他有一个强烈愿望：砍下美杜莎的头颅，抵挡国王和他的强大军队，保护母亲免遭好色国王的玷污和蹂躏。

帕尔修斯在宙斯、雅典娜和冥王的帮助下，终于来到美杜莎的秘密花园，走进了阴暗凄寂的城堡。

经过几个回合的斗智斗勇，帕尔修斯终于砍下了美杜莎的头颅。帕尔修斯在美杜莎头颅的帮助下，击退了国王庞大的军队，救出了母亲。实现了夙愿的帕尔修斯，无欲无求，慷慨地将美杜莎的头颅送回了雅典娜的神庙。

为了拥有美杜莎瞬间石化男人的能力，雅典娜将美杜莎的头颅贴附在自己的盾牌上。在此后的征战中，雅典娜所向披靡，战无不胜。

美杜莎死了，回到了她梦寐以求的雅典娜神殿，成就了操控她悲情人生的雅典娜的辉煌。

如今，镌刻着美杜莎雕像的雅典娜神盾，牢牢地固定在莫伊卡河上的第一工程师桥的栏杆端柱上。

富于想象力和创造力的人，将雅典娜神盾置于风景如画的城市一隅，也算是为一生坎坷的美杜莎找到了一个安身立命之所。

人们期盼，融智慧和力量于一身的雅典娜，有如寰宇般宽广的胸怀，解除魔咒，加添祝福，为美杜莎沉冤昭雪！

美杜莎在寂寞地等待。她双目圆睁，凝视前方，蛇发盘曲，无声呐喊！

美杜莎在寂寞地等待。她依然孤独地守候着，只为心中一个美好的梦想。

美杜莎在寂寞地等待。她在等待着生命的机缘，等待着命运的轮回，等待着梦想之门的敞开。

花园桥

莫伊卡河容纳了天鹅运河河水之后，又开启了令人赏心悦目的旅程，来到风景如画的米哈伊洛夫斯基花园。

米哈伊洛斯基公园西邻叶卡捷琳娜运河和滴血教堂，东望工程师城堡，南连米哈伊洛夫斯基宫殿（即现在的俄罗斯博物馆），北濒莫伊卡运河与战神广场相望。

公园有东、南、西、北四个入口。多数人选择从叶卡捷琳娜运河一侧的西门进入公园，从涅瓦大街沿着叶卡捷琳娜运河经过滴血教堂，交通方便，风景无限。也有人会从涅瓦大街沿着米哈伊洛夫斯卡娅大街，经过艺术广场，进入米哈伊洛夫斯基宫殿，从宫殿的北出口可以直接进入米哈伊洛夫斯基公园。

公园内的园林设计，体现了两种不同的园林艺术风格：法国园林风格，强调对称之美，秩序井然，整齐划一，均衡稳定；英国园林风格，强调自然之美，不规则而和谐，不整齐而合一。

公园内主干道两旁的树木和小径两旁的花草对称成行，体现出一种庄严、秩序的古典美感。

公园内有大小不一池塘，点缀公园各处，堤岸曲折延伸，打破了古典的对称之美，倒影在池塘湖面的参天大树、低矮树丛、藤蔓花草，虚虚实实，若隐若现，消解了传统园林的稳定性和均衡性。水中的倒影和岸边的实物相映成趣，交错重叠，形成了新的古典之美，增强了园林的艺术感染力。

在圣彼得堡，米哈伊洛夫斯基公园彰显出源头性美感。

在这充满诗情画意的河段上，水着花色，嫩草萌生，繁花似锦，绿草如茵，掩映着两座花园桥，即第一花园桥（The First Sadovy Bridge）和第二花园桥（The Second Sadovy Bridge）。

第一花园桥是圣彼得堡市较古老的桥梁之一，它的历史可追溯到1716 年。

在 1716 年出版的圣彼得堡城市地图上，标明此处有一座简易木桥。该桥地理位置十分重要，南连米哈伊洛夫斯基花园和工程城堡，北接战神广场和夏日花园。

三百多年来，几经易代，第一花园桥见证了城市的荣辱兴衰和历史的跌宕沉浮，目睹了一代又一代设计师和工程师的人来人往，经历了形状各异的木桥、石桥、铁桥的循环往复，也经受了无数次大小洪水的潮起潮落，唯一不变的是它所处的独特位置和迷人风采。

今天所见的第一花园桥，是 1906—1907 年修建的单拱铁桥，全长 33.8 米，宽 20.4 米。

2002 年，为了迎接圣彼得堡建城 300 周年盛大庆典，市政部门对该桥进行了综合维修。桥头路灯依照 1913 年的风格设计，长矛束棒，雄鹰压顶，利箭横置，悬灯垂挂，尽显皇家气派。

第二花园桥位于战神广场西南端和米哈伊洛夫斯基花园的西北角，北连广场，南接公园。该桥全长 42.8 米，宽 20 米。1829 年，建筑师叶戈尔·亚当（Yegor Adam）奉尼古拉一世之命，设计了一座木桥。该桥于次年完工，开放通行。

1876 年，此处重建了一座单孔拱形铁桥，供马车通行。1933 年，改建了一座三孔托梁木桥。

1967 年，由工程师波尔图诺娃（Boltunova）和建筑师诺斯科夫（Noskov）负责，在此建造了一座单孔钢筋混凝土桥。桥墩也是钢筋混凝土，用花岗岩贴面。桥梁凸显古典风格，装饰华美。

铁质栏杆简练，线条流畅，造型唯美。栏杆上的雕塑出自圣彼得堡著名雕塑家齐甘科夫（Tsgankov）等人之手，在细节上精益求精。雕塑栩栩如生，彰显技术和艺术的完美结合。

1998 年，由于桥身出现裂痕，桥面路基出现小洞，政府对该桥进行全面维护，但基本保留了原有桥梁的建筑和装饰艺术风格。

最具特色的是桥头路灯设计：在钢筋混凝土基座上，有三层拾级而上的石阶，彰显古希腊多立克式建筑风格。

石阶上放置着一个由大理石打磨、抛光而成、象征地球的圆石。圆石上竖立着由长矛捆扎而成的束棒，束棒上下端各以鎏金束带裹扎固定，中间装置着俄罗斯古代勇士的长方形盾牌，盾牌上有勇士雕塑，雕镂精致，样式美观。

长矛由矛头、矛柄和柄端三部分构成。矛头上，矛身自中部的矛脊向左右呈刀刃状矛叶，向上聚拢形成锐利尖锋，以减少阻力，增强穿透力；长矛向下收缩渐成直筒，筒身上细下粗，便于装入矛柄。

束棒之上，一支长矛直指云霄。矛头之下，装饰着象征胜利的月桂花环，花环中央是闪闪发光的五角红星，象征苏联共产党的领导。束棒被烙上了鲜明的时代烙印，反映了当时的审美趣味。

月桂花环之下，有一支利箭横悬，与长矛成直角，构成一个虚拟的直角三角形。直角三角形的斜边，虚化成抛物线，支撑利箭。抛物线和利箭相交之后，继续虚化成重叠的圆形，下悬灯箱。

灯箱分为上、下两部分：上半部是俄罗斯勇士军帽，帽缘装饰金箔丝线，色泽纯正，光亮柔软；下半部是六角形白色磨砂玻璃罩面，显色性能极佳，科技含量极高，坚固耐用，除了防风、防盗、防暴风、防冰雪、防触电，还能抵御 -40℃的严寒或40℃的酷暑。

整体而言，桥上的路灯设计华丽，锻造技艺高超，造型独特，是圣彼得堡桥梁景观中不可多得的艺术品。这一路灯设计融实用的照明价值和审美的艺术价值于一体，提高了整座桥梁乃至整座城市的景观水平。

小马厩桥

莫伊卡河静静地往西流淌，流过第二花园桥后，到达皇家马厩。皇家马厩位于莫伊卡河南岸。顾名思义，皇家马厩是昔日饲养御用马匹的场所，也是皇室成员专用马车停放的地方。皇家马厩现为皇家马车博物馆，隶属埃尔米塔日博物馆。

皇家马厩东、西侧宫墙下，有两座马厩桥——小马厩桥（Small Stables Bridge）和大马厩桥（Big Stables Bridge）。

皇家马厩东侧宫墙下，格里博耶多夫运河自莫伊卡河分流而出，向西南方向穿城注入涅瓦河。

在两条运河的交汇处，小马厩桥南北横渡莫伊卡河，剧院桥（Theater Bridge）横跨东西，飞跃于格里博耶多夫运河之上，形成"独墩撑双桥"的桥梁景观。

桥墩立于莫伊卡河南岸、格里博耶多夫运河源头的河中间，以桥墩为中心，在三个方向各有出入口，分别通往海军部岛、喀山岛和斯巴斯基岛。剧院桥全长 10.8 米，宽 15.5 米。

18 世纪末，"女皇牧场"（战神广场的前身）附近有一座"自由俄罗斯剧院"，剧院桥因此而得名。

小马厩桥全长 18.5 米，宽 15.6 米，因附近皇家马厩而得名。1716 年，此处已经有了一座木桥。1769—1781 年，这里重新修建了一座三孔木吊桥。

1829—1832 年，圣彼得堡著名设计师卡罗·罗西带领一个桥梁建筑团队，其中包括工程师特雷特（W. Tretter）和亚当（E. Adam），为了建造宫殿，对这片区域进行综合改造，拆除了原址上的吊桥，重新修筑了一座拱形铁桥。

小马厩桥和剧院桥成了闻名于世的"姊妹桥"。更巧妙的是，设计师和公众开了一个玩笑：小马厩桥和剧院桥的连接处，靠近皇家马厩一侧的桥下方是由河岸向河中心延伸的拉长式桥墩，阻隔了河水的通过。市民或游客若不留意，还以为桥下水流汩汩呢。

实际上，剧院桥有一半是"伪桥"。设计师独具匠心，在两河交汇之处，巧妙地让双桥合一，自然衔接。美桥横渡，玉波静流，交相辉映，相得益彰。

小马厩桥和剧院桥的钢筋混凝土桥墩，装贴花岗岩石块，以水体为景线，向上、下游连续延伸，轻盈优美，富有韵律。

桥面铺设辉绿岩石块，厚重的黑色沿着运河水岸，潜入大街小巷，草蛇灰线，伏延千里。

小马厩桥和剧院桥

　　桥面的铁栏杆，绿色防水漆面依桥体弧线，沿水岸线向远方延展，含蓄谦虚，无远弗届。

　　两座桥的栏杆设置和桥面、桥型、桥体风格一致，但在栏杆雕塑上却各有千秋，各具特色，体现了装饰的丰富性和多样性。

　　小马厩桥的东侧栏杆和剧院桥的栏杆装饰风格一致，线条粗细相近。一根接一根的长矛相间并置，一气呵成，形成了方向相反、姿态优美的弧线。弧线线条流畅，左右呼应，虚实相生，动静相济，韵律跌宕起伏，耐人寻味。

　　栏杆上装置着蛇发女妖美杜莎的头像，与第一工程师桥上的美杜莎头像不同。这里的美杜莎，超越了雅典娜神盾的束缚，目光温柔，双唇紧闭，面部光滑，额头亮敞，和颜悦色。

　　雕塑上的线条如断似牵，气势似停还飞，动感十足，凹凸有序，明暗得当，生动地展现了美杜莎的美姿娇容和丰美神韵。

美杜莎的蛇发幻化成串串花束，迎风摇曳；雅典娜神盾幻化成苍鹰翅膀，有意助坎坷而悲情的美杜莎放飞梦想，投向自由。

美杜莎形象的一点点改变，引发了意想不到的结局：美杜莎从气势恢宏的神殿，走向了普通民众，走向了寻常百姓的日常生活。

美杜莎形象的改变，吸引了美杜莎迷们驻足观赏，甚至担心，终有一天，美杜莎等待到生命转机和命运轮回，挣脱了雅典娜神盾的束缚，投向天际，回归神界。

人们热爱美杜莎，同情美杜莎，干脆在美杜莎头像和栏杆长矛的每一个焊接点上方，牢牢地加上一把沉重的锁头，试图消解苍鹰翅膀的助飞力，阻止美杜莎展翅飞翔。

在人类的生命中，爱能征服一切。德国科隆的霍恩佐伦大桥上的同心锁，意大利罗马米尔维奥桥上的爱情锁，威尼斯学院桥上的情人锁，芬兰赫尔辛基爱情桥上的爱情锁，拉脱维亚首都里加市锁桥的恋人锁，一一见证着人类不朽的爱和恋人永恒的信念。

恋人的锁，锁着一个个白头偕老、永结同心的愿望；而美杜莎迷们的锁，锁着一颗颗情天恨海的同情、痴心难忘的念想、炽热深沉的牵挂和绵长深情的祝福！

小马厩桥西侧、剧院桥南侧的桥身和栏杆装饰呈现出别样风情。桥身侧面，镌刻着一串串盛开的镀金藤花，顺着拱桥的弧度，顽强地攀缘，向四周延展。

桥面栏杆，同样的长矛间隔并置，却雕刻着不一样的棕榈枝叶作装饰。

棕榈树属常绿乔木，树干挺拔，叶色浓绿，不拘阴阳，不避寒暑，生命力旺盛。

在阿拉伯国家，棕榈树象征着生命、恒久、财富和吉祥。古埃及人自古就有以棕榈树枝装饰的传统。

在西方宗教信仰中，棕榈树是神圣的树，其树枝象征生命、王权、和平、胜利或救赎。而俄罗斯人认为，棕榈叶是几近完美的几何图形，能最大限度、最完美地装饰有限平面，展现自然界美的纯真本质。选择棕榈叶装饰小马厩桥和剧院桥，具有十分深刻的文化含义。

小马厩桥西侧、剧院桥南侧的棕榈树枝装饰，正好与不远处的格里博耶多夫运河左岸上的滴血大教堂穹顶、窗户上的棕榈树枝装饰遥相呼应，相映成趣。

只有在此时此地，看到此情此景，你才能真正领略到设计师和工程师的奇思异想和匠心独运。栏杆上棕榈树枝形态活泼，妙趣横生，它的线形、造型、色彩、肌理、平面布局等，都沿着水景线、运河堤岸、桥面栏杆连绵不断地向四周辐射，与周围的地景、水景和谐共生，与人文环境水乳交融，形成一幅桥上有景、景中有桥、路桥皆景、景桥交融的多彩景观。

大马厩桥

大马厩桥南连皇家马厩，北通百万富翁大街，全长 17.6 米，宽 11.6 米，是圣彼得堡最早的木桥之一。

1753 年，由设计师赫尔曼·冯·博列斯（Herman Von Boles）负责设计，在这个位置建造了一座木吊桥，由此奠定了现今大马厩桥的建筑风格和装饰格调的基础。

1828 年，由工程师亚当、特雷特和盖斯特（V. Geste）负责设计和建造了一座单孔拱形铁桥，于同年 11 月 6 日正式落成。

在建桥过程中，发生了不少有趣的事情：因小马厩桥放弃了原设计方案，大马厩桥的拱顶设计方案就直接套用了小马厩桥原来的设计方案；在建造桥墩时，工匠们根据施工标准，集思广益，就地取材，充分利用附近运河堤岸坍塌的石头和被拆除的苏沃洛夫斯基桥的石料，顺利完成了建造桥墩的任务。

桥头四角的花岗岩贴面上，各有一个铸铁基座，上立灯柱，支撑灯罩。

大马厩桥落成后，历经百年的风霜雨雪，除了日常维护，无须大修，足以证明此桥桥梁设计科学、建筑工艺精湛、工程质量上乘。

1935 年，人们对大马厩桥进行了一次综合维修，用钢筋混凝土加固了铸铁拱券，翻新了桥身和桥面护栏。

1951 年，维护桥灯，翻新护栏。2000 年，对大马厩桥进行了一次整修，以迎接 2003 年圣彼得堡建城 300 周年盛大庆典。

大马厩桥的装饰高贵典雅，端庄瑰丽，远观近赏，尽显风采。桥身用铸铁板覆盖，包装板面由植物花叶装饰。

在主拱券内，沿着拱轴线，左、中、右各装饰着三组用长矛挑起的月桂枝叶。每一组月桂枝叶装饰中，以小月桂花环为中心，长矛串起月桂枝叶，向左右两边各伸展出桂枝，左右对称，简洁明了。桂枝末端，可见长矛的矛身。长矛和月桂，和谐统一，寓意深远。

以拱顶为中心，向拱脚的起拱线延伸，环生出一条装饰花边，将拱券左右分出对称的两个独立空间，而月桂枝叶使得整个拱券俏丽横生，轻盈灵动。拱背上方，设置着 15 个小拱，减轻了桥身的重量。小拱的每个拱板上装饰着一个月桂花环。桥面护栏的装饰也别具一格，长矛间隔并置，栏杆立柱之间，镶嵌着三个由长矛串起、交互并置的月桂花环，环环相扣，相互渗透，灵气十足。

整体上看，月桂树枝飘逸灵动，秀气流畅；月桂花环上下呼应，左右映衬，充满着人文情调和诗情画意，构筑了一幅象征荣誉和胜利的全景式立体画面。

大马厩桥和小马厩桥遥相呼应，相容共生，点缀着运河两岸的无限风光，延续着城市的历史文脉，展现着独具一格的文化内涵和精神气质。

歌手桥

19 世纪，圣彼得堡市民似乎对色彩情有独钟，喜欢用不同颜色命名莫伊卡河上的桥梁。今天，莫伊卡河上还保留着四座以色彩命名的桥：黄桥、绿桥、红桥和蓝桥。虽然黄桥已更名为歌手桥，但市民更愿意称之为"黄桥"。

莫伊卡河和冬天运河交汇之后，开始拐弯，向西南方向流去。歌手桥位于冬宫广场东侧，连接莫伊卡河左右两岸，全长 17.7 米，宽 72 米，是圣彼得堡宽度排行第三的宽体桥（蓝桥宽 97.3 米排行第一，喀山桥宽 95.5 米排行第二）。

歌手桥的名字取自附近的一栋呈现鲜明新古典主义风格的三层建筑物，是伊丽莎白·彼得罗芙娜女皇亲手创建的皇家合唱团。合唱团排练演出活动的旧址，就是今天以俄罗斯著名作曲家米哈伊尔·伊万诺维奇·格林卡（Mikhail Ivanovich Glinka，1804—1857）命名的格林卡国家合唱团的所在地。

皇家合唱团原是莫斯科宗教男声合唱团，应彼得大帝迁都之令，于 1703 年迁到圣彼得堡。一代又一代艺术家励精图治，精心打磨，昔日的皇家合唱团成长为今日誉满全球的专业艺术团。

十九世纪二三十年代，歌手桥所在地是一座轮渡码头。码头附近

（今莫伊卡河沿河街 24 号）住着尤里·亚历山德罗维奇·戈洛夫金（Yuri Alexandrovich Golovkin，1762—1864）伯爵。

戈洛夫金曾于 1803 年带领外交使团出使清政府，名为知照清廷亚历山大一世登基，实则要求清政府开放通商口岸。他于 1806 年到达乌兰巴托，清政府因他不依清廷三跪九叩之礼节而拒绝他朝见清帝。戈洛夫金无功而返，回到圣彼得堡。

后来，戈洛夫金多次到中国，充当俄罗斯版图东扩的马前卒。戈洛夫金也是沙皇尼古拉一世的重臣。

1834 年的一天，沙皇邀请戈洛夫金到冬宫共进晚餐。戈洛夫金伯爵急忙换好朝服，匆匆来到渡口，准备乘船渡河。忙乱中，伯爵掉进莫伊卡河。这可急坏了随从，伯爵自己却不慌不忙，仗着身材高大，站在河床上，只有头部露出来。伯爵手脚并用，挣扎着将头尽量露出来，还朝着随从大声嚷着："禀报沙皇，不能赴宴，饶恕治罪！"

让伯爵始料不及的是，第二天一大早，沙皇亲自登门，以表安慰。伯爵一家上下张罗接驾。晚宴上，酒过三巡，菜过五味，沙皇频频举杯，一祝伯爵身体健康，二祝伯爵落水之处桥梁早日动工，免得伯爵再次落水！沙皇还亲自选定木桥的位置。

皇令如山，渡口变通途。同年，由法国设计师奥古斯特·德·蒙泰费兰特（Auguste de Montferrand，1786—1858）负责，在渡口处建成了一座木桥。

木桥落成之日，恰逢冬宫广场上的亚历山大纪念柱完工剪彩，仪仗队雄赳赳气昂昂，率先由莫伊卡河左岸跨过木桥，到冬宫广场参加落成典礼。

有趣的是，这座木桥当时不叫歌手桥，而叫黄桥，只因木桥护栏油漆是鲜艳夺目的黄色。

1737年，当时的财政部长格奥尔·冯·坎克林（Georg von Cancrin，1774—1845）考虑到冬宫广场扩建的需要，向沙皇建议以铁代木，拓宽黄桥，建造新桥。

新桥由建筑师瓦西里·斯塔索夫（Vasily Stasov，1769—1848）和工程师亚当（E. Adam，1756—1850）负责。新桥于1839年初动工，1840年11月24日举行落成典礼。沙皇尼古拉一世亲自出席铁桥通行仪式，并乘坐马车率先跨过了歌手桥，成了新桥的第一位通行者。

不过，盛大的奠仪之后，是一系列不和谐的音符。和圣彼得堡其他铸铁桥梁的命运一样，歌手桥上用于紧固拱券箱体的螺栓和螺帽不断遭窃。根据统计，歌手桥自1840年11月通行到次年6月，共有50个螺栓和27个螺帽被盗贼偷窃。这种不和谐的音符，不仅夹杂在圣彼得堡丰富多彩的故事之中，也混响在俄罗斯其他城市车水马龙的喧嚣里。俄罗斯作家契诃夫在其作品中一针见血地指出这种行为是怯懦软弱和灵魂肮脏。

1937年，歌手桥综合维修，桥面上玫瑰色花岗岩桥面换成沥青路面。2000年，歌手桥又进行了一次综合维修，成为庆祝圣彼得堡建城300周年的一道亮丽风景线。

歌手桥是一座空箱式单孔铸铁拱桥。拱桥主拱券由392个预制空箱构成，空箱与空箱之间用螺栓、螺帽固定。预制空箱降低了桥身自重，也减轻了桥墩的垂直负重和水平推力。

桥面左右栏杆各有12组呈半圆形花叶虚饰，半圆形与半圆形之间的空白处镶嵌着兽头人面雕像，增强了扇形花叶虚饰的艺术效果。半圆形内，共有6枝棕榈枝，以栏杆端柱为中线，左右各3枝，对称排列。

棕榈枝和棕榈枝之间，铸铁镂空，呈网格状联结，虚实相衬，向桥外无限空间辐射，形成强大的张力，向世界传递出一种深沉而伟大的内涵。

瓦西里和亚当一定曾醉心于光影对比研究之中。他们以静谧、厚重、沉稳的装饰风格闻名于世，努力从光和影的流动瞬间寻找某种能震撼心灵的神秘力量。

当然，建筑师和工程师并非刻意展示他们的设计巧思和装饰技艺，而是通过对现实世界和装饰艺术的内在把握，形成强大的心灵震撼和视觉冲击力，使观赏者得以心无旁骛地对待眼前的景物，静观尘世的喧嚣和沉静，体悟生活在静默无语中展现的内在诗意。

绿桥

绿桥（The Green Bridge）位于莫伊卡河和涅瓦大街交会处，它实际上是涅瓦大街的一部分。绿桥长 29.3 米，宽 38.7 米，是圣彼得堡又一座宽度大于长度的桥。

1713 年，圣彼得堡城市建设如火如荼，日新月异，在涅瓦河左岸今天被称为涅瓦大街的地方，建成了全城最宽、最长的一条大道。

1717—1718 年，在大道横跨莫伊卡河的地方，修建了一座简易木桥。1735 年，木桥经过维修，进行了防水处理，被漆成绿色。"绿桥"一名，非它莫属。

绿桥

　　这座被称为"绿桥"的简易木桥在 1768 年因旁边修建圣彼得堡警察总署大楼而易名为"警察桥"。1918 年 10 月，它又因俄罗斯"十月革命"，易名为"人民桥"。

　　1998 年，该桥换回原名"绿桥"。

　　18 世纪末，简易木桥寿终正寝，人们在旧址上又新建成一座木拱桥。1806 年，俄罗斯著名工程师和建筑师威廉·海斯蒂（William Haste，1753—1832）设计并建造了一座铸铁桥。

　　这是圣彼得堡第一座铸铁桥。新桥落成后，好评如潮，其款式新颖，坚固耐用，成为圣彼得堡铸铁桥的建造标准。两百多年来，伴随着莫伊卡河的整修治理及涅瓦大街的改造扩建，绿桥经历多次维修和拓宽，其铸铁主架构仍稳若泰山，风采依然。

　　1842 年，涅瓦大街扩建的同时也拓宽了绿桥。1844 年，桥面被铺上沥青，绿桥成为俄罗斯桥梁建筑史上第一座被铺上沥青的桥梁。

1904—1905 年，人们在涅瓦大街上修建电车轨道，再次拓宽了绿桥。拓宽工程未涉及桥梁主框架，只在两侧加建了桥墩，支撑起桥身两侧各五排拱式箱梁，用螺栓螺帽加固，用于拓宽路面的承重架构。

这实际上是在绿桥的桥身两旁各建了一座小拱桥，三桥合一，连成一体，既省工省力，经济实惠，又新旧同貌，美观大方。

绿桥横跨莫伊卡河，是市区通往冬宫广场的重要通道。绿桥靠近皇宫，见证了罗曼诺夫王朝的荣辱兴衰和圣彼得堡的盛衰沉浮。

20 世纪初期，俄罗斯内忧外患，罗曼诺夫王朝风雨飘摇。1905年 1 月 9 日，史称"血腥星期日"的大屠杀就发生在绿桥上。

这天，圣彼得堡笼罩在灰蒙蒙的浓雾之中，工人及其家属、下层市民在神父乔治·盖蓬（George Gapon，1870—1906）的带领下，和平游行到冬宫广场集结，向沙皇尼古拉斯二世递交请愿信，要求增加工资、缩短工作时间、改善工作条件、施行社会改革和结束日俄战争等。

但是，尼古拉斯二世和皇室成员当时不在冬宫，而是在皇村。沙皇并未接到请愿信，这令示威者十分失望。游行队伍从圣彼得堡四面八方涌入冬宫广场，当局在冬宫广场周围布置大批军队（步兵和骑兵）和警察阻挡游行队伍。

由于绿桥是游行队伍通往冬宫广场的要道，大批骑兵和警察把守绿桥。从上午 10：00 开始，示威者越来越多。眼看局面将要失控，军警指挥官命令士兵鸣枪示警，企图控制局面。

但不知哪位士兵乱中出错，擦枪走火，早已惊慌失措的士兵们以为是军官下达向示威者开枪的令枪，一齐向示威者开枪，骑兵的马刀也疯狂地向示威者砍去。

军警们正是站在绿桥上向周围的示威者开枪的。不过，乔治·盖蓬神父并不在通往绿桥的游行队伍里，而是在圣彼得堡西南方向的纳尔瓦凯旋门（Narva Triumphal Arch）领导另一批示威者向冬宫广场进发，但也遭到士兵和警察的射击，死伤四十多人。

绿桥上的军警向示威者开枪射击，激怒了示威者，激化了双方的矛盾。当天，圣彼得堡多处军警向示威者开枪射击，造成严重流血事件，鲜血染红了圣彼得堡。

"圣彼得堡血腥星期日"激化了国内各阶层间的矛盾，也激化了罗曼诺夫王朝和人民群众之间不可调和的矛盾。1905年以"圣彼得堡血腥星期日"为导火索，引发了俄国1905年革命、1917年二月革命和十月革命，最终葬送了罗曼诺夫王朝长达三百多年的专制统治，建立了苏维埃政权。

红桥

根据1717年圣彼得堡城市规划方案，这里架起一座简易木桥。红桥（The Red Bridge）长22米，宽16.6米。1737年，由德国设计师赫尔曼·博列斯负责设计，在这里人们重修了一座升降式木桥。这是莫伊卡河上较早的桥梁之一。

赫尔曼的设计很有特色：在桥中间，预留了一条长0.7米的狭缝。当木桥升起，狭缝上的木板被掀起时，帆船可通行。帆船通过后，降下木桥，在狭缝上盖上木板，桥梁又可恢复原貌。这种独特的设计，方便实用，但需专人看护，成本较高，在圣彼得堡只有少数桥梁采用了这种设计方案。

红桥

此桥原本不叫红桥，而叫"白桥"，因它最初被漆成了白色。它被称为红桥是 1808 年以后的事了。1808 年，该桥翻修，被漆成红色，市民们就称其为"红桥"。一直到今天，红桥的名字未再更改。

18 世纪末，升降木桥被拆除，人们修建了一座三孔木桥，仍漆成红色。红桥耀眼夺目，运河静静流淌，四周景色宜人。晚上，红桥附近的大楼内灯火通明。

根据《圣彼得堡公报》1803 年 2 月 22 日发表的通告称：在红桥旁的库索夫尼科夫大楼内，将不定期举行音乐盛会。后来，鉴于公众参加舞会的热情高涨，库索夫尼科夫大楼定于每周四、六定期举办歌舞晚会，诚邀公众踊跃参与。男士门票 1.5 卢布，可携带女士免费入场。一名男士可携带的女士人数不限。

如今，我们可想见当日红桥及其附近车水马龙、人来人往的盛况。这里成了圣彼得堡市民社交、娱乐、休闲的理想场所。

1814 年，工程师和建筑师威廉·海斯蒂按照绿桥的设计模式，在此修建了一座单拱铸铁桥。一百多年后，即 1924—1950 年，桥墩开始出现裂缝，拱券箱体变形，用于固定拱券箱体的螺栓断裂，螺帽锈脱。

桥梁专家鉴定后将红桥定性为危桥，禁止通行。1953—1954 年，由工程师布拉热维奇（V. Blazhevich）设计了一座新桥，保持了红桥的历史原貌。

新桥的桥头四角，耸立着四座古埃及式的花岗岩胜利方尖碑，方形基座，呈四方柱状，外形狭长，由基座而上逐渐缩小。方尖碑塔顶呈四方形，上有一镀铜小圆球金光闪闪，耀眼夺目。

每当晨曦初露，小圆球就敞开胸怀，迎接万丈光芒，将世界装扮得生机盎然。每当夜幕降临，方尖碑半腰上的灯光，柔和悦目，驱散黑暗，照亮行人的前路。

方尖碑塔顶上的镀铜小圆球，也源自古埃及文化。古埃及方尖碑顶部是一个角锥体或圆球体。角锥体呈金字塔形，四个锥面和水平面呈 60 度角。

古埃及人相信：太阳是生命的源泉。晨曦初露，太阳从地平线上缓缓升起，给宇宙万物带来了生机和希望，方尖碑顶端的角锥体和圆球体最先接受阳光的沐浴。夕阳西下，霞光万丈，它们送走一天之中的最后一缕阳光，向生命表达最崇高的敬意。因此，方尖碑顶端的角锥体和圆球体是十分神圣的，是太阳初升后的栖身之所，也是不死之鸟太阳鸟的落脚之处。

古埃及法老为了感谢太阳的恩惠，把方尖碑当作崇高而威严的圣物竖立在太阳神庙前，成双成对，庄严肃穆。方尖碑是古埃及遗留给世界文明的稀世瑰宝。挺拔秀美的古埃及方尖碑，集宗教性、权威性、纪念性和装饰性于一体，和巍峨壮观的金字塔一样，见证着古埃及数千年的历史兴衰，是古埃及光辉灿烂文明的象征。

俄罗斯民族在文明发展的长河中，特别是自彼得大帝在圣彼得堡打开了通向欧洲文明的窗户之后，吸收和融合了古埃及和古希腊、古罗马的文化精髓，赋予了方尖碑双重意义：

一是开疆拓土的胜利象征。俄罗斯民族在历史进程中，由一个个四分五裂的公国，发展成为当今疆土辽阔、力量强盛的大国，是俄罗斯民族历代君王依靠武力南征北战、东讨西伐的结果。和古埃及、古希腊、古罗马一样，这些方尖碑是为了庆祝和纪念俄罗斯民族征战胜利。

二是宗教力量的胜利象征。在古埃及，方尖碑具有宗教性质。西方宗教也沿袭这一传统且赋予了其新的意义，并仿照古埃及方尖碑的样式建造了罗伊西斯神庙前的方尖碑，将它竖立在喷泉之上。

喷泉之上的方尖碑具有深厚意蕴：喷泉象征着东西方各大河流之源头，方尖碑象征着天主教随着叮咚泉水远播四海。

圣彼得堡红桥边上的四座胜利方尖碑，具有装饰意义，同时也承载着圣彼得堡人的梦想：东正教的救赎力量随着莫伊卡河静静流淌的河水，无声地滋润着各民族人的心灵，成为人类生命之本和力量之源。

蓝桥

蓝桥（The Blue Bridge）北连圣伊萨克广场，南接马林斯基宫，长 41 米，宽 97.3 米，与圣伊萨克广场同宽，是圣彼得堡最宽的一座桥。据统计，蓝桥也是世界上最宽的一座桥。如今的蓝桥，只有桥面两侧被划分为人行道和行车道，而桥面大部分区域作停车场用。

1730 年，根据工程师赫尔曼·冯·博列斯的设计，在这里修建了一座升降式木桥，但到 18 世纪中期，木桥朽坏，只得重建。

18 世纪末 19 世纪初，圣彼得堡综合整治莫伊卡河，两岸河堤铺设花岗岩路面，重建了一座三孔木桥。

1805 年，建筑师威廉·海斯蒂设计并建造了一座单跨铸铁箱型梁拱桥，石墩基座以花岗岩饰面。当时，桥面宽 41 米。

1842—1844 年，在莫伊卡河南岸建造马林斯基宫。工程师亚当、戈特曼（A. Gotman）和扎瓦茨基（I. Zavadsky）根据河两岸的马林斯基宫、圣伊萨克广场等整体环境状况，为了取得美观的效果，决定对蓝桥进行拓宽，达到 97.3 米。蓝桥的这一宽度至今未变。

有趣的是，官方公布蓝桥宽度为 97.3 米后，有许多人一次又一次地进行实地测量，得到的数据是 99.9 米，比官方公布的数据多了 2.6 米。圣彼得堡市民更倾向于相信民间测量的数据，许多正式出版物（年鉴、报告、教材等）也采用了 99.9 米的数据。许多市民热衷于以 99.9 米宽度向吉尼斯世界纪录提出申请，把蓝桥定为世界上最宽的桥。不过，蓝桥的这一宽度，一直未得到吉尼斯的官方认可。

蓝桥拓宽后，与圣伊萨克广场同宽，扩大了蓝桥周边环境的视野和马林斯基宫前广场的面积，使得圣伊萨克大教堂、圣伊萨克广场、尼古拉一世雕塑广场、蓝桥和马林斯基宫融合成共生同荣的统一体，取得令人赏心悦目的视觉效果。

蓝桥投入使用后，除了日常养护，没有进行大的维修。自 1925 年开始，经对蓝桥进行长达五年的综合检测，发现靠近水面的箱梁有多处裂缝，发生变形；桥墩也不尽人意，墩帽有裂缝，墩身由于承重变形，水流冲击和浮冰撞击造成空洞，严重影响自身的强度和桥身的稳定性；用于固定拱券箱体的螺栓断裂，螺帽松脱。更为严重的是，拱顶从原来的设计高度下降了二十多厘米。

1929—1930 年，由工程师布加耶夫（Bugaeva）和切波塔廖夫（Chebotaryov）设计，放弃了铸铁箱型梁拱结构，重建了一座钢筋混凝土拱桥。新桥保持了原有的建筑风格，旧桥上拆下来的栏杆也装在了新桥上。

说到蓝桥，我们不得不将视线聚集于桥上的花岗岩方尖碑。1971 年，建筑师彼得罗夫（V. Petrov）设计了这座竖立于莫伊卡河右岸、蓝桥北侧西桥头上的方尖碑。

蓝桥方尖碑，耸立于坚固的河床，镶嵌于花岗岩堤岸，融纪念性和装饰性于一体、集水文记录和时间记录双重功能于一身。

蓝桥方尖碑以一种纪念碑式的雄伟、庄严和肃穆，镌刻着圣彼得堡在时间长河中与河流、海洋亲密无间又紧张疏离的复杂关系。

蓝桥

在方尖碑与堤岸顶端、护栏顶端高度大致相当的位置上，共有五条高度不同、间隔距离不一的黑色装饰带环绕于方尖碑四周，在花岗岩淡淡的自然色背景之下，格外鲜艳，吸引眼球。

这五条黑色装饰带标示着圣彼得堡自 1703 年以来遭受洪水灾害最严重的五次历史性水位。最上方的黑色标志，位于运河护栏扶手之上，记录了发生于 1824 年 11 月 19 日这一天遭遇特大洪水的历史最高水位，高于正常水位 4.1 米。

这一天，市区大部分地区被洪水淹没，成了一片泽国。据统计，约有 500 人溺亡，462 间房屋被冲毁。其下一个黑色标志，几乎与护栏扶手同高，记录了百年之后，即 1924 年 9 月 23 日，洪水水位高于正常水位 3.8 米。

在运河堤岸路面高度上，方尖碑上有三条黑色标志：最高的标志几乎与路面同高，记录着 1955 年 10 月 15 日的洪水水位，高于正常水位 2.93 米；中间的标志记录着 1903 年 11 月 25 日的洪水水位，高于正常水位 2.69 米；最低的黑色标志记录着 1967 年 10 月 18 日的洪水水位，高于正常水位 2.44 米。

从以上数据可以看出，圣彼得堡的洪灾多发生在秋冬之时。

据历史记录，早在彼得大帝建城之前的 1691 年，洪水水位高于正常水位 3.29 米。1060—1066 年间，几乎每年都发生洪灾，高于正常水位 4.5～7.6 米。

进入 20 世纪以来，圣彼得堡防洪工程虽日臻完善，但也难逃洪水之困，多次水位超过 2 米。

圣彼得堡频遭洪水之患，是多方面原因造成的。圣彼得堡地势平坦，河流容易阻塞。

据分析，圣彼得堡洪水和大西洋上空暖气团低压运动有着密切关系，持续的强劲西风将海水从宽阔的海域吹向狭窄的芬兰湾，至此流速加快，水位上升，冲向圣彼得堡，阻碍涅瓦河河水泄洪，造成海水倒灌；强劲的西风也使涅瓦河流速减缓，削弱了河流的泄洪功能。如果气候异常，天气变暖，降水偏多，灾害情况就会更为严重。

历史上，俄罗斯无数科学家和政治家提出了许多根治圣彼得堡水患的方案。1955年，圣彼得堡再次遭受特大洪水袭击，造成重大损失。苏维埃中央政府和圣彼得堡市政府决定在芬兰湾启动"圣彼得堡防洪工程综合体"计划。

防洪工程综合体于1979年动工。但是，苏联解体后，资金短缺。1995年，防洪工程综合体难以继续，工程量完成至70%时就不得不"下马"了。

2005年，时任俄罗斯联邦政府总理的普京下令防洪工程综合体重新"上马"。防洪工程综合体从"罗蒙诺索夫号"核电站往北经科特林岛（Kotlin Island）和喀琅施塔得市（Kronstadt），往东至利西诺斯角（Cape of Lisy Nos），全长25.4千米，由11座大坝（高出水面8米）、2个通航口和6个防洪闸门组成。

2011年8月12日，圣彼得堡防洪工程综合体完工。普京参加工程落成典礼并发表演讲。他高度赞扬该防洪工程综合体对于俄罗斯具有重要历史意义，"不仅有效防洪，而且改善生态环境"。

其实，防洪工程综合体还有一个功能，就是大大改善了圣彼得堡的交通环境，因为它可另作圣彼得堡环城高速公路之用。

事实证明，在恶劣天气条件下，圣彼得堡防洪工程综合体可以有效地阻挡来自波罗的海的洪涛巨浪。2013年12月14日，天气异常，圣彼得堡又一次面临特大洪水的威胁。当局及时关闭了大坝闸门，阻止了海水倒灌，避免了人员伤亡和重大损失。

据估计，若没有防洪工程综合体，这次威胁圣彼得堡市区洪水水位将高出正常水位 2.5~2.6 米。

邮政桥

莫伊卡河自红桥而下，流过了灯柱桥（Lamppost Bridge），就到了邮政桥（Pochtamtsky Bridge）。

邮政桥长 34 米，宽 2.2 米，是圣彼得堡市区最窄的人行桥之一，其名取自附近邮政大街上的圣彼得堡中央邮政总局。邮政桥是一座铸铁悬索桥。

1816 年，应沙皇亚历山大一世的邀请，特雷特（Wilhelm von Tretter）从德国来到圣彼得堡，参加皇家宫殿和市政建设。特雷特还设计和建造了横跨丰坦卡运河的潘捷列伊莫诺夫斯基桥（Panteleimonovsky Bridge）和埃及桥（Egyptian Bridge）两座融纪念性和标志性于一体的桥梁。

特雷特不愧是一位伟大的工程师，一生追寻桥梁变革和美学之梦。从人类早期利用藤、竹、树干等材料修建悬挂式桥梁以跨越小溪、山谷等实践活动中得到启示，在圣彼得堡原创性地设计和建造了欧洲第一批铸铁悬索桥，除了邮政桥，还包括今天尚存的横跨格里博耶多夫运河的银行桥和狮子桥。

特雷特的铸铁绳索桥，成为现代悬索桥的典范。从此，欧洲悬索桥，从无到有，从小到大，遍地开花，硕果累累。可惜，特雷特忙于追逐桥梁之梦，忽略了对知识产权的保护，在这一方面，美国工程师理查德·本德捷足先登，于 1867 年申请了悬索桥专利。

至今，俄罗斯人还认为，19 世纪初期特雷特等工程师在圣彼得堡建造的邮政桥、狮子桥、银行桥等才是欧洲第一批铸铁悬索桥。

其实，中国才是世界悬索桥的故乡。据科技史专家考证，战国时期的水利专家李冰（约公元前302—前235年）任蜀郡太守期间（公元前256—前251年），主持修建了都江堰水利工程，还修建了"七桥"，其中一座为笮桥，即竹索桥。

公元前50年，在四川已有过百米的铁索桥。65年，云南境内澜沧江兰津古渡口上有一座兰津铁索桥，这是世界上迄今为止、有据可查的最早的铁索桥。

三国时期，诸葛亮也在兰津渡口上修建过一座铁索桥。据我国明代地理学家徐霞客在《徐霞客游记》中记载，1629年贵州境内有一座跨度为122米的铁索桥。

17世纪，西方来华传教士，把中国建筑奇迹（包括悬索桥）等介绍到西方去。18世纪初，正当彼得大帝雄心勃勃地勾勒圣彼得堡作为国家新首都的宏伟蓝图时，1705年，中国人就在四川的大渡河上建造了当时世界上最长的悬索桥，创造了中国桥梁建筑史上的伟大奇迹。

1823年，特雷特花了约两年时间，修建了一座单跨铸铁桥，取代了建于18世纪末的简易木桥。桥墩隐藏于河岸堤坝内。

如今，邮政桥桥头上有四座铸铁方尖碑。花岗岩装饰，与两岸花岗岩堤岸和堤面格调一致。方尖碑顶部放置一个镀金圆球，颇具古埃及风韵。镀金圆球之下建造了一个用于悬挂主缆绳的鞍座。

方尖碑竖立于坚实的基座上，承载着桥身的重量，将整座桥恒载和活载的重力传递到塔基和桥墩。缆索悬挂于方尖碑索塔上，呈反向抛物线状，通过吊杆吊起桥架。

吊杆与桥面之间，增设加劲梁，提高桥身的抗风抗震能力。悬索上的索夹和栏杆都饰以铜质玫瑰花瓣，简约典雅，高贵大方。

在方尖碑索塔外侧，从塔顶的鞍座到地面，约占四分之一圆形面积，是一个扇形钢架结构，并延伸到堤岸下的锚定基座。这一钢架结构，弧形和支架交错，重量轻，强度高，耐腐蚀，形成一个庞大的预应力系统，有效抵消了桥体的恒载和活载重力，将重力引向锚固于堤岸深层的锚碇上。有了这一装置，邮政桥稳若泰山，固若金汤。

特雷特在设计邮政桥、银行桥和狮子桥时，都采用了同一引力结构。所不同的是，他在设计银行桥时使用狮鹫，在设计狮子桥时使用石狮将预应力机械装置隐藏起来，而在设计邮政桥时，他干脆将这一机械装置完全展露，毫无隐藏，使之成为邮政桥独一无二的华丽装饰。

常言道："桥如人。"每一座桥各有各的秉性，有的深藏不露，有的显山露水。内敛于心，养浩然之气，昭示内在的高度；外显于形，天然去雕饰，揭示审美的境界。

邮政桥建成之后，几度改建。1902 年，为减轻桥梁自重，邮政桥被换上更轻便的护栏。1905 年，方尖碑桥塔倾斜，铁索锈蚀，行人走在桥面上摇摇晃晃。维修时，工程人员在桥下加建桥桩，固定桥体，这就完全改变了邮政桥的原有建筑、装饰风格。

1981 年，由工程师德沃尔金（Dvorkin）和西波夫（Shipov）负责设计，重建邮政桥。为了准确恢复特雷特的建筑和装饰风貌，他们建立了跨部门分工协作机制。彼得罗克博斯特船舶修理厂匠心打造桥体，卡农纳斯基工厂专门铸造悬索及其配件，基洛夫斯基工厂精心营造桥塔的扇形重力锚碇。1983 年，新桥落成。

2003 年，邮政桥经过整体翻新，以崭新的姿态迎接圣彼得堡建城 300 周年盛典。

在历史长河中，邮政桥建了又拆，拆了又建，在一次又一次的建造和毁灭的循环中，铸就了今天的完美。

吻桥

在圣彼得堡有一条颇有纪念意义的大街，叫作格林卡大街，是以俄罗斯伟大作曲家米哈伊尔·伊万诺维奇·格林卡（Mikhail Ivanovich Glinka，1804—1857）命名的。格林卡大街南起尼古拉斯海军大教堂（Nicolobogoyavlensky Cathedral），北至莫伊卡河南岸。

吻桥（Potselue Bridge）就位于格林卡大街向北延伸的尽头。它由南向北，飞越莫伊卡河。它长41.5米，宽23.5米。

1738年，这里修建了一座简易开合木桥，方便帆船通行。最初木桥被漆成红色，但并未因此被称为"红桥"，而叫作"多彩桥"，因为该桥在不同时间被漆成不同颜色。

1768年，木桥被拆除。人们在木桥旧址上建造了一座石桥墩三孔桥，供行人和马车通行。

1788年，商人尼基弗·波采卢耶夫（Nikifor Potseluyev）在桥头堡开了一家酒吧，他将自己的姓和俄语的"Potselui"（吻）融合在一起，取名"吻吧"（The Potselui Bar）。

河边的酒吧承载着年轻人的浪漫情怀和美好回忆。他们从酒吧出来，成双成对，来到"多彩桥"，尽情享受良辰美景，释放浪漫情愫。渐渐地，"多彩桥"就成了"吻桥"，一直延续至今。

吻桥的护栏、灯座上挂满大小不一、形状各异的"同心锁"。吻桥旁，高高的指示牌上，用俄文写着"吻桥"。指示牌的周围，也挂满了"同心锁"。

为了减轻吻桥上同心锁的重力，圣彼得堡桥梁管理部门在吻桥桥头又竖立起一座"同心塔"，但没过多久，"同心塔"也挂满了"同心锁"。

每年，成千上万的恋人来到这座浪漫之桥，情真意切，相拥而吻，开启一段感天动地的甜美爱情，期盼真爱相伴，直至天荒地老。

对圣彼得堡的青年男女而言，吻桥别有一番滋味在心头。他们来到桥头，轻声细语，吐露衷肠，牵手同行，含情脉脉。但，他们绝不在吻桥吻别，因为吻桥在历史上曾经是开桥，即从正中间打开桥面，之后再闭合。在圣彼得堡，开桥又称"断桥"。天地间的不朽爱情经得住时间，可试问人世间，谁的爱情经得起吻桥的开开合合！

1808年，威廉·海斯蒂开始设计，历时8年建造了一座单跨铸铁拱桥，并在桥头上竖立了四座方尖碑。

1824年11月，圣彼得堡遭遇了史上最严重的洪水侵袭，许多桥梁被冲毁，吻桥也未能幸免。

1907年，吻桥重建，可通行有轨电车。不过，新桥保持了原来的建筑和装饰风格。目前，我们所见的吻桥，是1969年重建和装饰的。

吻桥位置独特，视野开阔。站在吻桥上，无限风光尽收眼底：古建筑群"新荷兰拱门"古朴清雅，生机盎然；马林斯基剧院富丽堂皇，尽显皇家气派；圣尼古拉斯海军大教堂金碧辉煌，闪耀夺目；圣伊萨克大教堂巍然屹立，傲视群雄……

站在吻桥上，你仿佛置身于一幅纯净的风景画中，平静的水面映衬出两岸的迷人色彩，折射出人、河、桥、堤岸和天际之间的简单和谐与完美融合。

人和桥互为风景，你在赏桥，桥在看你。

站在吻桥上，让我们问问真实的自我：为了追求普遍和谐与平衡，我们是否愿意放弃个性存在的真实体验？或许，在对吻桥的向往和追忆中，和自然的融合让我们瞬间摆脱了对物质世界的本能依赖，真实地体悟到本质精神的纯粹与明快，直接地超越滚滚红尘的纷繁与复杂，纯真地审视来自内心深处的勇气与激情。

红色舰队桥

自吻桥顺流而下不足百米处，就是红色舰队桥（Red Fleet Bridge）。它长29.8米，宽2.8米，是一座单拱步行桥。

该桥北端的东北角，有一座褐红色双层俄式建筑，是二十世纪二三十年代苏联海军"红色舰队"的营房，如今是俄罗斯中央海军博物馆。红色舰队桥因此而得名。

1959年，工程师库里科夫（A. Kulikov）和建筑师诺斯科夫（L. Noskov）设计建造了一座单拱铁桥，桥头分立着四个质朴素雅的灯座。当时，因吻桥就在百米开外，在此处修桥并非绝对必要，主要目的是架设一条热水管道，跨越运河。

红色舰队桥因热水管道而生，因热水管道而存。即使后来热水管道挪移别处，红色舰队桥依然风韵犹存，景致依旧。

红色舰队桥，红色是一种心灵的存在，而非物质性的存在；桥是他者存在的产物，而非目的性选择的结果。

红色舰队桥，目的不在自身，而在他者；却在成就他者的目的性过程中，最终实现了自我价值。

这种并非为自身目的而建造的桥梁，更体现出一种纯净美和形式美，更符合人内心的自由审美。

格里博耶多夫运河上的桥梁

格里博耶多夫运河（Griboyedov Canal）源自战神广场南面的莫伊卡河，向西南方向流去，长 5500 米，宽约 32 米，在莫拉卡林克桥（Malo-Kalinkin Bridge）附近注入丰坦卡运河。

1739 年以前，这里有一条名叫克里武什卡（Krivushka River）的自然河，十分狭窄，弯弯曲曲，水流不畅，时有异味。1739 年，对克里武什卡河进行截弯取直，连接莫伊卡运河，改善了河流水质。

1762 年，叶卡捷琳娜二世登基。

1764 年，启动河流综合整治工程。在工程师格列尼切夫—库图佐夫（Golenishev-Kutuzov）、鲍里索夫（Borisov）、鲍尔（Bauer）和莫德拉赫（Moderakh）的带领下，人们对河流深挖拓宽，对河岸固本强基，铺设了花岗岩堤岸。该河岸于 1790 年竣工，该河流也正式命名为叶卡捷琳娜运河（Yakaterininskiy Canal）。

1923 年，苏联政府为了纪念俄罗斯著名剧作家、诗人、作曲家亚历山大·格里博耶多夫（Alexander C. Griboyedov，1795—1829），将叶卡捷琳娜运河改名为格里博耶多夫运河。他在圣彼得堡生活过较长的一段时间，曾居住在这条运河旁的一座房子里。

格里博耶多夫创作了喜剧《聪明误》，颇负盛名，被誉为"一本书作者"。仅凭借一本书，就奠定了其在俄罗斯戏剧文学界的地位。

1829 年，格里博耶多夫出任伊朗大使时，在德黑兰被仇视俄罗斯的宗教狂热分子射杀，终年 34 岁。

一颗巨星陨落，举国哀恸。格里博耶多夫的名字，永远与这条古老的运河同在，也与普希金、托尔斯泰、果戈理、莱蒙索夫等人的名字一样，永远镌刻在俄罗斯民族的千年纪念碑上。

格里博耶多夫运河沿岸的栏杆设置颇有特色和观赏性，栏杆支柱是低矮的束棒形状，支柱之间有 9 ~ 17 个栏栅，延绵 5 公里，十分壮观。沿河护栏是由圣彼得堡工程师贾科莫·奎朗（Giacomo Quarenghi）设置的。格里博耶多夫运河上共有21座桥，其中有不少是步行桥。

　　格里博耶多夫运河静静流淌，得造化之意，彰显出一种力量，一种坚毅的阻隔力量。运河上，桥梁静默如迷，得审美之境，昭示出另一种力量，一股倔强的贯通力量。两股力量在同一星空下，良性互动，相辅相成，形成一股强劲合力，催生格里博耶多夫运河上的桥梁艺术。

剧院桥

　　在格里博耶多夫运河和莫伊卡河的交汇处，有一座剧院桥。它与小马厩桥共立于一个桥墩上，构成圣彼得堡独一无二的"姊妹桥"。

　　剧院桥以中央桥墩为界，只有一半是真正意义上的桥。以桥墩为支点，水流方向的左岸，分流出莫伊卡河河水，这一半是"真桥"；水流方向的右岸，在皇家马厩的一侧则是"伪桥"，河岸向桥墩延伸，阻隔了水流。稍不留意，你还以为桥墩是站立于运河中央的。

　　看来，桥也同人性一般，有真、伪两面性。

　　剧院桥的历史可追溯到安娜一世在位期间的1730—1740年。一个世纪后，罗西接受皇命，修建了迈克尔皇宫（Michael's Palace），考虑到周围的环境，又重新规划了剧院桥和小马厩桥，加装了灯柱、铸铁栏杆、护栏装饰。其间，这一带出现了具有新古典主义风格的建筑群。

　　20世纪，剧院桥经历了三次大维修（1936年、1953年和1999年），都保持了罗西的设计风格：在雄健结实的桥身上，饰以典雅灯柱、连续性护栏和简朴护栏装饰，不仅使桥梁具有稳定、坚固的外表，而且使装饰线条和桥梁轮廓形成活泼鲜明的对照。

新马厩桥

新马厩桥（New Stables Bridge）和大、小马厩桥一样，名字均与附近的皇家马厩有关。新马厩桥位于滴血大教堂前，连接皇家马厩广场和米哈伊洛夫斯基公园。

新马厩桥长 21 米，宽 34.4 米，是圣彼得堡又一座宽度大于长度的桥。

新马厩桥的建造，和俄罗斯历史上的一个重大历史事件有关。1881 年 3 月 1 日，亚历山大二世返回皇宫，准备签署俄罗斯政改法令，马车途经格里博耶多夫运河堤岸时，沙皇遭遇炸弹袭击，不幸身亡。

以遭受暗杀的方式结束生命，似乎是亚历山大二世的宿命。在此之前，他已经躲过了五次暗杀。这次，沙皇在劫难逃，为俄罗斯历史留下了可悲可叹的一页。可谓时也、运也、命也！

人们在暗杀地建造了一座小教堂，纪念这位在俄罗斯历史上具有雄才伟略、功勋卓著的农奴解放者。为了配合教堂建设，人们在教堂西北角的格里博耶多夫运河上架设起一座木桥。

亚历山大三世登基后，钦定在原址上修建一座具有俄罗斯建筑风格的大教堂。1883 年 9 月 14 日教堂举行奠基仪式，历时 24 年，于 1907 年 8 月 19 日正式完工。同年，一座新桥取代了原有的木桥，取名"圣血教堂桥"。该桥宽达 115 米，打破了世界桥梁宽度纪录。

1967 年，在工程师尤尔科夫（Yu Yurkov）、索博列夫（L. Sobolyev）和建筑师诺斯科夫（L. Noskov）的主持下，在原址上建造了一座钢筋水泥桥。

在苏联政府时期，1975 年圣彼得堡为了纪念暗杀亚历山大二世的主要策划人和实施者、"民意党人"伊格纳西·赫雷涅维茨基（Ignacy Hryniewiecki, 1856—1881），将圣血教堂桥易名为"格里涅夫斯基桥"（Grinevitsky Bridge）。

1998 年 1 月，该桥又恢复最初的名字"圣血教堂桥"。

与圣彼得堡的其他桥梁相比，圣血教堂桥的存在时间虽相对较短，但内涵丰富。就其命名而言，命名者从同一历史暗杀事件中的受害人和施害人双方不同的角度，对同一座桥梁进行了历史性命名，隐含着十分神秘的偶然性和必然性。

圣血教堂桥是圣彼得堡桥梁建设史上的杰作，经历了沧桑变化，包含了数代人的心血，在历史长河中依然历久弥新，体现了命名者对不同历史人物的立场和态度、对人物悲剧命运的追思和慰藉。

圣血教堂桥的护栏，是铁艺双枝交叉回旋托花装饰，与圣血大教堂、米哈伊洛夫斯基公园护栏的风格一致。

在大多数民族中，桥梁装饰被视为次要的艺术，但在俄罗斯民族文化中、在圣彼得堡的桥梁匠师眼中，却是至关重要的点睛之笔，不仅体现出匠师们巧夺天工的技艺和深厚的艺术修养，而且能激发出普通老百姓的艺术兴趣，陶冶审美情操，提高审美境界。

意大利桥

在艺术广场的南侧有一条连接格里博耶多夫运河和丰坦卡运河的大街，因 18 世纪 20 年代人们在大街东头建造起一座意大利宫殿（现在的俄罗斯国立图书馆分馆和凯瑟琳研究院的所在地）而得名为意大利大街。

意大利桥（Italian Bridge）坐落在意大利大街和格里博耶多夫运河交界处，是一座长 19.7 米、宽 3 米的单拱铸铁人行桥。

1896 年之前，这里是一个简陋的渡口。1896 年，工程师科尔皮钦（Kolpitsyn）在渡口处自费建造了一座简易单拱人行木桥。

科尔皮钦是圣彼得堡第一位自费筹建桥梁的人。他的名字和意大利桥一起被永远载入圣彼得堡的桥梁建筑史册。

为了节约经费，科尔皮钦连桥墩也省了，将横梁架在运河堤岸上。但是，木桥却颇有特色，精心设计支撑小梁，用铆钉加固，以承载横梁自重力和承重力。

通常用于铺设桥面的木板较为昂贵，科尔皮钦采用氯氧镁水泥（又叫索瑞尔水泥，是由法国科学家索瑞尔于 1867 年研制的一种以氯氧镁为主要原料的水泥）灌制的预制板铺设桥面。值得一提的是，科尔皮钦是圣彼得堡第一位采用氯氧镁水泥预制板铺设桥面的工程师。

由于氯氧镁水泥预制板比木板造价便宜，同时既不像木板那样需要防蛀处理和防潮养护，又具有抗折和抗压强度高、硬度大及耐磨性好的特点，意大利桥赢得了业界的好评和市民的欢迎。

一百多年后的今天，桥梁建设中已经不再使用氯氧镁水泥预制板。但是，氯氧镁水泥预制板依然被广泛运用于桥梁护栏装饰。

在历史长河中，个人小小的发明，成就人类科技巨大的进步。人类荣誉桂冠属于勇为文明进步跨出艰难第一步的人。

1896 年 10 月 6 日，圣彼得堡为意大利桥举行了隆重的落成典礼，市政府官员出席，运河两岸人山人海。盛大的典礼过后，科尔皮钦载誉而归。可是，他刚回家落座，翻开账本，就发现为了修建这座桥，共耗资 3 500 卢布，严重超出预算。

科尔皮钦考虑再三，决定向市政府提出申请，要求向桥梁使用者收取过桥费，向每位行人收取一个铜币（当时的货币单位）。当局不置可否，事情不了了之。

中国俗话说："好事做到底，送佛送到西。"科尔皮钦经不起等待和拖延，索性将意大利桥作为礼物，永久性地送给圣彼得堡。

由于当时技术和工艺的限制，意大利桥桥面的氯氧镁水泥预制板出现"淌潮"现象：在河流的潮湿环境下，预制板表面出现水珠和黏性潮渍；当水珠和潮渍越积越多时，就从桥面流淌下来。

1902 年，在建筑师鲍尔德（Bald）主持下，意大利桥桥面的氯氧镁水泥预制板被拆除，换上了水泥预制板（俗称"假型板"）。

1911 年，工程师叶维米耶夫（Yevimiev）率领一个桥梁建筑团队，重建了意大利桥。新桥为单跨木桥，由于运河堤岸修建了桥墩，桥身跨距只有 9.1 米。

1937 年，意大利桥进行综合维修。为了配合城市热水供应管道建设，市政当局在主梁之间加装了两条热水输送管道。翻修后的意大利桥长 18.4 米，宽只有 2.07 米，一度成为圣彼得堡市区内最窄的一座桥。

20 世纪 30 年代，意大利桥附近的格里博耶多夫河岸 9 号大楼吸引了一大批文学家和艺术家，成为圣彼得堡的文化艺术中心。许多著名作家，如讽刺作家米哈伊尔·左琴科（Mikhail Mikhailovich Zosh-chenko，1895—1958），都曾居住在这栋楼里。如今，左琴科租住的公寓已改为"左琴科博物馆"。

1955 年，格里博耶多夫运河堤岸维修工程启动。意大利桥状况不佳，工程师古茨艾特（Gutsait）和建筑师瓦西里柯夫斯基（Vasilikovsky）主持了意大利桥的重建工程。

新桥为单拱钢梁桥，桥体内隐藏着两条输送热水的管道。水泥桥墩嵌入运河堤岸，桥面铺设沥青，桥身装饰延续了19世纪下半叶的俄罗斯风格。每一个栏杆支柱内外两侧上均镶嵌着圆形盾牌，盾牌中心是一朵绽放的花，盾牌边缘有两条环形装饰带，内嵌十颗五角星。两条象征荣誉的功勋绶带交叉于盾牌中心的花蕊上，将盾牌切割成两组对称、面积相等的扇形。一杆长矛，以盾牌圆心为中心点，沿水平方向左右延伸，直至护栏的第七支竖杆。矛头和矛尖化成含苞待放的金合欢花蕾，矛身有金合欢树枝缠绕装饰。栏杆支柱之下的桥身上有一尊北极熊兽头雕塑，守护着意大利桥。桥头四个灯柱上，悬挂着开放式的八角灯罩，造型新颖，古朴典雅，轻盈灵巧。内心洁净的人，对灯罩爱不释手，珍爱有加；心怀恶念的人，对灯罩日夜惦念，恨不得占为己有。

1993年，小偷竟然一次性偷走了三个灯罩，意大利桥黯然失色，市民黯然神伤！庆幸的是，如今小人劣行不再。意大利桥穿越了历史时空，傲立于苍茫大地之上，闪烁于茫茫星际之下。

喀山桥

喀山桥（Kazansky Bridge）是圣彼得堡最古老的桥梁之一，其前身为1716年修建的木质桥。

1736年，在现今喀山圣母大教堂前的广场上，人们开始建造"圣诞教堂"（The Nativity of Our Lord Church）。因教堂内藏有喀山圣母圣像，教堂被命名为"喀山圣母大教堂"。教堂旁边的这座桥就以"喀山"命名。

喀山桥长 17.5 米，宽 95 米，宽度仅次于蓝桥，其宽度在圣彼得堡的桥梁中位居第二。

喀山桥

喀山桥也是一座单孔拱桥，拱顶距离水面仅 2 米，是圣彼得堡所有桥梁中拱顶距离水面最低的桥。因此，喀山桥也是圣彼得堡唯一一座禁止通航的桥。大小船只，概莫能外。

1766 年，喀山木桥年过"耳顺"，老态龙钟。恰逢格里博耶多夫运河铺设花岗岩堤岸，木桥被拆除，人们在此建造了一座较窄的单跨石拱桥。这是圣彼得堡建造最早的石拱桥之一。

工程师纳金莫夫（Nazimov）和格列尼切夫—库图佐夫共同主持了格里博耶多夫运河堤岸的花岗岩铺设工程，同时负责喀山桥的设计和建设。

工程师库图佐夫的儿子米哈伊尔·伊·戈·库图佐夫后来成为俄

罗斯历史上著名的军事家。大元帅库图佐夫的巨型雕像，如今屹立于喀山桥旁的喀山圣母大教堂前的广场上。父子二人的名字和喀山桥、喀山圣母大教堂紧紧联系在一起。

1801 年 8 月，喀山大教堂破土动工，历经十年，于 1811 年竣工。在喀山大教堂施工期间，喀山桥被拓宽，与涅瓦大街同宽，喀山桥、喀山大教堂和涅瓦大街融为一体。

1880 年，涅瓦大街铺设马车轨道。喀山桥桥面两侧铺设了花岗岩人行道，中间供有轨马车通行。

20 世纪初期，喀山桥进行了整体维修。2001 年，重建了喀山桥。桥面铺设的材料经过严格的防酸处理。桥面护栏沿袭了工程师库图佐夫的花岗岩装饰风格，是圣彼得堡桥梁中少有的花岗岩护栏。

银行桥

距离喀山桥下游不远处，就是银行桥（Bank Bridge）。在格里博耶多夫运河右岸至花园大街，有一座巨大的半圆形建筑物，高三层，外墙黄色，原是圣彼得堡汇兑银行（Assignment Bank）所在地（现为圣彼得堡国立财经大学）。银行桥由此而得名。

银行桥长 20.1 米，宽 1.85 米，是圣彼得堡最窄的人行桥。在圣彼得堡众多的桥梁中，仅有三座人行桥：邮政桥、狮子桥和银行桥。邮政桥和狮子桥的宽度均为 2.2 米。

银行桥是圣彼得堡第一座斜拉悬索桥。1825 年，工程师特雷特开始设计银行桥。1826 年，银行桥开始动工，同年 7 月 25 日顺利落成。

银行桥

　　银行桥造型独特，结构简朴，外观优美，是圣彼得堡的地标性桥梁之一。

　　银行桥落成之日，圣彼得堡万人空巷，人们争先恐后，涌向银行桥，以先睹银行桥芳容为快。据统计，当天约有一万人走过银行桥。

　　桥面护栏设计简朴而精致。护栏立柱之间，是一组组铸铁扇形棕榈叶装饰。今天人们所见的银行桥栏杆，并非由特雷特设计，而是后来人们根据当时画家所画的草图重新设计的，新设计尽可能保留了特雷特原有的栏杆设计风格。

　　银行桥最吸引人、最独特之处，在于桥头上的四座狮鹫雕像，每座雕塑高 2.85 米。狮鹫又称"格里芬"（Griffin），是西方神话中苍鹰和雄狮的混合体，具有狮身、鹰头、鹰翅和狮子的前爪。

　　在西方文化中，苍鹰是飞鸟之王，雄狮是百兽之王。狮鹫兼有苍鹰和狮子的个性特征，既有苍鹰的机警和速度，自由自在地翱翔于万里天空，又有雄狮的力量和威猛，威风凛凛地驰骋于苍茫大地。

狮鹫是瑞兽，是西方人心目中的吉祥物。在人类有文字记载之前，狮鹫就频繁出现于口头文学和说唱艺术中。在古巴比伦—亚述神话中，就有关于狮鹫的最早传说。

在俄罗斯沙皇统治时期，凯瑟琳二世实施新政，推行货币制度改革，成立俄罗斯圣彼得堡汇兑银行，发行纸币，通兑铜币。银行总部就设在银行桥和花园大街之间的这座大楼内，银行的标志就是狮鹫。

特雷特设计和修建银行桥时，和总工程师亚当取得一致意见，共同邀请俄罗斯古典主义装饰雕塑大师巴维尔·彼得·索科洛夫（Pavel Pyotr Sokolov，1764—1835）参与银行桥的装饰设计。

索科洛夫愉快地接受了特雷特和亚当的邀请，负责设计银行桥外观装饰。他一次又一次地进行实地考察，一遍又一遍地构思作品，在文化星空中捕捉那转瞬即逝的灵感。

一次，他在运河堤岸漫步，猛然间抬头，无意中瞥见银行桥右岸的银行标记，欣喜若狂，激动不已。他如获至宝，决定以狮鹫为原型，为银行桥设计四座狮鹫雕塑。

灵感是上帝赐给人类最为美妙的礼物。灵感在一个人追问自然、追问人世和追问内心的过程中瞬间闪现。

灵感的一次闪现，足以照亮历史文化的星空；思想的微弱亮光，足以照亮人类灵魂的未知之地！

索科洛夫在设计狮鹫形象时并非生搬硬套。他善于向传统文化借力，在文化传承中蓄势，能在融会贯通中铸就一座桥梁的灵魂。

试看他设计的狮鹫：狮鹫的形象有所改变，不是西方传统的狮身苍鹰头，而是采用狮身豹子头。它透露出西方历史文明的气息，也渗透着俄罗斯民族的文化元素。狮鹫体格强壮，肌肉结实，体态优美；狮身蹲坐，后爪弯曲，前爪伸直；鹰翅镀金，金光闪闪，展翅欲飞。

豹子头顶上的灯柱弯曲成弧形，柱顶装置白色圆形灯罩，罩上是鎏金灯帽。豹子张开大嘴，主悬索从中而出呈 35 度角，倾斜着向对岸延伸，并通过吊杆将桥身轻盈吊起。

这件雕塑作品，受到了苏联诗人、列宁奖章获得者罗·伊·罗日捷斯特文斯基（Robert Ivanovich Rozhdestvensky, 1932—1994）的热情歌颂：

半圆高墙边，
银行桥头立。
多情狮鹫长相守，
风霜雪雨无所惧！
悠悠希腊梦，
穿越迷蒙中。

坚冰为寒衣，
白雪是绒帽。
鎏金双羽展翅飞，
口吐神力定乾坤。
寂寞运河绕，
相视无言中。

狮鹫是西方艺术的母题，创造性的重复产生朴素和永恒之美，圣彼得堡以饱满热情拥抱母题之美。圣彼得堡汇兑银行完成了历史使命，早已成为历史陈迹。但是，作为银行商业化标志和财富守护者，狮鹫在咫尺之外，实现了华丽转身，一跃成为银行桥的守护神；在岁月之遥，再一跃成为圣彼得堡国立财经大学的吉祥物。

狮鹫，在俄罗斯的历史长河中延续，在圣彼得堡的璀璨星空下闪烁。在时空变换中，在河流与桥梁的变奏中，狮鹫展现了自身的价值和分量。

白桥

自银行桥顺流而下，依次是白桥（Flour Bridge）和石桥（Stone Bridge）。

白桥和石桥相距很近，宛如一对孪生姊妹，芙蓉出水，相对而立，婀娜多姿。

一家商业银行孕育了一座银行桥，一间面粉仓库孕育了一条"面粉大街"和一座"面粉桥"。"面粉桥"俗称"白桥"。

历史上，面粉桥曾被漆成面白色，即使其被漆成绿色之时，人们还是乐意称之为"白桥"。

白桥长 20.1 米，宽 2.2 米，是一座人行铁桥。1931 年，此处修建了一座简易的三跨孔人行木桥。1951 年，工程师重新设计、修建了一座铁桥，并在桥体内铺设了热水输送管道。

白桥曲线优美，洁白无瑕，娉婷玉立。桥头两端，各修置阶梯数级，仿佛在提醒过桥人，请放缓脚步，调整节奏，预备心灵空间，亲近白桥的柔媚，体验河水的清净，欣赏周遭的美景。

桥梁设计不在于造价高昂，不在于设计繁复，而在于体贴人心，在于呵护心灵。

石桥

石桥长 19.7 米，宽 13.6 米，两头连接起戈罗霍娃大街（Goro-khovaya Ulitsa）。

1775 年之前，这里就修建了一座简易木桥，取名为"中桥"（Middle Bridge）。

1774—1778 年，桥梁工程师和建筑师在木桥旧址上建造了一座石桥。顾名思义，这座桥完全采用石料建造，是圣彼得堡为数不多的单拱石桥之一。

石桥是圣彼得堡 18 世纪保留下来的为数不多的桥梁杰作之一。和圣彼得堡众多的桥梁不同，石桥自落成通车之日起，除了日常维护，几乎没有经过大规模维修，其建筑特色和装饰风格，一直保留至今。

石桥具有一种恒久品质。面对暴风，它不退缩；面对骤雨，它不迂回；面对洪水，它不妥协。

可惜，19 世纪末，石桥的扶梯被拆除了，只在桥头四个开口处留存了石板护栏，排列错落有致。护栏上刻有精致图案，供行人凭栏欣赏，抚今追昔。

桥身上，长方形的石块切割整齐，石块与石块黏合紧密，缝隙线条明晰。工程师在大拱券外延 10 厘米处，画了一条弧线，与拱券内石块缝隙线条形成对比，似乎是一条美丽的"钻石项圈"，即使在远处欣赏桥身，也能获得很好的视觉效果。细微之处，方见审美眼力和境界。桥梁建设者一丝不苟的精神可见一斑，令人钦佩。

石桥完全延续了格里博耶多夫运河两岸的护栏风格，如花岗岩支柱和铸铁栏杆，是圣彼得堡唯一一座在护栏装饰形式与风格上与运河完全一致的桥梁。

石桥开了圣彼得堡历史上桥梁挂牌命名的先河。1949年，石桥上竖立起铁柱，悬挂起铁板，深蓝色的背景上以白色俄文字母写着"石桥"（Kamenny Most）。随后，其他桥梁纷纷效仿，一时成风，逐渐形成传统。

石桥也见证了圣彼得堡历史上第一辆公共汽车的通行。20世纪初，第一批公共汽车在市区投入运营。第一辆公共汽车即由喀山岛开往救赎岛，驶经戈罗霍娃街，通过石桥。有趣的是，由于当时石桥斜坡太陡，公共汽车马力不足，高峰时段，公共汽车驶到石桥斜坡前停下，售票员彬彬有礼地恳请先生们下车将公共汽车推上桥顶，女士们则步行上桥。司机开车上桥，将车停稳后，再请乘客们上车，加大油门开车下桥。

石桥也见证了一次暗杀亚历山大二世的阴谋。1880年夏天，"民意党人"（Narodnya Volya）在石桥下方秘密放置了炸药，等待亚历山大二世乘坐马车通过石桥时点燃炸药，暗杀沙皇。那天，沙皇的马车经过石桥，但在千钧一发之际，暗杀人员突然想起放置的115公斤炸药威力不足以炸毁石桥，更不足以掀翻马车，炸死沙皇。为避免打草惊蛇，他们临时取消暗杀计划，准备从长计议。

历史没有赐给暗杀小组第二次机会。由于行动小组犹疑不决，暗杀阴谋泄露，沙皇安保人员发现炸弹，顺藤摸瓜，捣毁了暗杀行动小组。

然而，历史同样也没有赐给沙皇第二次机会。1881年3月1日，亚历山大二世在新马厩桥边遭遇炸弹伏击，伤重不治。消息传来，举国震惊。俄罗斯历史被改写，国家航道被改变。

一座桥梁，只要有一个"唯一"或"第一"，就足以被载入史册。而石桥，拥有圣彼得堡发展历史上多个"唯一""首次"和"历史见证"，成为圣彼得堡的城市纪念碑。

冥冥之中，似乎有股神秘力量，早已安排好了这场悲剧。或许机缘巧合能推迟历史悲剧的发生，却不能阻止历史悲剧的重演。当历史悲剧发生时，它一定足够壮烈，足够悲伤；它也一定足以震惊世界，改变历史轨迹！

历史由许许多多的"偶然"与"必然"组成，其偶然性，让我们在追问历史真相时不可避免地陷入神秘莫测的不可知论；必然性，也让我们在总结历史规律时同样不可避免地陷入无奈无为的宿命论；而试图在历史偶然性和必然性之间迂回曲折或摇摆不定，更让我们在探索历史轨迹时不可避免地陷入似是而非的调和论。但是，人类还是要刨根问底。人类还是要追问，要总结，要探索，要还原！

追问，让人类拓展内心视野。

总结，让人类提升生命境界。

探索，让人类揭示生活意蕴。

还原，让人类接近生命真谛，让人类感受真实自我！

干草市场桥

干草市场桥（Haymarket Bridge）位于干草市场广场（Haymarket Square）附近，并因此而得名。现存的干草市场桥是1952年由工程师巴热诺夫（P. V. Bazhenov）改建的。它是一座钢架结构拱桥，桥面装置铸铁栏杆。

中国有一句古语："生得早，不如生得巧。"这句古语道尽一个人生不逢时的悲哀和生逢其时的喜乐。

桥如人。干草市场桥是应运而生的一座桥。1931 年，圣彼得堡启动热水供应管道铺设工程，管道连接喀山岛和救赎岛，在干草市场广场附近跨越运河两岸。就这样，干草市场桥占尽天时地利人和，应运而生。

陀思妥耶夫斯基《罪与罚》的故事情节，就是围绕着干草市场桥以及干草市场广场周边的街道和建筑物展开的。

干草市场广场位于沃滋涅先斯基大街和戈罗霍娃街之间、格里博耶多夫运河左岸和花园大街旁边。

在陀思妥耶夫斯基创作《罪与罚》的那个年代里，干草市场广场是圣彼得堡市内脏、乱、差的地方，商人、小贩和近郊农民在广场上交易各种农产品、干货、柴火、草料和牲口等，熙熙攘攘，杂乱无章。《罪与罚》第五章开头写道：

他从干草市场经过的时候，约有九点钟了。摆货桌的、看手推车的、摆货摊的和开店铺的，所有市场的人或在关门，或在收拾货物，像顾客一样，都要回家。各种各样的小贩和拾荒者都在干草市场那些又脏又臭的院子里，尤其是在那些酒馆附近拥挤着。拉斯科里涅珂夫在街上无目的地闲逛的时候，特别爱这个地方和附近的一些小巷子。他的破衣服在这里不会惹来那种憎恶的目光，人在这里可以穿着任何服装走动，都不会使人见怪的。在 K 巷的拐角，有一个小贩和他的老婆摆了两张桌子，上面放了些线带、线、花布围巾等，他们也准备回家了，但是因为同一个刚到他们这里来的熟识女子谈话，就耽搁了下来。

《罪与罚》生动地展现了圣彼得堡的运河两岸充满忧郁却不乏浪漫的戏剧化生活。陀思妥耶夫斯基还以这一带的街道、河流、桥梁和广场等作为小说背景，创作了许多经典作品。

地价昂贵，租金飞涨，房间阴暗，院子荒凉，就连大楼的拱门，看上去也让人容易患上幽闭恐惧症。

只有殷实人家，才租得起有窗户、有阳光的公寓。贫穷人家，连半地下室都租不起，只能租住在狭小的阁楼或地下室中。

在陀思妥耶夫斯基笔下，那个时代，这样的地区，居住着帝国首都最贫穷的民众。

如今，干草市场桥及其相邻的广场，早已沧海桑田，今非昔比了。运河河水清冽，小桥静卧，广场开阔，动感迷人。

2003 年，为迎接圣彼得堡建城 300 周年盛典，干草市场广场地铁站焕然一新，干草市场桥也随之旧貌换新颜。

科库士金桥

瓦西里·科库士金（Vasily Kokushkin）是圣彼得堡鼎鼎大名的商人，在今天以他名字命名的科库士金路和花园大街的交界处，有一座古色古香的建筑物——科库士金楼。由科库士金路向运河方向延伸，就是科库士金桥（Kokushkin Bridge）。

科库士金桥总长 18.9 米，宽 13.1 米，位于木匠大街（Stoliarny Pereulok）和格里博耶多夫运河交界处。

18 世纪末期，格里博耶多夫运河两岸进行综合整治，铺设花岗岩堤岸和路面。1786 年，此处修建了一座单孔拱桥，桥墩以花岗岩饰面，桥身为横木托梁。1790 年，该桥落成，投入使用，并命名为

"科库士金诺夫桥"（Kokushkinov Bridge）。

但是，科库士金诺夫桥常常被误拼成"Kokushkin Bridge"，听起来很像俄语中的"Cuckoo Bridge"，意即"杜鹃鸟桥"或"布谷鸟桥"。但"Cuckoo"还可比喻人，形容"咕咕叫、学杜鹃鸟叫的人"。

在东方，杜鹃鸟或布谷鸟的叫声优美动听，可形容人的嗓音或歌声清脆迷人。在西方，那些只会像杜鹃鸟或布谷鸟一样鸣叫、不停地重复单调节奏和音调的人，不是"傻子"就是"疯子"，都是"缺乏理智的人"。

既然"Kokushkin"容易被人误拼成"Cuckoo"，圣彼得堡民众甚至官方媒体干脆采用"Kakushkin"一词代指此桥。这样，同一座桥就有了两个名字："科库士金桥"和"喀库士金桥"。

科库士金桥是圣彼得堡的"文学之桥"，具有文学境界和诗歌精神。在桥头，即现在的格里博耶多夫运河沿河街 69 号，有一座古旧的五层楼公寓建筑物，这是圣彼得堡城市发展史上第一座高度超过五层楼的建筑大楼。

大楼的原主人滋韦尔科夫（I. Zverkov）以"圣彼得堡第一高楼"作为噱头，出租公寓。他精明能干，经营有道，将公寓大楼打造成圣彼得堡时尚住宅品牌，吸引许多社会名流前来租住。

1829 年底，当时还默默无闻、意气风发的果戈理（Nikolai Vasilievich Gogol-Anovskii，1809—1852）就租住在五楼的一套朝向内庭花园的公寓，一住就是三年。果戈理在繁忙的创作之余，喜欢到运河两岸散步，常常伫立于桥头，目光凝视远方。

在这里，果戈理创作了不朽作品。他的短篇小说集《彼得堡故事》中的《涅瓦大街》，记录了他在桥头公寓居住时期的生活片段和写作经历。另一短篇《疯人日记》将作者十分熟悉的真实情景融入故事情节中，其中一段如下：

终于，他们来到科库希金桥，在一栋大楼前停了脚步。"我认得那栋楼"，我自言自语地说，"那是滋韦尔科夫大楼"。

同年，普希金在《尤金·奥尼金》（*Eugene Onegin*）初版中，也提到了和奥尼金在科库士金桥上散步的情形：

走过科库希金桥，在这里
亚历山大·普希金，站在
尤金·奥尼金先生身旁。我们俩
面朝运河，倚靠着花岗岩护栏。

普希金还请当时的画家诺特贝克（Notbek）画了一幅素描：奥尼金面朝运河方向远眺，普希金身子稍微侧向奥尼金，右手随意搭在护栏上，左脸面向读者，好像在打量着奥尼金，又好像是在和奥尼金说话。

看到这幅素描，普希金和奥尼金都不太满意，向诺特贝克发牢骚，抱怨道："两人面朝运河，屁股对彼得保罗要塞上的大教堂，岂不是对他们信仰的不尊重？"

对此，普希金在《尤金·奥尼金》中继续追问，那曾经让他在诗歌创作中才思泉涌的"灵感甘泉"，岂不将成为"毒汁"？试看答案：

无视至高者的眼神，和

要塞上空命运主宰的力量！
竟将自大的脊背回报恩赐，
好家伙！那岂是灵感甘泉？是毒汁！

在杰米多夫桥到基督升天桥的运河河段，河流自然形成了运河的第一个"大湾区"，这一大湾区素有"陀思妥耶夫斯基的圣彼得堡"之称。1864—1867 年，陀思妥耶夫斯基在运河大拐弯处附近的卡兹纳切斯卡亚大街（Kaznacheyskaya Street）9 号租住，创作了著名的长篇小说《罪与罚》。小说开头，就提到科库士金桥：

七月初，天气特别热的时候，有个年轻人走出他在 C 胡同向二房东租来的那间斗室，来到街上，然后慢腾腾地，仿佛犹疑不决地往 K 桥那边走去。

陀思妥耶夫斯基于 1866 年创作的《罪与罚》并未明确故事发生的时间，但开头提到的"七月"，似乎是指 1865 年的夏天。据考证，这年的夏天特别热。"C 胡同"就是作者安排主人公租住的地方，即现在的木匠大街（Stolyarny Pereulok），又译作"斯达良尼大街"，小说中称作"S 大街"。K 桥即科库士金桥。

在小说的第二段，作者也提到了当时圣彼得堡的那座第一高楼——滋韦尔科夫大楼：

他顺利地避开了在楼梯上与自己的女房东相遇。他那间斗室是一幢高高的五层楼房的顶间，就在房顶底下，与其说像间住房，倒不如说更像个大橱。他向女房东租了这间供应伙食，而且有女仆伺候的斗室，女房东就住在楼下一套单独的住房里，他每次外出，都得打女房东的厨房前经过，而且厨房门几乎总是冲着楼梯大敞着。每次这个年轻人从一旁走过的时候，都有一种病态的胆怯的感觉，他为此感到羞愧，于是皱起眉头。他欠了女房东一身债，怕和她见面。

陀思妥耶夫斯基为小说主人公拉斯科里涅珂夫设计租住的那间斗室，紧挨着作者的寓所，其原型是现今的市民街 19 号（当时被称作斯列德尼纳娅—梅什尚斯卡娅大街）。卡兹纳切斯卡亚大街 9 号和市民街 19 号所在的两幢大楼都朝向木匠胡同。小说中不少情节，都和科库士金桥有关。

科库士金桥，静静地飞卧在格里博耶多夫运河上，经历了沧海桑田，阅尽了荣华富贵，看透了世态炎凉，从而获得了一种超然的苍凉之感，以超越于乐观和悲观之上的第三种被称为"达观"的态度，与自然的脉搏同声应和，与四季的轮回联袂歌舞。

科库士金桥，面对荣华富贵，它不卑不亢；面对潦倒落魄，它悲悯体恤；面对欢声笑语，它气定神闲；面对愁眉不展，它眉宇疏朗。

科库士金桥，以公平公正迎接人间的喜怒哀乐，以不偏不倚欢送宇宙的春夏秋冬。

俄罗斯诗人和小说家莱蒙托夫（Mikhail Yurievich Lermontov, 1814—1841）在一部短篇小说"Shtoss"中提到主人公卢金（Lugin）寻找科库士金桥附近的"Shtoss House"的情节。许多人相信，"Shtoss House"就是那座"滋韦尔科夫大楼"（Zverkov House）。

一座城市，孕育了众多的文学巨匠。科库士金桥几乎在同一历史时期、同一星空下，为俄罗斯诗歌艺术不朽丰碑——普希金、擅长讲述"疯癫"故事的高手——果戈理、"睿智小说家"——陀思妥耶夫斯基、俄罗斯的"民族诗人"——莱蒙托夫，提供了源源不断的创作灵感。

一座桥梁，因作家和诗人的身体亲近，冷冰冰的悬索和护栏变得生机盎然，人情味十足；因作家和诗人的心灵书写，容易锈蚀的铸铁桥身和装饰得以化腐朽为神奇，融瞬间于永恒。

科库士金桥独一无二的美丽，没有张扬在敦厚的桥墩、优雅的拱券、精致的雕塑、雕花的护栏和有致的桥面上，而是深藏于伟大文学家的经典作品与历史典籍中，获得了与历史经典同行的原动力，实现了与永恒同在的梦想。

基督升天桥

距格里博耶多夫运河大拐弯处的科库士金桥下游方向不远，便是基督升天桥（Ascension Bridge），又叫沃滋涅先斯基桥（Voznesensky Bridge）。

基督升天桥长 19.3 米，宽 20 米，是圣彼得堡一座长度和宽度几近相同的桥梁。

基督升天桥的名字与俄罗斯东正教的传统有密切关系。18 世纪，在今天的基督升天桥附近，人们曾建造起一座基督升天教堂（Ascension Church）。基督升天桥因此而得名，它的名字一直保留至今。

根据《圣经》记载，耶稣被犹太人钉死在十字架上，第三天复活，复活后第 40 天升天，坐在上帝的右边，掌管宇宙万物。许多西方国家根据《圣经》传统，建造了"基督升天教堂"，纪念耶稣基督复活后升天。

由于历史原因，圣彼得堡的"基督升天教堂"于 1936 年被拆除，此后未重建，圣彼得堡东正教徒依然深深怀念这座具有历史意义的教堂。教堂旁边的桥梁几经大修或重建，仍沿袭"基督升天桥"的名字。教堂所在的大街，即沃滋涅先斯基大街，也叫"基督升天大街"。

陀思妥耶夫斯基于 1861 年出版的小说《被欺凌与被侮辱的》生动地再现了沙皇时代欧洲各民族，如波兰人、芬兰人、瑞典人、爱沙尼亚人等在沃滋涅先斯基大街的生活图景。在第四章中，作者细致地描写了一家德国人经营的商店，店内有往来顾客、各行各业的从业人员、店主养的花卉和宠物、店主女儿的琴声等。

沃滋涅先斯基大街以海军部花园为起点，经过圣伊萨克广场，跨越莫伊卡运河和格里博耶多夫运河，以丰坦卡运河上的伊兹麦伊洛夫斯基桥（Izmailovsky Bridge）为终点。

1737 年，根据圣彼得堡城市建设蓝图规划，有三条大街始于海军部花园，呈放射状向城区的不同方向延伸：沃滋涅先斯基大街、戈罗霍娃大街和涅瓦大街。

18 世纪 80 年代，在今天的基督升天桥的位置上曾建造起一座简易木桥。格里博耶多夫运河综合整治，深挖河床，拓宽河面，铺设花岗岩堤岸，拆除木桥，改建成石料桥墩、单跨孔横木托梁。

1855 年，建筑师朗格（Lange）重新规划，建造了具有巴洛克风格的桥梁，给人耳目一新的感觉。

1919 年，桥梁重修，保持了原有的风貌。1930 年，桥头附近的马约罗夫大街铺设有轨电车，基督升天桥重建，但保持了原有的桥墩和托梁结构。

1941—1944 年，圣彼得堡遭受纳粹德国 900 天围困，德国空军炸毁了基督升天桥，该桥在战后即重建。

今天，我们看到的基督升天桥是 1958 年重建的，是一座单跨孔铸铁桥，简单实用。桥面栏杆和意大利桥的栏杆风格一致，灯柱和灯具则依照花园桥（Sadovy Bridge）的旧照片设计而成。在圣彼得堡，具有同样灯柱设计和灯具风格的桥梁还有莫吉廖夫斯基桥和巴尔季斯基桥。

在格里博耶多夫运河的基督升天桥至杰米多夫桥之间的河段，被称为"陀思妥耶夫斯基的圣彼得堡"，基督升天桥也成了陀思妥耶夫斯基《罪与罚》的场景。

基督升天桥旁有一座四层楼的建筑（格里博耶多夫运河79号）——那不勒斯大酒店，历史悠久，享有盛誉。1825年底，十二月党人领袖之一 P. G. 卡霍夫斯基（Pyotr Grigoryevich Kakhovsky，1797—1826）就居住在这栋楼里，筹备发动革命和刺杀沙皇的活动。

卡霍夫斯基出生于一个没落的贵族家庭，早年就读于莫斯科大学，后从军加入高加索骑兵团，接受专业军人训练。

1823年，他先后前往法国、瑞士、意大利和奥地利等国，受西方民主思想熏陶。

1824年，卡霍夫斯基返回俄罗斯，定居于圣彼得堡。他醉心于古罗马历史，对公元前44年3月15日布鲁图和卡西乌成功刺杀恺撒大帝的行为尤感兴趣，萌发了刺杀沙皇、推进俄罗斯政治改革的念头。

卡霍夫斯基加入十二月党人"北方协会"，并在禁卫军中建立和发展了十二月党人组织。1825年12月25日（俄历12月13日），"北方协会"召开秘密会议，通过两项重要决定：26日在元老广场举行武装起义；授命卡霍夫斯基同时在冬宫刺杀沙皇尼古拉一世及其皇室成员。

元老广场武装起义如期举行，但卡霍夫斯基在实施刺杀行动前，转念一想：作为宗教信徒，刺杀沙皇是否符合公义？在千钧一发之际，卡霍夫斯基临阵变卦，将刺杀沙皇的重任抛之脑后，提着枪匆忙赶往元老广场。

中午时分，两军对垒，形势激化。卡霍夫斯基身先士卒，勇往直前，开枪射杀了圣彼得堡总督米哈伊·米洛拉多维奇将军、禁卫军指挥官路德维奇·斯图勒和俄罗斯著名的步兵上将米哈伊尔·安德烈耶维奇·米洛拉多维奇。

米洛拉多维奇上将曾叱咤风云，屡立战功，在 1812 年俄法战争中曾率领俄军先锋队穷追猛打拿破仑，为俄罗斯立下了赫赫战功。

十二月党人武装起义遭到沙皇的残酷镇压，起义最终失败。次日，卡霍夫斯基在基督升天桥附近的公寓被捕，被囚禁于彼得保罗要塞监狱。1826 年 7 月 25 日，卡霍夫斯基和另外四名十二月党人领导人，经残酷审讯后，被判处车裂，但在行刑前又被改判为绞刑。

1826 年 7 月 13 日，执行行刑任务的士兵在彼得保罗要塞的"冠堡"内一座半圆形城堡高墙围成的空地上搭起五座绞刑架。当晚，五位十二月党人领袖被带到绞刑架下，他们礼貌地拒绝了当局事先为他们安排好的安魂仪式和仪容服务。鼓声雷鸣，行刑开始。五位十二月党人被送上绞刑架。不料，卡霍夫斯基和另外两人的绞索断裂。他们重重地摔在地上，造成重伤。士兵重新搭起绞刑架，随后三位囚犯再次被推上绞刑架……

卡霍夫斯基等五位十二月党人领袖，被秘密埋葬于瓦西里区北部的格罗迪岛（Goloday Island）墓地。苏联时期，为了纪念被沙皇处决的十二月党人革命领导人，格罗迪岛被正式命名为"十二月党人岛"。

历史洪流滚滚向前，具有规律性。历史事件循环往复，具有重复性。历史事件以不同的形式在历史长河中反复上演，又具有惊人的相似性。

在历史进程中，皇朝顷刻易手，唯一不变的是人性。深不可测的人性，在历史的舞台上，编织出一幕又一幕跌宕起伏、波澜壮阔却又大同小异、循环往复的历史剧。

基督升天桥，既是圣彼得堡历史进程的经历者，又是俄罗斯历史舞台的表演者。

狮子桥

自基督升天桥顺流而下，运河"第一大湾区"结束，流到了"职员桥"（Clerks Bridge）。

起初，职员桥由威廉·海斯蒂设计建造，连接小职员大街（始于格里博耶多夫运河上职员桥，终于丰坦卡运河沿岸）和灯具厂大街（始于莫伊卡河上的灯具厂桥，终于格里博耶多夫运河上职员桥）。

自职员桥顺流而下，格里博耶多夫运河进入"第二大湾区"。

狮子桥正处于运河的"第二大湾区"内。该桥长22.4米，宽2.2米，是一座人行悬索桥。因桥首尾两端各立有两座狮子雕塑而得名。

1825年2月18日，沙皇批准了由工程师特雷特提交的狮子桥设计方案。同年7月19日，狮子桥破土动工。1826年7月1日，狮子桥竣工通行。

有关资料显示，当天8：00—23：00，共2700人从狮子桥上走过。

狮子桥

　　桥上的狮子雕塑出自俄罗斯古典主义装饰大师巴维尔·索科洛夫之手。雄狮体型健硕，肌肉结实，浑圆饱满，蹲坐于坚固的石基上。头上鬃毛浓密厚实，环颈披肩，由颈及腹，呈波状下披，浑然一体；昂首远望，目光犀利，气势高昂；口含缆索，力拔千钧，具有力量的美感和充沛的生命力。雕塑从头部到后腿的主轴线变化起伏，雄壮有力。

　　索科洛夫采用狮子的蹲坐姿态，可谓神来之笔：雄狮后腿造型安定沉稳，前肢向前有力地撑开斜立，架势雄武，狮身和基座构成一个小三角形。斜置狮身和直立前肢延伸至头部，与基座构成一个大三角形。

　　两个大、小三角形同座共力，相牵互引，稳若泰山。狮口微张，隐含力可拔山之气。悬索从狮口顺气浑然而出，通过桥身两侧的各10根吊杆，轻而易举地吊起桥身。

　　索科洛夫在如何安置狮子尾巴时费尽了脑筋：若让狮尾往上翘起，直立于狮子蹲坐的基座上，用作灯柱，但需扩大基座，占用道路空间；若让狮尾顺着狮身自然下垂，同样需扩大基座，还影响视觉效果。

索科洛夫利用虚实结合的手法，将狮尾隐没于狮子的双腿之间，顺着狮子腹部盘绕至背部，既符合动物本性，又符合视觉要求，线条简洁，圆润流畅，一箭双雕，取得了似断实连、欲虚还真的艺术效果。作为视觉互补，索科洛夫又把灯柱立置于狮子桥中间，可谓匠心独运之举。

狮子桥是桥梁力学和装饰艺术完美结合的典范，它的身影和造型频频出现在西方国家多个城市的河流之上，如德国柏林的狮子桥、匈牙利布达佩斯的狮子桥等。

在俄罗斯的宫殿、元老院、市政厅、博物馆等建筑物正门，都有摆放狮子石雕的传统。而在中国，作为舶来品的狮子，自从汉代起就成为民众崇信的对象。狮子融入中国文化洪流，完成了本土化的改造，形成了独特的自身形象，成为中国人深层意识中的民俗标志。

圣彼得堡狮子桥头上的狮子雕塑，没有矫揉造作，没有浮华矫饰，没有自夸张扬，反而谦逊温和、沉稳敦厚地展现了狮子的隐秘神韵和高贵性格——坚毅自信和静穆宽广，在静态中升华着神灵之气，让来自世界各地的人都能感受到东方的含蓄美。

新尼古拉斯桥

运河自狮子桥顺流而下，经过哈尔拉莫夫桥（Kharlamov Bridge）后，就到了新尼古拉斯桥（Novo-Nikolsky Bridge）。

新尼古拉斯桥因连接了格里博耶多夫运河左岸的尼古拉斯大街和运河右岸的尼古拉斯广场而获此名。其实，在格里博耶多夫运河和克留科夫运河交汇处已经有了一座旧尼古拉斯桥（Staro Nikolsky Bridge），横跨克留科夫运河，连接花园大街。

新尼古拉斯桥是一座造型简洁、不经雕饰的单跨孔铸铁桥。1835年新尼古拉斯桥动工兴建，1837年完工，向公众开放通行。

这座由扎瓦多夫斯基（Zavadovsky）负责设计的桥梁，根本不存在设计难题和技术难关，建筑材料要求也不高。不幸的是，新尼古拉斯桥开放通行后不久，堤岸垮塌，桥墩下陷。1837年10月8日，桥梁坍塌。

圣彼得堡迅速成立专门委员会，调查桥梁质量问题。在调查期间，设计师扎瓦多夫斯基被监视居住，财产充公。

调查结果显示：桥梁设计、建造和材料都存在问题，设计师、建筑师和监工都在不同程度上被判以刑罚。这是圣彼得堡桥梁建筑史上罕有的事件。

1841年，沙皇命令重建新尼古拉斯桥，由圣彼得堡大名鼎鼎的御用设计师卡罗·罗西设计一座单跨孔拱形铸铁桥。新尼古拉斯桥设计新颖，造型别致，用材讲究。

桥面用上好的厚板铺设，桥身用优质花岗岩贴面，栏杆装饰形式多样，边缘呈圆滑曲线，形态优美，富有动感。桥身、桥面、栏杆、灯饰相得益彰，与流水相映成趣。这是格里博耶多夫运河上第一座铸铁桥，出自大师之手，做工精致，众口称赞。

不料，不幸再次降临到新尼古拉斯桥身上，命运又一次和名师开了个大玩笑：人们期盼中的桥梁丰碑，不出三十年再一次坍塌了。

1880年，新尼古拉斯桥重建。为了避免坍塌命运，在宽度不足17米的运河上，人们建造起一座钢梁和梁木混合结构的三跨孔桥：堤岸桥墩厚实，河中圆木桥墩稳重。圆木桥墩之间的中央部分是钢梁结构，岸墩和木墩之间采用梁木结构。这座桥，延续了半个世纪。

目前的新尼古拉斯桥修建于 1934 年，走过风霜雪雨近一个世纪。

红色卫队桥

在格里博耶多夫运河和克留科夫运河交汇处，呈现了"三桥印水"的奇异景观——横跨格里博耶多夫运河的红色卫队桥（Red Guards Bridge）和皮卡洛夫桥（Pikalov Bridge）、横跨克留科夫运河的旧尼古拉斯桥。

皮卡洛夫桥连接克留科夫运河右岸，是该运河堤岸的一部分，而克留科夫运河是圣彼得堡观桥赏水的好去处。它全长只有 1 公里，但运河上有 6 座桥梁，大约每 150 米就有一座桥，是圣彼得堡桥梁最密集的运河，素有"六桥飞渡"之美誉。

顾名思义，红色卫队桥镌刻着十月革命的印记。1917 年十月革命时，为了保护革命的胜利果实，以参加 1905 年俄国革命的工人为核心，在圣彼得堡和莫斯科等地成立起准军事性质的"红色卫队"。后来，红色卫队成员扩大到农民、士兵、海员等社会阶层。

在圣彼得堡，红色卫队约有 3 万人，成为十月革命的重要力量，后被编入苏联正规军——红军，参加俄罗斯国内战争。

1957 年，圣彼得堡决定将这座单拱钢梁人行桥命名为"红色卫队桥"，纪念那早已逝去的峥嵘岁月。

栏杆装饰单调，扶手简单，栏柱敦实，栅栏平凡，但堤岸桥墩厚实，使用花岗岩贴面。桥面和堤岸铺设七级石阶，供行人拾级而上。石阶两侧各有一段扶墙，连接桥面栏杆和运河堤岸护栏。

桥头四端，各竖立着一座胜利方尖碑，碑顶安装灯具。桥梁建筑和装饰，表现出新古典主义风格。

当一个时代逝去，那些叱咤风云之人和惊心动魄的事，总能在人们不经意间悄悄溜进内心的秘密花园，激发人们对一个消逝时代的缅怀。

1991 年 6 月，苏联解体前，列宁格勒市民通过投票选择恢复城市原名"圣彼得堡"，这昭示着人们对一个时代的思考和对另一个时代的缅怀，也昭示着人们对一个时代的抗争和对另一个时代的期待。

圣彼得堡在人们对消逝了的昔日辉煌时代的缅怀中，朝着由彼得大帝敞开的、面向西方的窗口，加速了迈向欧洲的历史进程。

红色卫队桥承载着一个时代的记忆，又见证了人们对一个时代的反思和对一段历史的追忆。

皮卡洛夫桥

皮卡洛夫桥是一座与红色卫队桥毗邻、平行的桥梁，长 22.8 米，宽 10.6 米，名字取自该桥的承建商皮卡洛夫。

皮卡洛夫桥初建于 1783 年，于 1785 年落成通车。这是一座三跨孔的吊桥，圆木为墩，横木为梁，中央跨孔可开可合，方便船只通行。

19 世纪，皮卡洛夫桥中央跨孔取消了开合结构，仿照两端跨孔，采用木梁固定结构。1906 年，钢梁取代日益朽坏的木梁。

皮卡洛夫桥不仅是圣彼得堡唯一一座利用 18 世纪原址建筑、保持原有建筑和装饰风格的桥梁，而且是格里博耶多夫运河上第一座三跨孔桥。

与具有高贵名字的新尼古拉斯桥不同，皮卡洛夫桥最初被设计为三跨孔桥。自诞生之日起，它就以上乘质量、独特风韵和高贵品位载入圣彼得堡桥梁建筑史册。而新尼古拉斯桥却陷入了建了垮、垮了建、建了再垮、垮了再建的怪圈之中，最后无奈又不甘地在宽度只有20 米的运河面上选择了三开孔设计，这才在格里博耶多夫运河上争得了一席之地。

皮卡洛夫一介布衣，因建起了一座纪念碑式的桥梁而流芳千古，这至少说明两点：其一，皮卡洛夫技艺精湛，一丝不苟，具有高度的责任感；其二，皮卡洛夫是圣彼得堡众多桥梁建筑师的杰出代表，也是俄罗斯民族尊重技术和品质的体现。

皮卡洛夫桥于 1982 年重建，1993 年重修。与路基衔接的桥台（岸墩）为混凝土基座，河中有两个桥墩，用石砖砌成。

岸墩和桥墩均用花岗岩贴面，风格一致。桥墩十分别致，宽约0.8 米，长 13 米，与水流、堤岸平行。桥墩在托起桥身后，两端还留有空间，胜利方尖碑在此竖立，高约 3 米。

碑顶分级逐步缩小，上方安置着一个小金球。小金球在日光下光彩夺目，熠熠生辉，整个碑顶在倒影中摇曳。小金球下方约 0.5 米处（距离方尖碑基座 2.5 米处），一支利箭横穿碑身。箭尾的箭羽隐约可见，箭头处为圆形钢环，支起六角形灯罩。灯罩上有一顶灯盖，如同俄罗斯古代勇士帽。箭杆下方，有一尊鳅鱼雕塑，尾部置于碑身，头部支撑箭杆。鳅鱼雕塑形象逼真，体形圆小而细长，头圆口尖，嘴部前突，触须可见。整体上由前部向后部渐小趋扁，尾柄弯曲成卷。

鳅鱼生命力旺盛，适应力强，以水底腐殖质或泥渣为食，享有"河流清道夫"或"清水守护神"的美誉。

桥梁设计师一丝不苟、精益求精，以精微的洞察力生动再现了鳅鱼的逼真形象，充分挖掘了作为一个生命的存在意义。一个卑微的生命，伴随着象征荣耀的方尖碑和象征永恒的亮光，在圣彼得堡浩瀚而寂寥的星空下，不断摄取生命能量，开始"生命的征程"。

　　箭头所指方向和光源设置，充分体现了建筑装饰的人性化精神。在同一桥墩两侧的方尖碑上，箭头分别指向运河的左岸和右岸，这就意味着两座方尖碑上的两个光源的方向之于方尖碑位置相反。在桥身同一侧的两座方尖碑上，箭头则统一指向运河的左岸或南岸，这就意味着两座方尖碑上的光源之于方尖碑位置相同。

　　光源安置，一前一后，一左一右，完全抵消了由于方尖碑柱身所造成的阴暗面，行人和车辆在任何一个位置、从任何一个角度，都能均等地享受到来自四个不同方向的光源，强弱相宜，明暗相当。灯光柔和舒适，体贴入微，温馨四溢，让人陶醉。

　　皮卡洛夫桥的装饰大师可能是世界上最擅长利用光源阴暗和亮光对比在漆黑的夜空下创造出一个充满诗情画意、充满希望光明的世界的人。

　　一座城市，拥有一群充满人文主义精神和历史文化情怀的桥梁设计师、建筑师和装饰师，让人羡慕不已，钦佩不止。他们胸中装着市民，用灯光驱散黑暗，点亮一盏盏心灯，温暖千家万户，而千家万户的人也在心中为他们竖立了一座永恒的纪念碑。

　　皮卡洛夫桥的精彩，远不止于此。人们站在格里博耶多夫运河左岸、皮卡洛夫桥头上，手搭凉棚，放眼眺望，视野开阔，美不胜收，独享圣彼得堡独一无二的"八桥览胜"美景。

　　克留科夫运河上，左拥卡申桥（Kashin Bridge）和托尔戈夫桥（又译贸易桥，Torgovy Bridge）；右抱斯梅日桥（Smezhny Bridge）和旧尼古拉斯桥；在格里博耶多夫运河上，前览红色卫队桥和新尼古拉斯桥，后观莫吉廖夫斯基桥（Mogiliovsky Bridge）。

"三桥印水"婀娜多姿，卡申桥的轻盈灵动，托尔戈夫桥的高逸优雅，斯梅日桥的清幽肃穆，新尼古拉斯桥的厚重饱满，莫吉廖夫斯基桥的雄健高扬，令人目不暇接，心旷神怡。

每一座桥，造型不同，风格独特，装饰各异，却和谐融合，共生共荣，构筑了绚丽多姿、空灵洒脱、雍容华美的桥梁建筑艺术境界。

一座座桥梁，赋予了圣彼得堡"世界桥梁艺术博物馆"的美誉。这一美誉具有深厚而宽广的意义，而桥梁建筑意义的生成累积和艺术境界的提升延展都有赖于时间上的日积月累和空间上的层层拓展。

"三桥印水""六桥飞渡"和"八桥览胜"是圣彼得堡作为世界桥梁艺术博物馆的"意义之网"的最佳阐释。

莫吉廖夫斯基桥

莫吉廖夫斯基桥连接莱蒙托夫大街，长 23.8 米，宽 24 米，是圣彼得堡一座长和宽几近相等的桥梁。

桥名取自白俄罗斯东部城市莫吉廖夫。莫吉廖夫和圣彼得堡的历史源远流长，关系密切。

第一次世界大战期间，莫吉廖夫是俄罗斯军队司令部所在地。第二次世界大战期间，莫吉廖夫被德军侵占，大批犹太人遭受纳粹屠杀，城市几乎被夷为平地。1944 年，苏联红军攻克莫吉廖夫，它成为苏联加盟共和国的领土。1991 年，苏联解体，白俄罗斯独立，莫吉廖夫回归白俄罗斯版图。

1911 年，这里初建一座三跨孔木桥，长 49.6 米，宽 11.5 米。1928 年，莫吉廖夫斯基桥经历了一次综合维修，拓宽至 19 米，但基本结构未变，仍是三跨孔木桥，中间的那个跨孔是活动桥段，供船只通行。1941 年，莫吉廖夫斯基桥被德国空军炸毁。1953 年，圣彼得堡重建了莫吉廖夫斯基桥。

新桥是一座单跨孔混凝土桥，桥身和桥墩用淡红色花岗岩贴面。桥面护栏和运河堤岸护栏之间，均由低矮花岗岩护墙连接。在护栏形状和风格上，莫吉廖夫斯基桥和莫伊卡河堤岸如出一辙。在桥头四端，各有扎捆成长矛形状的灯柱，悬挂棱形灯罩。

莫吉廖夫斯基桥具有俄罗斯传统桥梁的风格，和周边环境和谐共生：与莱蒙托夫大街融为一体，和里姆斯基—科萨科夫大街唇齿相依，同圣伊西多尔和尼古拉斯教堂相互映衬。

里姆斯基—科萨科夫大街是圣彼得堡为纪念俄罗斯著名作曲家、音乐教育家里姆斯基—科萨科夫（Rimsky-Korsakov，1844—1908）而以其名命名的一条主要大街。

莱蒙托夫大街北自十二月党人大街（莱蒙托夫也是十二月党人诗人），经莫吉廖夫斯基桥横跨格里博耶多夫运河，南至丰坦卡运河。莱蒙托夫大街以俄罗斯伟大浪漫主义诗人莱蒙托夫命名，纪念诗人为俄罗斯文学做出的不可磨灭的贡献。莱蒙托夫在短暂的一生中，创作的诗歌、散文和小说，对当代俄罗斯文学产生了深远的影响。

莱蒙托夫崇拜英国诗人拜伦和俄罗斯诗人普希金。拜伦的生命冲动撞击了莱蒙托夫的灵魂，拜伦的浪漫主义铸就了莱蒙托夫的诗魂。《我不是拜伦，而是另一个……》（I Am Not Byron, but...）：

> 不，我不是拜伦，我是另一个
> 天职在肩但还无人知的诗人，
> 如果是他，我也是尘世的逐客，
> 不过，我有一颗俄罗斯的心。

"一颗俄罗斯的心"，是莱蒙托夫在俄罗斯日常生活中的巅峰体验，也是他从拜伦的灵魂和俄罗斯诗歌血液中提炼出来的生命能量。

莱蒙托夫和普希金一样，诗歌创作从浪漫主义转向现实主义，但他又不同于普希金：普希金脱胎于浪漫主义、走上现实主义之后到达俄罗斯现实主义诗歌的巅峰；而莱蒙托夫转向现实主义之后，继续探索浪漫主义诗歌道路，并从现实主义吸取养分和灵感，继而将俄罗斯诗歌推向浪漫主义巅峰。

莱蒙托夫是俄罗斯继普希金后的又一位伟大诗人，被别林斯基誉为"俄罗斯民族诗人"。

1832年，莱蒙托夫离开莫斯科大学，到圣彼得堡大学继续学业。未及毕业，他又辍学加入青年近卫军，一度驻扎在圣彼得堡西南郊区的"皇村"，即今天的"普希金小镇"。

1837年1月，普希金死于一场决斗。莱蒙托夫义愤填膺，奋笔疾书，创作了《诗人之死》（The Death of a Poet）。该诗作标志着莱蒙托夫的诗歌创作进入了一个新的历史时期。同时，莱蒙托夫也揭露了普希金决斗和死亡的真正原因——错综复杂的宫廷斗争和沙皇周围奸佞小人精心策划的卑鄙阴谋。尼古拉一世下令逮捕莱蒙托夫，将他流放高加索。

1838—1841年，莱蒙托夫步入文学创作的黄金时期，他佳作连连，名声大噪，很快加入了普希金文学圈子。

1841年7月，莱蒙托夫在一次上流社交舞会上，因一句玩笑激怒了当年士官学校的同学马丁诺夫。马丁诺夫提出决斗的挑战，而莱蒙托夫并不真正打算进行决斗。为了社交面子，为了虚荣，莱蒙托夫在各方角力中犹豫不决，欲退还行地走上了角斗场。他根本没打算开枪，以为马丁诺夫也不至于开枪，然而，不幸的是马丁诺夫毫不犹豫地开了枪，莱蒙托夫应声倒下。

和普希金一样，莱蒙托夫也在决斗场上结束了自己的生命。俄罗斯的"心灵之花"还没来得及绚丽绽放就过早地凋谢了。

莫吉廖夫斯基桥，与音乐对话，与诗歌交流，与河流交汇，共同谱写不朽篇章。

阿拉金桥

阿拉金桥（Alarchin Bridge）连接着安吉利斯基大街，长 26.5 米，宽 15.8 米。

该桥的名字取自圣彼得堡造船厂厂长阿拉德钱宁（Aladchanin）的名字，他在附近购买了一栋房子。人们就以房子主人的名字为桥起名。只是不知什么缘故，在为该桥竖立牌子时，把 Aladchanin 误拼写成 Alarchin。多年来，人们将错就错，一错带来一个响亮的名字——"阿拉金桥"，易拼易记，朗朗上口。

1753 年，这里修建了一座简易木桥。1783 年，格里博耶多夫运河进行综合整治时，木桥被拆除，人们修建了一座三跨孔木桥，中央桥段具有开合功能，方便通航。石基岸墩，花岗岩石片贴面。桥头立四座胜利方尖碑，碑顶装置有椭圆形灯罩。

自阿拉金桥顺流而下，不远处就是科洛门斯基桥（Kolomensky Bridge）和小卡林金桥（Malo – Kalinkin Bridge）了。

小卡林金桥

小卡林金桥位于格里博耶多夫运河和丰坦卡运河交汇处，即丰坦卡运河右岸和花园大街交汇处，连接科洛蒙娜岛（Kolomna Island）和波克洛夫斯基岛（Pokrovsky Isand），是格里博耶多夫运河上的最后一座桥梁。小卡林金桥长23.3米，宽16.22米。

17世纪初期，附近有一个芬兰人定居的小村庄，名字就叫"卡琳金娜村"（Kalinkinna Village），小卡林金桥由此得名。、

1783年，由工程师波利索夫（I. Borisov）负责，在此处修建了一座三跨孔木桥，中间桥段具有开合功能，以利通航。桥的宽10米，河中桥墩和河岸岸墩均为石料，外饰花岗岩石块。1789年，小卡林金桥落成。

1808年，为了配合城市铺设有轨电车工程，圣彼得堡决定重建小卡林金桥，保留了三跨孔设计和装饰风格，用钢梁取代木梁，拓宽至16.22米。尽管该桥此后又经过多次维修和重建，但宽度一直不变。

1952年和1970年，由建筑师洛塔奇（A. L. Rotach）负责，对小卡林金桥进行维修。和皮卡洛夫桥一样，小卡林金桥的两座河中桥墩为顺流方向平行并置，花岗岩石块贴面。桥墩两端，竖立着胜利方尖碑，碑上装置照明灯具，风格也和皮卡洛夫桥的灯具风格一致。

2007年，在工程师维亚切斯拉夫·施利亚金（Vyacheslav Shlyakhin）的主持下，人们对小卡林金桥进行综合维修，工程包括：按照1808年小卡林金桥的原貌修复胜利方尖碑和灯具、夯实桥墩、加固桁架、拆除电车轨道、铺设混凝土路面等。

绿水斜阳桥影长。小卡林金桥是果戈理的短篇小说《外套》（*The Overcoat*，1835）中的重要场景。

《外套》是果戈理的巅峰之作，是俄罗斯文学史上的瑰宝，透出跌宕起伏的人性挣扎和波澜壮阔的历史激荡。主人公的命运，体现了

果戈理的生命观——肉体虽然消亡了，但灵魂可跨越生命之河，抵达永恒的彼岸。

一个生命会油尽灯灭，但人的精神可以长存，人的思想可以传承。作家的生命终将穷尽，但他的作品会永存，价值无限。

一座桥梁的生命也会消耗殆尽，但它以生命的另一种形态，融入不朽作品之中，获得永恒的生命能量，成为人类文脉中不可或缺的精神元素。

小卡林金桥承载着精神，弥漫着思想，传承着文化，足以穿越过去，浸润当下，凝望未来！

丰坦卡运河上的桥梁

丰坦卡河源自涅瓦河左岸的夏日花园，最终注入涅瓦湾，全长6.7公里，平均宽度为70米，平均深度为3.5米。

在丰坦卡运河河畔，皇家宫殿鳞次栉比，贵族宅邸绿树掩映，商贾庭院鲜花盛开。最古老、最具特色的建筑当属彼得大帝的避暑宫殿——夏日宫殿。

18世纪初，彼得大帝决定定都圣彼得堡，大批政府官员、皇室成员及其随从从莫斯科举家迁居新都，由此拉开圣彼得堡的建设序幕。

1703年，伊凡·马特维耶夫（Ivan Matveyev）受命设计了一座木结构建筑，作为彼得大帝坐镇指挥新都建设的避暑宫殿。1704年，夏日宫殿旁建造了一个占地约10英亩的大花园，规划整齐划一，花木错落有致。宫殿冬暖夏凉，花园静谧，彼得大帝十分喜欢。

1710年，夏日宫殿重建，采用花岗岩、大理石结构，上下两层，使用面积约400平方米，房间布置采用主人十分推崇的荷兰装饰风格。宫殿设计有供水和排水系统，将生活污水排入宫殿旁边的一条无名小河。小河岸边修建了一个简易码头。码头两侧各修建有石阶连通花园。

夏日宫殿于1714年竣工，但彼得大帝早在1712年夏天皇宫完工前就迫不及待地住了进来。此后，至1725年彼得大帝驾崩前，每年夏天他都会到这里避暑。夏日宫殿以及夏日花园均由此得名。

1737年，因护养夏日花园的花草林木需要大量水，故花园内铺设了四通八达的喷水系统。宫殿旁边的一条小溪为夏日花园提供了源源不断的清水，因而得名"丰坦卡运河"，即"喷泉运河"。

在丰坦卡运河沿岸，还有许多建筑物，其历史价值和文化意义一点也不亚于夏日花园及其园内的彼得大帝夏日宫殿，如圣潘捷列伊蒙教堂、施蒂格利茨实用艺术博物馆、米哈伊洛夫斯基城堡、彼得大帝纪念碑、圣彼得堡马戏团、喜剧院、圣西米恩和安娜教堂、苏瓦洛夫宫、阿尼奇科夫宫、亚历山大剧院、托尔斯泰博物馆、托夫斯托诺夫大戏剧院、马雅可夫斯基图书馆、尤苏波夫宫、伊兹麦伊洛夫斯基大教堂等。

若沿着丰坦卡运河探幽访古，你会发现，运河两岸风光无限。人在岸边走，影随水波移，一步一景，景随步移，步随景换。自然景观，美不胜收；人文古迹，典雅高逸。

1780—1789 年，圣彼得堡对丰坦卡运河进行了综合整治，清理了河床，劈直了河道，铺设了花岗岩堤岸和路面。同时，运河沿岸加装了铸铁护栏。

河岸护栏及其支柱的造型，呈现出欧洲文艺复兴时期的艺术风格。装饰千姿百态，各有特色。

铸铁栅栏呈长方形依序排列，长方形上、下两端各置一半圆形，弧口相反，相对并置，仿佛是一个受天地引力拉伸的变形球体，浑然一体。

护栏支柱基座方正，柱身截面为四角形，柱顶由方趋圆，造型简约，厚实凝重，坚固沉稳。栅栏和支柱，各具特色，个性鲜明，却又精妙地融合，营造出一种连续不断、遥相呼应、相互映衬的视觉效果，使得天空、河流、街道和建筑之间达到了高度的和谐、均衡与完美。

行人徜徉在丰坦卡运河沿岸，欣赏着连绵不断的堤岸护栏，用心感受流动的韵律和跳动的光影，宛若欣赏着一首令人如痴如醉的乐曲，完全融入建筑艺术的美感中：简练、纯粹、质朴、精致和严谨。

丰坦卡运河河水碧绿澄清，两岸风光如诗如画，横渡于运河之上的 15 座桥梁，每一座都婀娜多姿，流光溢彩；每一座都蕴含着强烈的生命冲动，既有雄踞古今的大视野，又有无微不至的小细节！

洗衣桥

丰坦卡运河源自涅瓦河左岸。洗衣桥（Laundry Bridge）位于丰坦卡运河的源头处，是丰坦卡运河上的第一座桥，长 40.9 米，宽 14.3 米。

今天，洗衣桥是涅瓦河左岸库图佐夫滨河路和宫殿滨河路的分界桥。在彼得大帝时代，离洗衣桥不远，位于丰坦卡运河左岸和柴可夫斯基大街的转角处，曾是彼得大帝的御用洗衣房，洗衣桥因此得名。

1763—1769 年，圣彼得堡对涅瓦河进行综合整治，重点建设自夏日花园至冬宫河段的堤岸。和冬天运河上的隐庐桥一样，洗衣桥是圣彼得堡最早建成且保存完好的石拱桥之一。

1766 年，在卡洛·罗西的主持下，洗衣桥开始动工。该桥建设历时三年，于 1769 年落成。

洗衣桥桥头四角的人行道路面，各有十级台阶连接运河堤岸和桥面人行道，便于行人通过。桥面两侧，砌筑矮墙作护栏，与桥身、拱券形成弧线组合，线条流畅，结构完美。

洗衣桥为三连拱石桥，堤岸地基坚实，桥台也起到了单向推力的作用，以化解桥身自重力和水平推力。

洗衣桥的桥墩属于自重式实体桥墩，稳定性和抗倾覆性能好，足以抵抗水流和水中夹带的泥沙冲击。在桥墩的迎水端和顺水端，人们用坚硬的料石砌筑了三角形砌体，将迎水角和顺水角砌成刀刃形状，又称破冰体或破冰棱，减弱冬季凌汛期或初春融冰期时冰块对桥墩的撞击。

一般的桥梁只需在迎水端加设破冰棱，而在洗衣桥的顺水端加装破冰棱，主要是因为初春融冰时涅瓦河流域雨雪交加，加上融冰，涅瓦河流量激增，河水湍急，水流夹带巨大冰块经过洗衣桥时受到桥墩的阻滞，在桥墩的顺流端会形成回水现象，即流冰经过桥墩后逆流反向冲向桥墩，形成对桥墩的冲击。

每当冬、春两季，河面流冰涌动，流水从四面八方冲向洗衣桥之际，正是顺流端的破冰棱大显神威之时。

洗衣桥出自卡洛·罗西之手，真可谓名家大手笔。罗西充分利用地形地质、水文气象、建筑材料和施工条件，在施工过程中考虑周全，一丝不苟；在建筑材料取舍上，就地取材，物尽其用；在施工流程上严格要求，科学分工，人尽其才。

洗衣桥落成之后，历经一百五十多年风吹雨打，霜摧雪逼，依然风采依旧，屹立于涅瓦河畔，足见罗西对桥梁品质的严苛要求和对桥梁建造一丝不苟的精神。

自然界的寒冬酷暑，见证了洗衣桥的品质；社会的风起云涌，动摇不了洗衣桥的根基。

1908 年，圣彼得堡成立专门小组，对洗衣桥进行综合检测，结果发现中孔桥身下陷、破冰棱脱落、桥墩墩帽生锈、左岸桥台和破冰棱出现裂缝等问题。

1910 年，专门小组会同桥梁工程师叶菲米耶夫（Yefimev）向圣彼得堡桥梁管理局建议：中段桥身下陷，是桥墩基础下陷造成的，而桥墩下陷，是桥梁的硬伤，必须重建洗衣桥。

但是，俄罗斯美术学院的学院派专家和学者强烈反对洗衣桥的重建计划，认为重建洗衣桥势必破坏宫廷滨河路和库图佐夫滨河路的整体美观。因此，洗衣桥的重建计划被搁置。

随后的时间里，国际形势错综复杂，变幻莫测。帝国主义国家之间矛盾重重，不可调和。1914年，第一次世界大战爆发。当时作为协约国成员的俄国卷入了这场战争。战争期间，俄国因国内爆发二月革命和十月革命而不得不退出战争。俄国人民在列宁的领导下，取得了十月革命的伟大胜利，推翻了沙皇统治，建立了苏维埃政权。

1926年，在桥梁工程师瓦西里耶夫（Vasiliev）的主持下，俄国人民放弃了洗衣桥的重建计划，大胆提出了重修方案。重修洗衣桥在许多人眼中，是不可能完成的任务，一座具有150多年历史的桥梁，出现质量问题在所难免，重修不如重建。瓦西里耶夫力排众议，以科学技术为准绳，以实验数据为依据，证明了重修洗衣桥是可靠、可行、经济、高效的。重修工程包括：桥墩、拱券、破冰棱、河流堤岸等。

修旧不如制新。重修一座桥，往往比重建一座桥的难度要大得多。但是，工程人员仅用了半年时间，克服了一个又一个技术难关，顺利完成了洗衣桥的修复工作，保持了涅瓦河和丰坦卡运河沿岸的历史原貌，创造了圣彼得堡桥梁修复工程的奇迹。

洗衣桥的成功修复，证明了一百五十多年以前的桥梁工程质量过硬，经得起岁月的磨炼和时间的考验。

洗衣桥，宛如一粒充满奇异恩典的种子，蕴含着一股浩然正气，散落于良田沃土、蔚蓝天空和浮华人世，向躁动的人心绽放出芬芳馥郁的花朵。花瓣上镌刻着两个不朽的大字：精神。

洗衣桥，一个响亮的名字，在圣彼得堡的日光月影之中，传递着人类文明的精神。这种精神，既是人类赖以生存的根基，也是历史文化繁衍的原动力。

洗衣桥，一座传承精神的桥，让精神可触，让历史可感，让思想可承！

长途跋涉，不远万里，慕名前来拥抱洗衣桥的人，是幸福的。山高水远，风雨无阻，前来领略洗衣桥神韵的人，是有精神追求的。

一座桥，是设计师心灵的真实反映，也是建筑师灵魂的投注与显现。它承载着人类神圣的精神，而精神，是可以代代相传的。但愿穿越千年的人类最有价值的精神，能历久弥坚，弥漫于当下，渗透至未来！

潘特莱蒙诺夫斯基桥

潘特莱蒙诺夫斯基桥（Pantelemonovsky Bridge）跨丰坦卡运河，连接夏日花园和佩斯特尔大街（原潘特莱蒙诺夫斯卡亚大街），长43米，宽23.7米。

潘特莱蒙诺夫斯基桥的名字源自原潘特莱蒙诺夫斯卡亚大街，大街旁边有一座圣彼得堡最古老的教堂，即1735年动工修建的圣潘特莱蒙教堂（St. Pantelemon Church）。

潘特莱蒙诺夫斯卡亚大街即现在的佩斯特尔大街，政府为了纪念十二月党人帕威尔·伊万诺维奇·佩斯特尔（Pavel Ivanovich Pestel，1793—1826）而改为现名。佩斯特尔于1825年参与暗杀沙皇尼古拉斯一世被捕，次年在彼得保罗要塞政治监狱被秘密处以绞刑。

1737年，为了配合夏日花园的美化工程，皇室决定在佩斯特尔大街和夏日花园之间，修建了一条引水槽，为夏日花园的喷泉提供水源。但是，1777年洪水冲毁了水槽，破坏了夏日花园的喷泉系统。

为了方便皇室成员进出夏日花园，人们在水槽的原址上修建了码头和渡口。码头停泊设备齐全，泊位宽大，在泊位通往运河堤岸的路面上有石级连接。一时间，码头人来人往，熙熙攘攘，成为圣彼得堡的繁华之地，孕育了无穷诗意。

> 彼得之城，荡起有力的双桨，
> 大船不再远航，不再漂泊他乡。
> 满载形形色色的人，
> 来回穿梭于丰坦卡运河两岸，
> 往返于夏日花园和潘特莱蒙之间。

德米特里·赫沃斯托夫（Dmitry Khvostov，1757—1835）是圣彼得堡土生土长的俄罗斯古典主义晚期诗人。他徜徉于丰坦卡运河两岸，将目光投向波光粼粼的河面，思绪随绿波翻腾，灵感伴清风泉涌，诗句缓缓地流向笔端。

码头摆渡了40年，终于完成了历史使命。1824年春，由工程师特雷特担当设计，在码头旧址上建造了一座单拱链索桥，同年年底完工，人们习惯称之为链索桥。

俄罗斯著名的石匠苏哈诺夫充分利用重建工程城堡（米哈伊洛夫斯基城堡）护城河堤岸时遗留下来的石料，精心打造运河堤岸的桥台，为桥梁的建筑打下了坚实基础。海军部铸造厂因历史悠久、设计精准、工艺精湛而闻名于世，肩负桥梁所需的所有铸铁和锻钢构件的铸造重任。

铸造厂的技术人员和工人作风严谨，技术娴熟，仅用了18天就准确无误地完成了桥梁的铸铁、锻钢构件、桥塔和桥面铁索的安装与测试工作，创造了圣彼得堡桥梁建筑史上的奇迹。

链索桥长 43 米，宽 10.7 米，是丰坦卡运河上第一座链索桥，成为俄罗斯桥梁建筑的典范，也成为欧洲各大城市桥梁建筑纷纷效仿的经典样式。链索桥享有"桥梁皇后"的盛誉，是圣彼得堡桥梁建筑上的一座里程碑。

最令人震撼的是桥塔设计：规模宏伟，造型优美，结构典雅。桥塔仿照古埃及神殿的范式，坚实地矗立于重力式锚定之上。桥塔为钢架梁柱结构，耸立着五根钢铁立柱，宛如古埃及神庙正门的圆形大理石立柱。

桥塔立柱以中央柱为中心，将桥塔正面对称分为左右两部分：左人行道和左马车道、右人行道和右马车道。人行道和马车道是古埃及神庙典型的列柱式拱形正门风格。

中央柱是整个桥塔的画龙点睛之作，让人想起古埃及神庙建筑中惯有的纵长中轴线。那悬挂于柱顶的主缆绳，通往对岸桥塔，更加凸显了古埃及神庙由大变小、序次收缩的空间感。

桥塔的横梁和飞檐装饰着古埃及色彩的装饰带，形状各异的几何图形呈规律性交替排列，象征着古埃及辉煌的文明，各种植物花瓣和叶子上下翻飞，有序延展，体现出桥塔的神圣、庄严和奢华，给人一种顶天立地、千秋稳固的感觉。

一般的链索桥采用两根主钢索，悬挂于塔顶并锚定加固，平行布置于桥身加劲梁的吊点上。而链索桥的塔顶上，即五根支柱上，分别悬挂着五根主钢链，平行并置。

中央柱上一根钢链分割出左右马车道；桥塔两侧各有两根立柱，立柱上悬挂着两根主钢链，分割桥身左右两侧的人行道。五根主钢链分担桥身的竖向荷载，将竖向荷载传递到桥墩和桥基上。

在主钢链和加劲梁之间，安装有许许多多的吊索。吊索等距离排列，等截面分布。吊索上端通过索夹连接主钢索，下端通过锚头连接加劲梁的吊点，将桥身竖向荷载传递给主钢索，再传递到两端的锚定上。

主钢链上悬挂的吊索，就像古埃及神庙正门之后列柱大厅内造型优美典雅的廊柱。那一根根廊柱，排列整齐，密集分布，营造了一个静谧、稳固的空间，象征着一个安定、永恒的世界。

潘特莱蒙诺夫斯基桥的众多吊杆，宛如一根根擎天柱，拥有支撑起蔚蓝天空，甚至整个宇宙的能力。

链索桥的桥身设计和桥塔结构充满异域风情，但细节的装饰却渗透着俄罗斯古典主义的装饰风格：链节上的玫瑰花饰流金溢彩，索夹上的狮头雕饰生动逼真，马车道拱门上的俄式灯具古朴生辉……桥塔正面的拱门，蕴含着古埃及文明，也闪耀着俄罗斯民族建筑艺术的光辉。

细节渗透出品质和精神，玫瑰花瓣赢得了宏阔的表达空间。

链索桥是古埃及建筑艺术和俄罗斯古典主义装饰风格的完美融合，是俄罗斯文明和古埃及文明融会贯通的缩影。

链索桥的建设者们，以俄罗斯民族文化为基础，成功地吸收了古老东方民族的文化精髓，创造了圣彼得堡桥梁建筑艺术的光辉典范。他们拓宽了桥梁艺术空间，融合了异质文化的精华。在浩瀚的文化星空之下，砥砺前行，抵达了桥梁艺术的深度和广度的极限。

链索桥的创新是以俄罗斯民族文化和古希腊文明为基础，借鉴和融合了古埃及文化元素才得以实现的。艺术创新的根基在于民族本土文化，外来文化为艺术创新注入新鲜的活力。

当链索桥落成时，各大媒体纷纷以头版头条争相报道。圣彼得堡万人空巷，市民争先恐后，先睹为快。其他国家的民众也怀着喜悦的心情前来，对潘特莱蒙诺夫斯基桥顶礼膜拜。链索桥成为连接西方文明和东方文明的纽带。

链索桥也给圣彼得堡市民带来了无尽欢乐。由于当时的技术限制，建造潘特莱蒙诺夫斯基桥时没有采用加劲桁架来抗风抗震，稳固桥身，每当刮大风或载重马车从桥面通过时，桥身就会摇晃。

每当桥身摇晃，圣彼得堡市民纷纷涌向桥上人行道，自由地放飞心情，尽情地享受愉悦。链索桥在时间的长河中摇晃，在人们的心中摇晃，摇过了83个春夏秋冬。在这83年里，平均每月有8 000位行人和900辆马车通过链索桥。他们用行走证明内心那份纯正的热爱，用脚步延展桥梁的物理长度，用内心镌刻桥梁的时间刻度。

20世纪初，链索桥悬索锈蚀，桥塔裂隙，梁柱变形，桥台下陷，大桥摇晃得越来越厉害。圣彼得堡市民喜欢这座链索桥，无法接受拆除链索桥的事实。

1907年，圣彼得堡政府宣布：由于悬索日益锈蚀，为了配合市政有轨电车建设规划，当局决定拆除链索桥，在原址上建造一座具有现代建筑风格的单跨孔钢架拱桥。

1908年，新桥落成，开放通行。新桥边装修边通行，桥梁装饰工程花了近三年时间。而桥梁装饰品的镀金工程，直至1914年才大功告成。潘特莱蒙诺夫斯基桥是圣彼得堡桥梁建筑史上唯一一座装修时间大大超过建造时间的桥梁。

新桥问世，链索桥已成追忆。有的人欢呼新桥落成，更多人却沉浸在对链索桥的深深怀念之中。圣彼得堡的报纸和杂志等连连刊登怀旧的散文和诗作，有的还专门开辟了怀念链索桥的专栏。

俄罗斯是一个怀旧的民族：喜欢怀旧，善于怀旧，忠于怀旧。

怀旧，让昔日美好时光重现；怀旧，是对历史的敬畏和尊重。

怀旧，是一种深情的回望，也是一种热切的盼望。

怀旧，让沉甸甸的历史感跃入活生生的当下，让若隐若现的未来摄入真实可感的当下。

潘特莱蒙诺夫斯基桥的装修、装饰工程是由久负盛名的卡尔·温克勒工厂负责的。帝国美术学院对桥梁装饰方案的要求近乎严苛，他们坚决反对采用铸铁栏杆的方案。他们认为：铸铁栏杆更适合普通房屋阳台护栏，而不适于做桥梁的护栏。因此，潘特莱蒙诺夫斯基桥刚落成时采用的是优质木料护栏，而不是今天所见的铸铁护栏。

潘特莱蒙诺夫斯基桥铸铁护栏上，栏杆支柱是典型的束棒，中间饰鎏金花叶。两根束棒之间，镶嵌着俄罗斯兵器组合图案：由 17 根骑枪（俄罗斯骑兵专用）组成栅栏；栅栏上，两柄战斧呈十字形交叉，刃身厚重；斧柄杆头和护手由功勋章绶带相连；绶带同时串起两把短剑的剑锋和护手；一杆长矛沿水平方向平置，正面是俄罗斯盾牌；盾牌上，一朵八瓣花盛开，月桂花叶饰缘，十字花绽放，两端各有一个月桂花环。

在这组俄罗斯兵器组合中，一切都以八瓣花为中心，构图完美，色泽浓郁：在蓝色的河流背景下，长矛、束棒、绶带和斧柄呈现象征生命、和平的绿色，兵器的护手、剑锋、斧身以及盾牌上的花叶装饰流金溢彩，光芒四射。

桥头灯柱绚烂华丽：坚实的基座中央，竖立着粗圆的骑枪。骑枪枪头位置上，是一个象征荣誉和胜利的月桂花环。花环上伫立着展翅欲飞的双头鹰。双头鹰雄视东西方，象征着俄罗斯是一个横跨欧亚大陆的国家。月桂花环之下，一支利箭横穿骑枪，箭头横指。箭身上悬挂着椭圆形灯具。灯具呈八角形，让人联想到古埃及金字塔的形状。

骑枪的周围，竖立着长矛。长矛中间的位置上，交叉镶嵌着两把利剑。以利剑交叉点为中心，悬置着一个俄罗斯圆盾。盾牌中央，镌刻着古希腊神话中的美杜莎雕像。

与第一工程师桥栏杆支柱上的美杜莎雕像不同，该雕像主体美杜莎头上蛇发蓬松，脖颈上也群蛇狂舞，两只耳朵被置换成雄鹰的翅膀，美杜莎宛如月桂花环上的双头鹰，展翅欲飞。

潘特莱蒙诺夫斯基桥是圣彼得堡市的桥梁精品，在随后百余年的风霜雪雨中，依然巍然屹立，昂首挺立于丰坦卡运河上。

1957 年，圣彼得堡对潘特莱蒙诺夫斯基桥的表面进行翻新，除了对桥身和护栏等进行特殊防锈处理，还特别制订了镀金方案。镀金部分包括：拱券上的花叶装饰、桁架上的动物雕刻、栏杆上的古代兵器图案、桥头灯座上的兵器图案、月桂花环、双头鹰、灯罩、长矛的矛头等。鎏金技术的处理，使大桥看上去古朴典雅，金碧辉煌。

鎏金是一项古老的金属加工工艺，流程复杂，工艺精湛。鎏金主要工序有：熔金，在水银中溶解黄金，制成金泥；抹金，在金属部位涂抹金泥；开金，用烧红的无烟火炭沿着抹金表面蒸烤，蒸发水银，使黄金紧贴金属表面；压光，用玉石反复磨压、抛光镀金表面，直至镀金表面光滑锃亮。

我国是世界上最早掌握鎏金技术的国家，该技术始于战国，盛于秦汉，在唐朝时大放异彩，闻名于世。而俄罗斯民族深知鎏金技术的价值，在宫殿、教堂、桥梁等建筑上都十分喜爱用鎏金技术来装饰，使建筑华贵璀璨，耀眼生辉，并经过一代又一代的聚集和传承，在民族深层心理形成了对鎏金的审美偏好和情趣，渗透到民众那盘根错节的生活意蕴层的方方面面。

潘特莱蒙诺夫斯基桥是圣彼得堡桥梁中鎏金面积最大的一座桥梁。1957 年，潘特莱蒙诺夫斯基桥翻新时，鎏金面积达 82.8 平方米。

2001 年，圣彼得堡市政府为了在 2003 年举行庆祝圣彼得堡建城 300
周年大典，重新翻修了潘特莱蒙诺夫斯基桥，鎏金面积扩大到了 150
平方米。

潘特莱蒙诺夫斯基桥被誉为"桥梁皇后"，雍容华贵、富丽堂
皇。我常常站在丰坦卡运河岸边，反复打量这位"桥梁皇后"，思绪
飞往欧洲那座享有"浪漫之都"美誉的城市——巴黎。

风光旖旎的塞纳河上，有一座象征着俄法友谊的"亚历山大三
世桥"。亚历山大三世桥于 1896 年 10 月 7 日由俄国沙皇尼古拉二世
和法国总统富朗索瓦·萨利·福尔奠基，在 1900 年巴黎世界博览会
之前落成，并以尼古拉二世之父亚历山大三世的名字命名。

亚历山大三世桥是一座钢架结构单拱桥，长 107 米，宽 40 米。
桥头两端四侧面，各有一根巨大立柱，高 17 米。柱顶上是一座鎏金
骏马的雕塑，象征着科学、艺术、工业和商业的完美融合。

在世界城市桥梁中，唯有巴黎的亚历山大三世桥能和圣彼得堡的
潘特莱蒙诺夫斯基桥并辔而行。

今天，潘特莱蒙诺夫斯基桥是圣彼得堡最优雅闪耀、最流光溢彩
的桥梁，无论是雪野茫茫，还是夏花遍地，人们驻足停留，深情凝
望，思绪万千，久久不忍转身。

别林斯基桥

别林斯基桥连接别林斯基大街（运河左岸）和别林斯基广场
（运河右岸），长 56 米，宽 19 米。

顾名思义，桥梁的名字源自俄国革命民主主义者、哲学家、文学
评论家维萨里昂·格里戈里耶维奇·别林斯基（Vissarion Grigoryevich

Belinsky, 1811—1848）。别林斯基在圣彼得堡生活期间，曾先后居住在别林斯基桥附近的丰坦卡运河 17 号和 40 号。

1733 年，这里修建了一座沉桩式三拱木桥——圣西米恩诺夫斯基桥，因附近有一座彼得大帝为庆祝女儿安娜出生而下令修建的教堂——圣西米恩和安娜教堂而得名。

1785 年，圣西米恩诺夫斯基桥重建。新桥为三拱石桥，中间桥段为升降式木结构。桥墩之上，加建两座花岗岩桥塔，里面安置着中央桥段机械升降的控制构件。

1859 年，中央桥段的升降装置被拆除，改建成石拱桥段，用花岗岩石片贴面，与左右两桥段的风格保持一致。

1890 年，为了拓宽桥面，人们在桥墩两侧加建悬臂，铺设横梁和木板，作为专用人行道。

1923 年 10 月 6 日，圣西米恩诺夫斯基桥改名为别林斯基桥。1988 年，苏联国家历史遗迹保护委员会对别林斯基桥进行全面考察后，决定恢复该桥 1785 年的原貌，包括桥塔。可惜，此计划未能如期进行。

别林斯基桥还是丰坦卡运河上最早的一座桥面上竖立桥塔的桥，即塔桥，成为圣彼得堡运河桥梁建筑的范式。仅在丰坦卡运河上，就先后修建了七座塔桥。现存的塔桥还有两座，即罗蒙诺索夫桥和老卡林金桥。

1999 年，圣彼得堡对别林斯基桥进行翻新，工程包括桥面电车轨道、人行道和栏杆等。

别林斯基桥，经历重修、重建、重命名，存留于人们记忆深处的历时性原貌，显得弥足珍贵。它饱经沧桑，凝聚着人类智慧，承载着民族文化，记录着历史足迹，见证了一座城市的成长和发展。

世界上许多具有历史纪念价值的桥梁，或因天灾，或因人祸，淹没在历史尘埃中，但留存于人们的记忆中。这些承载着人们共同记忆的桥梁，各自拥有一份最纯真的美丽。

有些桥梁，无论造型多么优雅，装饰多么华丽，都隐含客观目的和实用价值，甚至还有通行费、过桥费的算计，从崇高的审美意蕴层面落入赤裸裸的、算计的消费层面，完全违背了一座桥梁存在的最初目的，遮蔽了一座桥梁的美的本质。

有些桥梁，无论结构多么宏伟，建造技术多么精湛，建筑材料多么轻质高强，都跳不出拙劣模仿的怪圈，让人百思不得其解。

别林斯基认为：艺术是形象的思维，而典型的形象是"熟悉的陌生人"。一切艺术形象，包括文学、绘画、雕塑、建筑等不是一个形象简单地重复着另一个形象，而是新鲜活泼，有血有肉，具有独特的个性和生命力，在人们的心中深深留存。

一座桥梁，之所以为人们所熟悉，所熟知，所热爱，是因为它源自现实生活，融合了生活经验，符合日常生活中的普遍现象和规律。

一座桥梁，之所以为人们所不了解，之所以在人们心中形成陌生的审美情趣，是因为它个性独特，形象鲜明，意蕴丰富，寄托着人们崇高的审美理想。

熟悉，因为贴近普通老百姓的日常生活；陌生，因为存在着审美的认知高度和难度。一座桥梁的强大艺术生命力，在于熟悉和陌生之间的转化与契合。

艺术形象源于生活，又高于生活。一座桥，不仅是一座结构简单的桥，还是一座人们心理上愿意接受的桥，让人一看就明明白白地知道它是一座生活中的桥。同时，一座桥，是一座具有审美境界的桥，是一座人们愿意亲近、乐意欣赏的桥，是一座让人们离开时依依不舍、离开后日夜思恋的桥。一座熟悉且陌生的桥，具有崇高的存在目的，具有高贵的审美价值！

阿尼奇科夫桥

阿尼奇科夫桥（Anichkov Bridge）横跨丰坦卡运河，连接涅瓦大街，长54.6米，宽37.9米。

阿尼奇科夫桥是圣彼得堡古老而又现代的地标性桥梁。

1713年，彼得大帝亲手规划了帝国新首都的宏伟蓝图，由此也拉开了"远大前程大街"（即后来的涅瓦大街）的建筑序幕。

1715年，彼得大帝命令工人在涅瓦大街和丰坦卡运河交界处修建了一座木桥。这座木桥由多梅尼奇·特雷兹尼（Domenico Trezzini）负责设计，由俄罗斯军队工程师米哈伊尔·阿尼奇科夫（Mikhail Anichkov）中尉负责建设。

当时阿尼奇科夫所率领的部队恰好在附近驻扎，于是，阿尼奇科夫中尉便带领士兵们参与了桥梁的建造工作，阿尼奇科夫桥也由此得名。

此时，阿尼奇科夫桥周边是圣彼得堡的郊区，四野荒芜，人迹罕至。洪水泛滥时，一片汪洋。尽管如此，阿尼奇科夫桥不仅是圣彼得堡城区通往郊外的重要通道，也是这个国家通往世界各国的门户。桥头附近设置俄罗斯海关，每天有大量的国内外人士从阿尼奇科夫桥进出俄罗斯新首都。

1721年，木桥被拆除，人们重建了一座新桥。新桥的中央桥段上加建了四座桥塔。新桥造型新颖，装饰优雅，很受市民的欢迎。

新首都日新月异，城市建设如火如荼，阿尼奇科夫桥一时间成了圣彼得堡的热闹繁华之地。这里市民云集，商铺林立，车水马龙，熙熙攘攘，也为艺术家提供了源源不断的创作灵感。

19世纪40年代，由于城市发展，涅瓦大街成为圣彼得堡商业中心，阿尼奇科夫桥的交通流量骤增，只好拆除四座桥塔，为交通腾出更多空间。桥塔是圣彼得堡桥梁建筑的纪念碑，人们对桥塔念念不忘，恋恋不舍。

在圣彼得堡桥梁建筑史上，艺术让位于实用，在阿尼奇科夫桥已经不是第一次了，也绝不是最后一次。重建阿尼奇科夫桥桥塔的呼声一浪接一浪，但在实用主义和消费主义面前，艺术声嘶力竭，最终渐趋平息。

1841年，阿尼奇科夫桥被重建，桥面拓宽，与涅瓦大街同宽。为了平复市民对桥塔的思念，这座三拱石桥的结构简约，装饰则采用殷红色花岗岩贴面，显得华丽高雅。铁艺护栏绚丽多姿，护栏由一系列海马和美人鱼雕塑构成。

阿尼奇科夫桥护栏雕塑有两种组合：一种是海马与海马的对望组合，另一种是海马与美人鱼的形意组合。

在希腊神话中，海马是一种鱼兽，长着马头、马身、马前腿和海豚尾巴，脚爪之间有蹼，背部长有鳍。在荷马的《伊利亚特》中，海马拉着海神波塞冬的双轮战车，伴随着波塞冬南征北战，所向披靡。因此，海马在西方文化中，是一种吉祥物，象征着力量、权力、友好、祝福和真爱等。

在文艺复兴时期，海马成为各国航海的文化标志。今天，西方文化中，海马的形象随处可见，如美国堪萨斯城中的喷泉，意大利罗马的特莱维喷泉，都有长着翅膀的海马雕塑。

阿尼奇科夫桥上栏杆的海马组合雕塑中，海马被赋予一双翅膀，尾巴卷曲盘旋而上。在海马与美人鱼雕塑组合中，两只海马横卧，马头相对，马前腿清晰可见，马头和马身幻化成美人鱼。

阿尼奇科夫桥的美人鱼各伸出一只手，共同举起一片贝壳，寄托思念，抒发情怀。她们略有所思，眼睛微闭，眼神稍稍向下。美人鱼深情地凝望着运河，心系遥远的大海，思念故乡的亲人；同时，美人鱼又以同样的深情注视着涅瓦大街上川流不息、熙熙攘攘的人群，寻找她那朝思暮想的王子。

阿尼奇科夫桥护栏装饰，栩栩如生地展现了西方神话和传说的宏伟画卷，延续了神话和传说中的美好寓意，丰富了美人鱼、海豚和海马等形象的精神内涵。

栏杆柱墩呈四方形，内部镂空，形成一个搁置空间，内置一个海豚雕像。海豚体型圆滑流畅，体态纤细，姿态优美，惹人喜爱。雕塑栩栩如生地展现了海豚跃出水面后，头朝下落入水中的生动瞬间。

栏杆上的海马尾巴、海豚尾巴和栏杆柱墩内的海豚，组成一个连续不断的整体，获得了似断实连浑然一体的艺术效果。

如果说，阿尼奇科夫桥的护栏装饰充满海洋文化气息，闪耀着海洋文明的灿烂光辉，那么，阿尼奇科夫桥桥头上的"驯马者"系列雕塑，则展现了青年驯马者奋力拼搏、百折不挠的顽强意志，展现了俄罗斯人自强不息、坚韧不拔的民族精神。

"驯马者"系列雕塑出自俄罗斯著名雕塑家巴伦·彼得·克劳德特（Baron Peter Clodt, 1805—1867）之手。克劳德特出生于圣彼得堡的一个德国裔俄罗斯贵族家庭，其父亲是一名沙俄军队军官，参加过1812年卫国战争，立下赫赫战功，他的画像高高悬挂于埃尔米塔日博物馆的战争英雄画廊上。克劳德特家族艺术气氛浓厚，先后培养出了十多位世界级的艺术家。

巴伦·彼得·克劳德特自小耳濡目染，艺术天性和艺术熏陶兼备，造就艺术家的精神气质和生命境界。他喜爱雕刻，尤其擅长雕刻骏马。沙皇尼古拉一世也喜欢宝马良驹，十分赏识克劳德特雕刻的骏马，常有礼物赏赐。克劳德特备受鼓舞，决心再接再厉。1830年，他成为圣彼得堡美术学院插班生，接受俄罗斯雕塑大师马尔托斯、奥尔洛夫斯基等人的悉心指导。

沙皇尼古拉一世像

功夫不负有心人，经过一段时间的专业训练，克劳德特提高了雕刻技艺，提升了鉴赏力，对野性烈马情有独钟，并为此付出了毕生的心血。在整个雕刻艺术生涯中，克劳德特创作了许多不朽的经典作品，包括乌克兰共和国首都的圣弗拉迪米雕像、莫斯科大剧院的骊马

二轮战车雕像以及圣彼得堡夏日花园中的俄罗斯著名寓言作家伊凡·
A. 克雷洛夫（Ivan Andreyevich Kriyov，1769—1844）像、圣伊萨克
广场上的沙皇尼古拉一世像、诺瓦凯旋门战马和阿尼奇科夫桥上驯马
人的雕像等。

　　阿尼奇科夫桥上驯马人雕像的创作过程可谓曲折离奇。19 世纪
40 年代，克劳德特受沙皇尼古拉一世之命，为圣彼得堡美术学院正
门前的涅瓦河码头雕刻两座以驯马为主题的作品。克劳德特从古罗马
大理石驯马雕塑艺术中获得创作灵感，夜以继日，恢宏构思，精心制
作。不料，码头迎来了更古老、更珍贵的新主人——两座古埃及斯芬
克斯雕像。它们是埃及国宝，能伫立于涅瓦河畔，是历史一系列偶然
性铸就的一个必然结果。

　　1830 年，圣彼得堡美术学院教授安德雷·穆拉维耶夫（Andrei
Muravyov）到了埃及港口城市亚历山大里亚，偶然发现两座狮身人面
雕像正待价而售。它们曾伫立于古埃及鼎盛王朝阿孟和蒂三世位于底
比斯附近的陵墓的正门两侧，头上的皇冠象征着阿孟和蒂三世对上、
下埃及王国至高无上的统治权和无限荣耀，具有 3 500 年的历史。每
一座雕塑重达 23 吨，是价值连城的稀世珍宝。

　　穆拉维耶夫随即给俄罗斯驻埃及大使写信，建议俄罗斯购买、收
藏这两座斯芬克斯雕塑。不久，信件到达沙皇尼古拉一世手上，沙皇
令圣彼得堡美术学院负责雕塑的收购事宜。但官方的繁文缛节让其在
收购一事晚了半拍，法国政府已经抢先一步买下了斯芬克斯雕塑。

　　但事有巧合。法国大革命如火如荼，政局动荡，法国政府无暇顾
及此事。两座斯芬克斯雕像最终跋山涉水、漂洋过海，于 1830 年来
到圣彼得堡，被收藏于美术学院。两年后，美术学院门前的涅瓦河畔
修建码头。沙皇决定将两座斯芬克斯雕像安置在码头两侧，让滔滔不

绝的涅瓦河水，取代源远流长的尼罗河水，映衬这对具有 3 500 年历史的斯芬克斯雕像。

作为一名具有强烈历史责任感的艺术家，克劳德特对历史心存敬畏。在厚重的历史面前，他做出了他在漫漫艺术道路上颇为艰难的抉择。

他向沙皇提出了自己雄心勃勃的计划——将他创作的两座驯马雕塑放在阿尼奇科夫桥桥头两侧，并将再创作两座驯马雕塑放置于另一桥头两侧，使之组成一个完整的驯马主题雕像群。沙皇同意了克劳德特的创作构想。

在艺术发展历史上，一次意外或一次偶然，就足以成就艺术的不朽经典。繁华的涅瓦大街，喧嚣的阿尼奇科夫桥头，偶然间，永恒地绽放着出乎意料的艺术之花。

1839 年，克劳德特完成了第一座青铜驯马雕像。一个健壮的青年人，拉着骏马缰绳，与骏马同向并肩而行，骏马前腿跃起。这座青铜雕像象征着人类和动物和谐相处。

1841 年，克劳德特完成了第二座青铜驯马雕像。青年驯马师右手紧握骏马嚼环，沉稳地控制了疾驰的骏马，而骏马前腿腾空高扬。这座青铜雕像象征人类驯服野马的坚忍不拔精神。

克劳德特突破了西方古典雕塑的桎梏，善于捕捉驯马师和骏马互动瞬间的微小细节，生动地展现出人和动物的相互关系。

雕像凝重质朴，构思独特，造型简约，赢得了沙皇尼古拉一世的赞誉。沙皇对克劳德特打趣说："哦，克劳德特，你比纯种公马还擅长'生产'马匹。"

1842 年，沙皇将这两座驯马雕塑作为国家礼品送给普鲁士国王费德里奇·威廉四世（Frederick William Ⅳ，1795—1861）。它们伫立于柏林的皇宫正门前，象征两国之间的友谊。

1846 年，沙皇尼古拉一世要求克劳德特重新铸造第一、二组驯马者的青铜雕像，作为珍贵礼品送给那不勒斯国王费迪南二世（Ferdinand Ⅱ，1810—1859），以感谢费迪南二世在沙皇和皇后到访意大利时的盛情款待。于是，两座驯马者雕塑伫立于桑卡洛剧院旁的皇家园林正门入口处。

随后，克劳德特先后完成了第三、第四组驯马雕塑。在第三组驯马雕塑中，青年驯马师摔倒在地，暂时处于人马搏击的下风，但他仍紧紧抓住缰绳。骏马则桀骜不驯，甩掉了背垫，仰天长啸。

在第四组驯马雕塑中，青年驯马师左腿跪倒在地，右腿前伸，双手紧紧握住缰绳，而骏马腾空，引颈长嘶。但在驯马师强有力的牵引下，骏马不得不低下了高昂的头，背垫也恢复了原位，象征人类驯服骏马，取得最终胜利。

克劳德特生动地再现了驯马者和野马之间交流、互动和搏击的不同瞬间，将转瞬即逝、变幻莫测的瞬间，精确地凝固在不断变换的背景空间中，形成强大的视觉冲击力，震撼着观者的心灵。

由于驯马雕塑作为国家礼物送给友邦，圣彼得堡只好委屈阿尼奇科夫桥了。19 世纪 50 年代，阿尼奇科夫桥的桥头上也伫立着四座驯马雕塑，但不过是外表涂上青铜色的塑料制品。直到 1850 年，克劳德特才重新制作了四座驯马青铜雕塑，阿尼奇科夫桥才拥有了真正的驯马青铜雕塑。

第二次世界大战期间，圣彼得堡遭到德军的严密封锁和狂轰滥炸。1941 年，四座驯马雕塑被转移到附近的阿尼奇科夫宫殿花园，埋于地下，免遭炸毁厄运。而阿尼奇科夫桥在战争期间则遭到严重破坏。

战后，圣彼得堡修复了阿尼奇科夫桥，四座驯马雕塑重新装回基座上。其中，有一基座侧面留下了德军炮火弹片痕迹，旁边有一块小牌匾上用文字作了简短说明。

如今，阿尼奇科夫桥上的驯马雕塑，已经成为圣彼得堡标志性的雕塑作品，可与意大利罗马奎里纳尔山的"狄俄斯库里与骏马"（Dioscuri）雕塑、现藏于美国纽约大都会艺术博物馆的"驯马者狄俄斯库里"（The Dioscuri as Horsemen）和巴黎罗浮宫的法国雕刻家大纪尧姆的"马利骏马"（Chevaus de Marly，1745）雕塑作品相媲美，同被列为世界驯马主题的雕塑艺术杰作。

俄罗斯民族是一个喜欢马匹的民族，从平头百姓到达官贵人，从彬彬有礼的男士到举止优雅的淑女，对宝马良驹都情有独钟。在罗曼诺夫王朝统治的300年间，喜欢养马、骑马、驯马的皇帝比比皆是，就连女皇也不例外，如叶卡捷琳娜二世就十分热衷骑马运动。俄罗斯人喜欢马，和民族特性、地理特征和气候条件有着十分密切的关系，也反映出古希腊、古罗马文明对俄罗斯文化的深刻影响。

阿尼奇科夫桥上的四座驯马青铜雕像，构成了一个完整而连续的主题，驯马者身姿矫健，野马桀骜不驯，加上起着画龙点睛作用的背垫，简直就是一部音乐语言精练、音乐形象鲜明、表现力引人入胜的视觉乐章。

罗蒙诺索夫桥

沿着阿尼奇科夫桥顺流而下，走300米左右，就到了罗蒙诺索夫桥（Lomonosov Bridge）。罗蒙诺索夫桥长57.12米，宽14.66米，连接罗蒙诺索夫大街，右岸是罗蒙诺索夫广场。

罗蒙诺索夫桥在历史上几度易名，记录了俄罗斯国家的社会变迁。

18世纪上半叶，圣彼得堡在这里建造了一座三拱木桥，中间桥段为开合式升降结构，满足运河通航需要。

1785年，为了配合丰坦卡运河的综合整治工程，人们拆除了木桥，并花了两年的时间建造一座石桥，命名为切尔内绍夫桥（Chernyshev Bridge）。

1784年，桥梁设计师便开始设计此桥。时逢俄罗斯大元帅扎哈尔·格里戈里耶维奇·切尔内绍夫（Zakhar Grigoryevich Chernyshev，1722—1784）逝世，为了纪念切尔内绍夫元帅的丰功伟绩，就将此桥命名为"切尔内绍夫桥"。当时，切尔内绍夫桥长63米，宽14.70米。

切尔内绍夫元帅戎马一生，是俄罗斯帝国治国安邦、开疆扩土将领中的中流砥柱。他13岁应征入伍，19岁任皇家卫队队长，27岁任圣彼得堡步兵团团长。他曾率领俄军进行莱茵河远征，参加过欧洲历史上有名的"七年战争"，亲历俄罗斯和土耳其战争等。

作为凯萨琳大帝手下得力军事将领，切尔内绍夫元帅在一次又一次的战争中立下赫赫战功，连续升任军长、中将、大将和元帅。他也曾任俄罗斯军事学院院长，为国家培养了大批军事将领和指挥人才。切尔内绍夫元帅的一生，基本都在帝都圣彼得堡度过，圣彼得堡许多地方都留下了切尔内绍夫的印记。切尔内绍夫桥是对切尔内绍夫元帅不可忘却的纪念。

1798年，切尔内绍夫桥改名为"叶卡捷琳娜桥（Yekaterinsky Bridge）"，但在历史上，切尔内绍夫桥从未淡出人们的内心记忆。

1948年，苏联政府将叶卡捷琳娜桥改名为罗蒙诺索夫桥，以纪念伟大的科学家、教育家、语言学家、哲学家和诗人米哈伊·罗蒙诺索夫（Mikhail Lomonosov，1711—1775）。

罗蒙诺索夫是18世纪俄罗斯最伟大的科学家，在自然科学、哲学和语言学上均有建树，被誉为俄罗斯"文艺复兴式的人物"和"俄罗斯语言之父"，是俄罗斯第一个科学院院士、俄罗斯第一个化学实验室的创办人和第一所俄罗斯大学（莫斯科国立大学，即今罗蒙诺索夫国立大学）的缔造者。

罗蒙诺索夫桥的命名历史，折射出一座桥梁强大的生命冲击力和深厚的历史丰富性。伟大人物的牵引力强大，不朽桥梁的亲和力强大。

罗蒙诺索夫桥有伟人的牵引，有自身磁场的吸引，两头受力，彰显张力，承载着自身艺术审美的丰富性和伟大人物的不朽生命力。

随着如歌岁月的缓慢流逝，历史精华一点一滴地沉淀，文化基因了无痕迹地汇集，悄然无声地融入人类共同的价值体系，润物无声地融入平常百姓的生活细节之中，在涓涓细流中滋润着普通市民的心灵和灵魂。

罗蒙诺索夫桥上最有吸引力的地方有二：一是中央桥段的四座古希腊多立克柱式建筑风格的桥塔；二是桥塔顶上悬挂的象征性、纪念性的索链。

多立克柱式是西方古典建筑的三大柱式之一，是古希腊人在继承和发展古埃及建筑传统基础上长期探索建筑艺术风格的经验总结和智慧结晶。1785年，为了满足通航需要，工程师佩罗尼（Perone）将罗蒙诺索夫桥设计成三个桥段，两侧的桥段为石拱，中央桥段是开合式升降木桥。中央桥段较窄，两侧各建起四座四角亭子，亭子顶端悬挂着锁链，亭子内设有机械装置，通过锁链控制木桥桥段的升降。

桥上每一座四方亭子由阶座、柱身、檐部和顶部构成。古希腊多立克柱式的基座由三级台阶组成，由下向上逐级缩小。在罗蒙诺索夫桥上建立亭子，由于空间的限制，只设计了一个简易而稳固的台阶，除了用作立柱的基座，还为行人提供坐凳歇脚。

每一座四方亭子都由四根方柱支撑，沉稳的方柱直接立于阶座上，拔地而起。柱身环刻有等分的凹槽，柱身内侧也有自下而上的沟槽，凹槽和沟槽构成简约、质朴的视觉图案，让柱身富有动感和弹性，冷冰冰的石头彰显出无穷的生命韵律。

方柱上方的檐部由额枋、檐壁和檐口三部分组成。额枋，又称框缘，是一块长方形石料横梁，沿水平方向放置，在垂直和水平方向都有受力，共同承受亭子顶部重力以及两根立柱之间的水平方向拉拽作用力。额枋平整，质朴厚重，不加修饰，朴实无华，简洁大方。

"排挡间饰"一词，源自古希腊语的"μέτοπη"，由"μέτα"（在……之间）和"ωπη"（景色、风景）组成，英语中的"metopes"也精确反映了古希腊语中"μέτοπη"的含义。由于亭子规模远不及古希腊神庙的规模，加上空间的限制，罗蒙诺索夫桥四方亭子上的排挡间饰，并没有以雕刻或绘画作装饰。

檐壁上方是檐口，即排雨水坡向边缘，由支撑部分、挑出部分和冠带部分组成。在檐口和檐壁之间、檐壁和额枋之间的过渡边界，分别镶嵌了雨珠饰。

雨珠饰是檐口上依次排列着的、像圆锥体似的微小短桩，精细入微，生动传神。乍一看，雨珠饰不怎么耀眼，但细细品味，仔细揣摩，却韵味十足，别有洞天：雨珠饰使得粗犷雄浑、气势磅礴的四方亭子变得轻巧灵动，轻盈可爱，韵律奔放，富有朝气。雨珠饰堪称罗蒙诺索夫桥四方亭子上的一颗精雕细琢、玲珑剔透的璀璨明珠。

在古希腊多立克、爱奥尼克和科林斯三种柱式的神庙建筑中，檐部之上是三角形山墙，用雕刻或绘画装饰。而在罗蒙诺索夫桥四方亭檐部之上的顶部，并不是古希腊风格的三角形山墙，而是改成具有鲜明俄罗斯民族建筑风格和浓郁东正教色彩的圆形穹顶，浑圆而饱满，端庄而肃穆，象征着上帝对天下四方的眷顾和护佑。

穹顶顶尖，指向遥远的天际，象征着尘世间万事万物对上帝的感恩和眷恋，也反映了俄罗斯东正教思想中人类对生命意义和对最后归宿的思考与追问。

罗蒙诺索夫桥上的四方亭，和俄罗斯其他建筑物（教堂、宫殿、民居等）一样，都充分反映出俄罗斯传统民族文化和古希腊文明的融合。建筑艺术如此，绘画和雕刻艺术亦然。

随着时间的推移，和其他运河一样，丰坦卡运河上的通航量越来越少，中央桥段的升降装置被拆除了，改建成固定的石拱结构桥段。

20 世纪初期，圣彼得堡市政府曾计划在罗蒙诺索夫桥上铺设电车轨道，遭到艺术学院的强烈反对，桥梁改造计划流产，但中央桥段的石拱结构被改建成钢架结构。

历史上，罗蒙诺索夫桥有过四次较大规模的维护（1912 年、1950 年、1967 年和 1986 年）。今天的罗蒙诺索夫桥，桥梁的建筑结构和装饰风格基本保持了历史原貌。

罗蒙诺索夫桥的中央桥段经历了木桥、石拱桥和钢架桥的不同阶段，但用于控制中央桥段升降的索链在不同阶段、不同时期都完好如初地存留于历史所锚定的位置。

在造桥初期的木桥阶段，索链在中央桥段升降、满足运河通航需要方面起到了十分重要的作用。索链参与到圣彼得堡生产活动和建设活动中，也影响着市民的物质和精神生活。

在石拱桥、钢架桥阶段，作为一种生产和生活工具，索链失去了实用功能和功利效用，成为一种纯粹纪念性、象征性和审美性的艺术装饰。

科技越进步，物质越丰富，心灵就越需要艺术的滋润，索链就越凸显其美学价值和艺术功能。

索链在桥梁上单一简洁，在倒影中朴实静美，共同构筑了不同空间的艺术张力区域。

深沉而厚重的索链，两端悬挂于四方亭之顶，形成精致而优雅的反向抛物线，向世人展示着一份弥足珍贵的历史凝重。

索链一环扣一环，随着岁月流逝和社会变迁，彰显着历史的连续性、文化的继承性、艺术的多样性和审美的多元性。

莱希图科夫桥

莱希图科夫桥（Leshtukov Bridge）连接博罗金斯卡娅大街（Borodinskaya Street）和托夫斯托诺戈夫大话剧院（Tovstonogov Bolshio Drama Theatre），长 58.2 米，宽 14.2 米。

最初，该桥以伊丽莎白·彼得罗夫娜女皇的私人医生莱斯托克（Lestok）的名字命名，他的住所位于该桥附近。

1878 年，在今天丰坦卡运河 65 号的位置上，新建了一座剧院，即苏沃林斯基剧院（Suvorinsky Theatre），后来改为托夫斯托诺戈夫大话剧院。剧院上演许多经典剧目，受到圣彼得堡市民的欢迎，这里成了热闹非凡之地。在苏沃林斯基剧院门前的丰坦卡运河上，人们建造了一座码头，用以解决运河两岸交通问题。

当切尔内绍夫桥（罗蒙诺索夫桥）的重建任务完成后，圣彼得堡随即决定在苏沃林斯基剧院大门前建造一座临时性桥梁，但直到

1907 年，工程才动工。新桥设计新颖，结构别致。此桥为下承式五孔木桥，桥面设置于桥跨的下方。

当时，下承桥梁确实令人耳目一新。然而谁也没想到，这座临时性的桥梁，不但设计新颖，而且质量上乘，寿命将近半个世纪。更令人难以置信的是，1934 年，桥上发生了一次意外火灾，也只殃及皮毛，未伤及桥梁筋骨！

时间，既是一座桥梁最公正的批评家，也是桥梁艺术最权威的鉴赏家。莱希图科夫桥是值得人们夸耀的，但更值得夸耀的是建造这座桥梁的人。莱希图科夫桥不是建筑材料的简单拼凑，而是桥梁建造者们的心血浇铸。

1952 年，莱希图科夫桥完成了历史使命，木桥被拆除，取而代之的是一座崭新的钢梁结构桥。

1988 年，由工程师索博列夫（Sobolev）负责设计一座单跨孔钢架拱桥，兼顾汽车交通和行人通行。新桥于 1995 年动工，1997 年完工并向公众开放。

1999 年，为了迎接 2003 年庆祝圣彼得堡建城 300 周年纪念盛典，圣彼得堡决定对托夫斯托诺戈夫大话剧院和莱希图科夫桥进行一体化修缮。

剧院外墙绿白相间，是典型的巴洛克建筑风格；桥梁桥身、护栏都被漆成绿色，与剧院绿白相间的外墙装饰风格相映成趣，相得益彰。

西蒙诺夫斯基桥

西蒙诺夫斯基桥（Semenovsky Bridge）横跨丰坦卡运河，连接戈罗霍夫大街，运河左岸的桥头连接西蒙诺夫斯基广场和圣彼得堡儿童剧院。

该桥长 52.2 米，宽 19.51 米。站在桥头，可以看到海军部大楼高耸入云的塔尖。西蒙诺夫斯基桥是为了纪念历史上曾经驻扎在运河左岸桥头和儿童剧院之间的皇家禁卫军骑兵团——西蒙诺夫斯基骑兵团而命名的。

1717 年，在今天的西蒙诺夫斯基桥和戈尔斯特金桥之间的位置上，人们又修建了一座简易木桥。

1737 年，木桥被拆除，在现今的西蒙诺夫斯基桥的位置上修建了一座桩承式木桥。

1788 年，由于运河航运需要，人们修建了一座三跨孔石桥取代木桥。和切尔内绍夫桥一样，此桥分三段：中间桥段为开合式木桥，两侧为石拱桥。桥上建了四座四方石亭，通过索链控制木桥的开合。西蒙诺夫斯基桥是丰坦卡运河上七座四方亭桥之一。

1857 年，西蒙诺夫斯基桥重修，中央桥段改建成钢梁结构，四座四方石亭和索链被拆除。目前所见的西蒙诺夫斯基桥，是 1949 年重建的。

历史上，有件重要的历史事件和西蒙诺夫斯基桥有关，那就是 1825 年爆发的俄国第一次反对沙皇专制制度的十二月党人起义。

1787 年，俄罗斯总检察长格列博夫（Glebov）在位于今天丰坦卡运河 90 号的位置上建造了一栋房子。后来，格列博夫因贪污受贿被判处流放，为了填补贪污款，他不得不出售房子。凑巧的是，买家竟然也叫格列博夫。买家格列博夫是一名商人，他将这栋房子改成服装厂，人们习惯称之为"格列博夫大楼"。

1798 年，俄罗斯以政府名义征购了格列博夫大楼，花了四年的时间将它改建成禁卫军营房。同时，整治了营房周边的环境，西蒙诺夫斯基广场应运而生。驻扎在格列博夫军营的是莫斯科皇家禁卫骑兵团。

1825年12月1日，沙皇亚历山大一世在巡视位于亚速海的塔甘罗格军港时突然去世。由于路途遥远，交通不便，圣彼得堡于12月8日才得到沙皇去世的消息，朝野顿时陷入一片混乱。

由于亚历山大一世无嫡子，按照沙皇皇位兄终弟及的继承制度，应由二弟康斯坦丁继位，但康斯坦丁因和一位波兰女子结婚，早已宣布放弃皇位继承权。当时，他与妻子居住在波兰。

亚历山大一世生前立下遗嘱，由三弟尼古拉继位，但并未公布，尼古拉并不知道自己是皇位继承人，率领群臣早早地就向远在波兰的哥哥康斯坦丁宣誓效忠。康斯坦丁坚决不接受皇位，信誓旦旦地拥立弟弟尼古拉为沙皇继承人。

国不可一日无君。当时的政局，在康斯坦丁和尼古拉兄弟俩将皇位推来让去中一波三折，最终有惊无险，以尼古拉继承皇位而告终。国家经历了25天沙皇皇位的空缺，创下了世界历史之最。

尼古拉于1825年12月26日（俄历12月14日）凌晨宣布继位，史称尼古拉一世。部分大臣和军官强烈反对尼古拉继位，拒绝宣誓效忠，发动军事政变。

26日上午，十二月党人军官率领禁卫军按计划分头向元老院广场进发，汇集于青铜骑士雕像下。

青铜骑士雕像

　　驻扎在格列博夫军营的莫斯科皇家禁卫骑兵团第三长枪连连长、十二月党人起义"五领袖"之一别斯图热夫率领部属，手持武器，离开营房，跨过西蒙诺夫斯基桥，冲向元老院广场，在青铜骑士雕塑下排兵布阵，时刻准备着迎战效忠于新沙皇的官兵。

　　尼古拉一世为了避免登基之日发生流血伤亡，采取怀柔政策，尽量化敌为友，分化起义军，拉拢部分起义军官。但当流血冲突不可避免之际，尼古拉一世毫不犹疑地采取血腥镇压，挫败了十二月党人的起义。

　　西蒙诺夫斯基桥和西蒙诺夫斯基大楼成了十二月党人起义的历史见证。

　　19世纪中期，重修后的西蒙诺夫斯基桥旧貌换新颜。夜晚，灯火通明，夜色温柔。在运河右岸桥头的几栋大楼，是圣彼得堡年轻人经常光顾的歌舞酒吧和娱乐场所，也有舞蹈培训学校，这与运河左岸的禁卫军营房警卫森严、令人生畏的气氛形成鲜明对比。

西蒙诺夫斯基桥和桥头附近的歌舞酒吧、娱乐场所成为文学作品的故事场景。那些常常光顾这里的形形色色的人物，被俄罗斯著名的讽刺作家萨尔蒂科夫·谢德林（Saltykov Shedrin，1826—1889）融入他的讽刺作品中。

在灯红酒绿、五光十色的喧闹场景中，人们坐在舞厅、酒吧的一角，觥筹交错，针砭时局，谈论变革，辛辣地讽刺俄罗斯根深蒂固的农奴制、贪污腐化的官僚主义，强烈呼吁推进国家变革，唤醒那些面对黑暗势力虽表示深恶痛绝却无动于衷、敢怒不敢言、逆来顺受的普通国民。

今天，那些成为谢德林经典作品的创作背景的歌舞酒吧和娱乐场所早已人去楼空，留下一栋栋保存完好的古典建筑（如丰坦卡运河沿岸街 81 号、83 号等大楼），让人不禁唏嘘。那些灯红酒绿、如梦似幻的年代虽已渐行渐远，退出人们的视野，但古老建筑和经典桥梁，如同不朽的文学作品，无论人世沧桑、朝代更迭，都能立于历史之中，雄视古今，向人们展示自我存在的历史价值和经久不衰的艺术魅力。

奥布霍夫斯基桥

丰坦卡运河流经戈尔斯特金桥（Gorstkin Bridge）后，就到达奥布霍夫斯基桥（Obukhovsky Bridge）了。

奥布霍夫斯基桥连接圣彼得堡通往首都莫斯科的莫斯科大道，运河右岸是庄严肃穆的奥布霍夫斯卡娅广场，运河左岸桥头（下游方向）是风景如画的玛莎拉·戈洛罗娃公园（Marshala Govorova Garden）和公园旁边的丰坦卡青年剧院，上游方向则是一座由俄罗斯18世纪著名建筑师安东尼奥·里纳尔迪（Antonio Rinaldi，1709—1794）设计的具有巴洛克风格的建筑物。

这座建筑物的对面是圣彼得堡里纳尔迪经济型连锁酒店的首家门店，位于莫斯科大道20号。

奥布霍夫斯基桥长67米，宽30.6米。根据圣彼得堡第一位历史学家安德雷·波格丹诺夫（Andrey Bogdanov，1690—1766）记载，1717年，圣彼得堡著名的工匠奥布霍夫在这里修建了一座木桥，该桥因此而得名"奥布霍夫斯基桥"。

1738年，旧桥被拆除，新建了一座木桥，并改名为"沙尔斯基桥"（Saarsky Bridge），意为"通往皇家园林之桥"，因为当时木桥所连接的主干道，一直通往位于圣彼得堡西南方向大约30公里远的皇家园林，即皇村（Tsarskoe Selo）。但人们更喜欢称之为"奥布霍夫斯基桥"，特别是在1785年，该桥重建，改建为三跨拱结构石桥，"沙尔斯基桥"的名字渐渐为人们所遗忘。

这座新修的石拱桥，是当时丰坦卡运河上的七座具有历史纪念价值的塔桥之一。中央桥段是开合式木桥，桥上建造了四座四方亭子，内部安装机械装置，通过强大的索链引力控制木桥的开合，满足当时运河的通航需要。

80年后，即1865年，随着丰坦卡运河航运日趋减少，工程人员拆除了中央桥段的开合式木桥和桥塔，改为砖拱结构桥段，桥身以花岗岩石块贴面，与侧岸桥段、岸墩的装饰风格保持一致。

随着圣彼得堡城市不断扩大，莫斯科大道多次扩建拓宽，成为连接市内外的主要交通要道。1939年，莫斯科大道拓宽至30.6米，而奥布霍夫斯基桥当时只有 16.5 米的宽度。道路和桥梁的宽度竟相差了近一倍，奥布霍夫斯基桥成为莫斯科大道的交通瓶颈。另外，中央桥段的砖结构出现下沉，最大下沉达 2.5 厘米。因此，奥布霍夫斯基桥重建势在必行。

重建奥布霍夫斯基桥的任务由工程师杰姆琴科（V. Demchenko）和建筑师诺斯科夫（L. Noskov）负责。新桥为三跨拱钢筋混凝土结构，呈抛物线状，并以花岗岩石块贴面。桥头的堤岸和桥墩的桩基，由 1 600 根经过特殊防水防腐处理的木桩组成，每根木桩长 11 米，用打桩机一寸一寸地夯实于岩层上。

与圣彼得堡大多数桥梁不同，奥布霍夫斯基桥的护栏没有采用铸铁栏杆，而是根据周边环境采用了花岗岩护栏，实现了桥梁和周边建筑的完美融合。但这些努力，都无法弥补扩建奥布霍夫斯基桥时对奥布霍夫斯卡娅广场的古典风格造成的负面影响。奥布霍夫斯卡娅广场原有的结构对称、轴线突出、比例匀称、层次分明、有起有迄等古典特征和风格，都一一被打破、被解构了。

桥梁设计师和建筑师在整个城市建设规划面前只能量体裁衣，量力而行，有时候甚至无能为力。他们是建筑艺术上的完美主义者，但在现实面前，碰到材料、计价、施工、环境等具体问题时，他们发现：桥梁作品与他们心中的理想美，总有那么一些距离，甚至相去甚远。

伊兹麦伊洛夫斯基桥

伊兹麦伊洛夫斯基桥（Izmailovsky Bridge）连接沃兹涅先斯基大街（Voznesensky Prospect）和伊兹麦伊洛夫斯基大街（Izmailovsky

Prospect），名字取自伊兹麦伊洛夫斯基禁卫军之名。伊兹麦伊洛夫斯基禁卫军于1808年开始驻扎在运河左岸桥头的不远处。

究竟是什么时候在这里搭起了第一座木桥，尚不清楚。但根据文献记载，1738年之前，这里就有一座木桥。1788年，人们拆除原来的木桥，修建了一座三拱桥。

伊兹麦伊洛夫斯基桥是丰坦卡运河上典型的七座塔桥之一。其建筑和装饰风格与罗蒙诺索夫桥、西蒙诺夫斯基桥、奥布霍夫斯基桥等相似——中央桥段开合式木桥、中间桥墩之上建造了四座四方亭子。

19世纪中期，圣彼得堡根据丰坦卡运河航运日益减少的情况，决定对七座塔桥（又称"四亭桥"）进行综合整修，拆除桥上的亭子，中央桥段改建为固定的钢架结构，并以花岗岩石块贴面，与两侧桥孔装饰风格保持一致。

1861年，由工程师迪姆曼（Dymman）负责施工，他拆除了伊兹麦伊洛夫斯基桥上的四方亭子，将中央桥段改造成砖拱结构，并拓宽了大桥，在桥梁两侧分别加建支撑悬臂，下加桩柱，上铺设人行道，使整座大桥和沃兹涅先斯基大街同宽，增大了通行流量，消除了交通瓶颈。拓宽后的伊兹麦伊洛夫斯基桥被装上了铸铁护栏。

伊兹麦伊洛夫斯基桥和附近的三处历史性建筑有着密切的关系：加尔诺夫斯基大楼（Garnovsky House）、伊兹麦伊洛夫斯基大教堂（Izmailovsky Cathedral）和杰尔查文宫（Derzhavin Palace）。

加尔诺夫斯基大楼位于丰坦卡运河左岸120号，是这一地区最早的建筑物之一。俄罗斯诗人加甫里尔·杰尔查文（Gavrii Derzhavin，1743—1816）曾在诗作中提及这座大楼，称它为"我的第二邻居"。

当时，被称为"欧洲最富有女人""金斯顿公爵夫人"（Duchess of Kingston）的伊丽莎白·查德利（Elizabeth Chudleigh，1720—

1788），于 1777 年来到圣彼得堡，受到凯瑟琳大帝的热情接见。公爵夫人花了 12 000 英镑在圣彼得堡郊外购买了庄园，生产白兰地酒，远销俄罗斯各地和欧洲其他国家。

1733 年，圣彼得堡经过近 20 年的建设，城市初现规模，但要建造一座金碧辉煌的教堂，条件还不成熟。教堂在俄罗斯人生活中占有十分重要的地位，按照俄罗斯传统，每一个皇家禁卫团都必须有一座专用教堂。

为了满足皇家禁卫军官兵的信仰需求，7 月 12 日，他们搭起一座巨型帐幕。帐幕内按照东正教堂的形式进行装饰，设置有圣堂。内侧幕墙上，挂起绸缎饰布，上面画有圣像。这座教堂是禁卫军官兵夏季进行礼拜、祷告的场所。冬天，他们只能到其他教区的教堂参加宗教礼拜。

1754 年，伊丽莎白女皇下令拆除帐幕，修建一座木质结构的教堂，此处便成为皇家禁卫军官兵们全年固定的宗教场所。然而到了1824 年，圣彼得堡遭受了一场特大洪水灾害，教堂木质结构受到一定程度的侵蚀。

圣彼得堡决定为皇家禁卫军官兵重新修建一座石结构教堂。国库拨专款有缺口，沙皇尼古拉一世慷慨解囊，奖赏禁卫军官兵们对皇室的尽忠尽责。教堂于 1828 年动工，历时 6 年，于 1834 年竣工。教堂命名为"神圣三一教堂"。

新建的教堂高 80 米，成为当时圣彼得堡的天际线。教堂内，珍藏着俄罗斯在多次战争中从敌人手中缴获的敌军要塞旗帜、城门钥匙和其他战利品。

教堂外墙上，镌刻着 1812 年俄法战争中牺牲的俄罗斯军官的名字，纪念他们在保卫祖国战争中的英勇行为和无畏精神。

20 世纪初，俄国社会动荡，风雨如晦，教堂内珍贵的文物被洗劫一空。据说，那些盗贼在夜色的掩护下，潜入教堂盗取文物，随后经由伊兹麦伊洛夫斯基桥，消失在茫茫的夜色中。

1938 年，神圣三一教堂不得不关闭，并移交给苏维埃电子通讯部作仓库用。1990 年，俄罗斯东正教会接管神圣三一教堂，并进行大规模维修，重现教堂昔日的庄严和辉煌。

可惜，2006 年，教堂穹顶失火，损失严重。2010 年，经过修整的神圣三一教堂重新向公众开放。

在教堂正门广场上，竖立着一座荣誉柱又称"俄罗斯—土耳其战争纪念柱"（Russia-Turkish War Memorial Colum），建于 1886 年，纪念 1877—1878 年俄土战争的胜利。荣誉柱高 8 米，整座荣誉柱用当时俄国缴获土耳其的大炮、炮筒作为环形装饰。荣誉柱的基座四面各有两支炮筒装饰，圆桶柱身分为五层，直径逐层递减，柱身用炮筒装饰。

柱顶耸立着胜利女神雕塑，女神展翅欲飞，右手拿着象征胜利和荣誉的由橡树枝叶编织而成的花冠，左手拿着象征幸运和自豪的棕榈枝叶。

苏联时期，斯大林下令拆掉荣誉柱，将大炮和炮筒销往德国。在荣誉柱原址上，人们竖立起一座俄罗斯建筑师、伊兹麦伊洛夫斯基大教堂的设计者瓦西里·斯塔索夫（Vasily Stasov，1769—1848）的纪念雕塑。

当圣彼得堡政府紧锣密鼓准备庆祝建城 300 周年纪念大典时，德国当局归还了大炮和炮筒。圣彼得堡政府决定在原址上按照当年的设计图纸，重建一座荣誉柱。

2004 年，新的荣誉柱落成。斯塔索夫纪念雕像被搬到圣彼得堡大都市雕塑博物馆珍藏。

在伊兹麦伊洛夫斯基桥的不远处，是俄罗斯杰出政治家和著名文学家加甫里尔·罗曼诺维奇·杰尔查文的宫殿，人称"杰尔查文宫"。

宫殿面向丰坦卡运河，由三栋建筑构成，每栋各三层楼，墙面黄白相间，格外醒目。正门前是一个精致的花园，中央有一座杰尔查文的半身雕塑。

在俄罗斯文学史上，杰尔查文是一位多才多艺、风格独特的诗人，特别擅长写政治性颂诗。1782 年，他创作了一首颂诗《费丽察颂》（Ode to Felitsa），热情洋溢地歌颂叶卡捷琳娜二世的丰功伟绩，受到女皇的赞赏和提拔。此后，杰尔查文官路亨通，终日钟鸣鼎食，华冠丽服，官至俄罗斯司法大臣。

伊兹麦伊洛夫斯基桥见证了神圣三一教堂的荣耀辉煌和低迷阴暗，见证了荣誉柱的荣辱沉浮，见证了杰尔查文宫殿的沧海桑田。

一座桥梁，其建筑空间形式和历史演变可以在另一座建筑的空间形式及其历史演变轨迹上有迹可循，冥冥中找到一种可能而合理的阐释。

红军桥

红军桥（Krasnoarmeysky Bridge）位于克留科夫运河和丰坦卡运河的交汇处，是一座人行桥。

1905 年，埃及桥倒塌。圣彼得堡在埃及桥上游方向修建了一座七孔木桥，连接马卡连科大街和丰坦卡运河左岸。

20 世纪 50 年代初重建埃及桥时，圣彼得堡决定拆除这座已经服务了城市达半个世纪的"临时性"桥梁，并根据圣彼得堡市政规划，配合热水供应系统工程，在克留科夫运河和丰坦卡运河交汇处修建一座新桥，同时加设热水输送管道。

1956 年，新桥落成，取名为红军桥，纪念苏联红军在国内战争中为建立和巩固苏维埃政权、在第二次世界大战中保卫国家立下的卓著功勋。

然而，苏联解体后，红军桥也经历一番波折，要求去掉"红军"、重新起名的呼声时有所闻。

红军桥是一座十分普通的桥梁，花岗岩岸墩，铸铁栏杆，铸铁灯柱，圆形灯罩，构造简洁。红军桥，没有宫廷桥的宏伟壮观，没有工程师桥的流光溢彩，没有阿尼奇科夫桥的波澜壮阔，没有埃及桥的亘古幽情……

今天，红军桥的存在意义，岂止是对运河的跨越，岂止是对行人的承托！

红军桥，记录着一段历史往事，阐释着一段历史往事。

红军桥，是历史尘封的叙事，是历史原貌的映像。

红军桥，承载着时代记忆，镌刻着时代印记。

红军桥，这里风景独好。

抬头望，宏伟的伊兹麦伊洛夫斯基大教堂高耸入云，洋葱形穹顶金光闪闪，分外耀眼。低头看，克留科夫运河和丰坦卡运河无声交汇，共融共生。向前看，古朴典雅的埃及桥一览无遗，尽收眼底。

埃及桥

埃及桥（Egyptian Bridge）连接莱蒙托夫大街，长 46.8 米，宽 27 米，具有鲜明的古埃及装饰风格，因而得名"埃及桥"。

有趣的是，埃及桥并非以垂直于堤岸 90 度角跨越丰坦卡运河，而是在右岸与堤岸形成 70 度角跨越运河。换句话说，埃及桥在运河右岸拐了个弯，桥梁中轴线和运河右岸形成了一个 70 度的弯角。

埃及桥是圣彼得堡历史上的第一座铁桥，也是圣彼得堡唯一一座被装饰成古埃及风格的桥梁。

1825 年 8 月 9 日，圣彼得堡采用了工程师特雷特和克里斯蒂安诺维奇负责设计的、在当时十分流行的悬索桥方案，动工兴建了一座长 55 米、宽 11.7 米的单跨拱悬索桥。桥墩的花岗岩，采用了重修工程城堡的护城河时的旧石料。

埃及桥的修建工程持续了一年，于 1826 年 8 月 25 日早上 8：00 正式向公众开放。

埃及桥上的装饰具有十分浓郁的古埃及风格：仿照古埃及神庙正门的桥塔（塔架）、胜利方尖碑和斯芬克斯狮身人面雕像。

悬索桥是人类历史上最古老的桥梁。19 世纪初，随着建筑技术的进步、施工工艺的改进和人们审美观念的更新，悬索桥风靡一时。它作为一种新的桥梁结构，受到建筑师、工程师和普通百姓的青睐。

1798 年，拿破仑远征埃及，欧洲的考古学家纷至沓来。古埃及的古老文明，如高耸入云的金字塔、神秘莫测的法老陵墓、古老抽象的楔形文字、雄伟壮观的神庙吸引众人，欧洲大陆随之掀起了"古埃及热"。古埃及文化对西方文化产生了广泛的影响，在文学、诗歌、建筑、雕刻、绘画、音乐乃至社会习俗和民间风尚等方面，都留下了深刻的印记。

在俄罗斯，彼得大帝改革为民众打开了一扇通向西方的窗户。当时，俄国统治集团和社会精英都对欧洲风尚青睐有加，如饥似渴地学习和吸收欧洲文化，当然还有古埃及文化。

埃及桥的桥墩，深深锚定于坚实的地基，高高耸立起仿照古埃及神庙正门入口的桥塔。桥塔悬着三根索链，通过垂挂于索链上的吊杆，将固定于加劲梁的桥身托起，具有四两拨千斤的力学效果。

埃及桥的桥塔，具有崇高美和神圣感：体量巨大、气势恢宏、风格浑厚、庄严肃穆、震撼人心。

埃及桥的桥塔，仿照古埃及神庙正面塔门的建筑风格。塔门是古埃及神庙的庙门形式，由两座对称的斜壁巨塔组成，巨塔上放置着横梁，有横眉装饰。

古埃及神庙塔门气势宏伟，华丽壮观。古埃及神庙塔门前有成对的方尖碑。在埃及桥的桥塔前，也对称地竖立着方尖碑。方尖碑外呈四方形，由下往上成比例逐渐缩小，碑顶呈金字塔塔尖状，碑身刻有古埃及的象形文字。碑身上有四段装饰带，将碑身等距离划分成五段同形状、等面积的区域。每一面装饰带上，镶嵌着金光闪闪的玫瑰花饰，花饰中央是虎头雕像。

在古埃及神庙或法老陵墓的墙壁上刻有象形文字，书写顺序灵活，但行首有人头、动物头的标记，面部方向就是阅读方向。而在埃及桥方尖碑上的象形文字则凸显了装饰价值，虎头雕像面向观众，并不具备指示象形文字阅读方向的功能。

埃及桥自建成后，于1876年、1887年、1894年和1900年，分别进行了较大规模的重修，但其建筑骨架和装饰风格依然保持古埃及的风格。当时，由于横梁技术滞后，埃及桥遇到风雪时晃动，索链也发出"吱吱"声响，人们戏称埃及桥为"晃动的摇篮"或"会唱歌的桥"。

1905年1月20日，一大队骑兵快速通过埃及桥，谁也没有在乎桥身的晃动和索链的"嘎吱嘎吱"声响，因为人们早已习以为常了。

突然，埃及桥垮塌了，骑兵、马匹和行人猝不及防，纷纷坠落桥下，穿过河面冰层，落入水中。幸亏消防人员及时赶到，对落水人员和马匹进行救援，但仍有一名骑兵和11匹马死亡，不少人受伤。

关于埃及桥垮塌的原因，众说纷纭。当时比较流行的说法是：骑兵快速通过埃及桥时引起桥梁共振效应，是桥梁受损的主要原因之一。当一队士兵齐步通过桥梁，有节奏地跨踏桥面引起桥身振动，士兵的步伐频率和桥梁固有的振动频率形成灾害性共振频率。在共振频率的影响下，一个士兵哪怕力量很小的、有节奏的跨踏都能产生很大的震动，许多士兵有节奏地跨踏形成共振合力，产生巨大的能量。当共振合力和积蓄的能量累积到超过桥梁的承受范围时，会造成灾难性后果——桥梁坍塌！

但俄罗斯官方和军方都认为：桥梁垮塌的罪魁祸首并非共振，而是由于寒冷天气造成金属疲劳。当时的技术水平和生产条件无法除去钢铁中的化学杂质，无论是承重索链还是桥梁钢构的内部结构都无法使其中的化学物质达到完全均匀的程度。金属内部的微小裂隙，造成承受力不平衡或牵引力不均匀，导致金属疲劳。骑兵部队通过埃及桥，对埃及桥施加了一定的持续性外力，金属内部缺陷导致大桥索链和钢构无力承受负重，致使桥梁倒塌。

所幸的是，位于桥头上的四座斯芬克斯雕像完好无损。埃及桥的人流量和马车通行量很大，重修埃及桥迫在眉睫。设计工作颇费周折，资金筹集亦非一帆风顺，只好在埃及桥原址的上游方向不远处，修建了一座七孔木桥，连接马卡连科大街和丰坦卡运河左岸。由于运河左岸没有大街和木桥对接，从马卡连科大街来的车马过了木桥后只有右转顺流方向而行，造成运河左岸极大的交通负担。这座临时的木桥，为圣彼得堡市民默默无闻地服务了半个世纪。其间，木桥也经过多次维修，而重建埃及桥仍然遥遥无期。

　　20世纪50年代初，重建埃及桥计划再次提上议事日程。由工程师杰姆琴科（V. Demchenko）、建筑师瓦西里柯夫斯基（V. Vasilikovsky）和阿列舍夫（P. Areshev）担任设计，在埃及桥的原址上，利用原有的岸墩，重新修建了一座桥。桥梁结构和装饰风格，配合四座斯芬克斯雕像，保持了古埃及的典雅风格。

　　因现代公共交通发展的需要，新修建的埃及桥，没有保留1825年修建时的宏伟华丽的桥塔和塔门，但完整保留了桥头上的胜利方尖碑和斯芬克斯雕像。

　　斯芬克斯雕像由俄罗斯古典主义装饰雕塑大师巴维尔·彼得·索科洛夫根据古埃及和古希腊传说、神话中的斯芬克斯故事设计而成。

　　斯芬克斯的故事源远流长，意蕴丰富。斯芬克斯传说源自古埃及，它是一种有人面狮身、羊头狮身或鹰头狮身的雄性怪物，有时长着一双翅膀，象征仁慈和高贵。现存的最早一件斯芬克斯雕塑是古王国时期第四王朝最长寿的女王海特菲利斯二世（Hetepheres Ⅱ）的雕像，她被雕刻成斯芬克斯狮身人面，现存于埃及开罗博物馆。

　　现存最大的一座斯芬克斯雕像是位于埃及吉萨的法老哈拉夫狮身人面像，狮身长73米，高21米，脸长5米。据说，这座守护着哈拉夫金字塔的斯芬克斯雕像，其头像是按照法老哈拉夫的形象雕刻而成。在古埃及，斯芬克斯雕像是金字塔的守护神。

　　如今，斯芬克斯雕像和金字塔、方尖碑一样，成为埃及文化的象征和符号。埃及的邮票、硬币和官方的图章上，经常出现斯芬克斯雕像的图案。

　　很早以前，古希腊和古埃及有贸易往来和文化交流。在古希腊，斯芬克斯是带翅膀的雌性怪物，象征着神的惩罚。在希腊语中，

"shinx"一词有"勒紧""压榨"之意，大概与猛兽在扑杀猎物那一瞬间的"扑、咬、撕"等动作有关。

在希腊神话中，斯芬克斯是巨人提丰和蛇怪厄喀德娜的女儿，有着美女的头和狮子的身，是人类智慧的化身。在底比斯城外，斯芬克斯盘坐在一块巨石之上，向路人提出各种各样的谜语，路人回答不出来，她就将路人吃掉。

俄狄浦斯为了躲避"弑父娶母"的神谕，逃到底比斯。他爬上山岩去挑战斯芬克斯，斯芬克斯给他出了一道最难猜的谜语："早晨四条腿走路，中午两条腿走路，晚上三条腿走路。在一切生物中，这是唯一用不同数目的腿走路的生物。用腿最多的时候，正是力量和速度最小的时候。"

俄狄浦斯听了这个谜语，觉得谜语的答案显而易见，微微一笑："这是人。"他回答道："人在幼年时，即生命的早晨，是个软弱无力的孩子。他用两条腿和两只手在地上爬行；他到了壮年，正是生命的中午，当然只用两条腿走路；但到了老年，亦是生命的迟暮，只好拄着拐杖，好像三条腿走路。"①

斯芬克斯羞愧不堪，纵身跳下深渊，摔死了。底比斯国王践诺，将王位让给了俄狄浦斯。但俄狄浦斯最终并没有逃脱神谕"弑父娶母"的悲剧命运。

俄罗斯文化与古埃及、古希腊文化有着十分密切的联系。在圣彼得堡，有着众多的斯芬克斯雕像，如列宾艺术学院门前的斯芬克斯雕像等。

---

① 施瓦布编，刘超之、爱英译：《古希腊神话故事》，北京：宗教文化出版社，2000年，第201页。

埃及桥上的斯芬克斯雕像,是圣彼得堡众多的斯芬克斯雕像中的不朽经典作品之一。

斯芬克斯雕像置于花岗岩基座上,姿态端庄,头部厚重,宛如威严的法老端坐于王座上。

狮身体型健硕,圆润浑厚。雕塑的正面,彰显出欧洲化写实风格的女性斯芬克斯特征:丰腴的前胸;圆润的颈项,瘦长的脸颊;微笑的双唇,微隆的鼻端;开阔的前额,炯炯有神的双眼。

斯芬克斯头戴古埃及法老的内梅什(Nemes)巾冠。内梅什巾冠条带雕刻精致,金蓝两色有序相间,自然垂延及肩,披及胸前。在古埃及,内梅什巾冠是神授的皇冠,象征着至高无上的权力和威严。法老的头上还佩戴着雄鹰头或眼镜蛇头,象征着对法老的永恒守护。

但在俄罗斯东正教中,蛇是一种狡黠的动物,象征着罪恶,显然不适于做埃及桥桥头上斯芬克斯雕塑的装饰物。

而雄鹰是一种锐利、敏捷、凶猛的动物,象征力量、自由和高傲,同时也是俄罗斯民族的象征。但埃及桥设计的初衷是要展现古埃及文化特色,将俄罗斯国徽上的雄鹰形象置于斯芬克斯头冠上则显得突兀,反而会弄巧成拙。

因此,斯芬克斯雕塑的设计者们并没有按部就班或故步自封,他们巧妙地采用了符合俄罗斯民族审美趣味的、具有浓郁东方神秘色彩的莲花,装饰于斯芬克斯头冠上,其手法夸张,但整体上形象生动,风格飘逸,意境含蓄。

英国桥

1905 年,埃及桥垮塌。为了缓解附近地区的交通压力,圣彼得堡在埃及桥原址上游方向的克留科夫运河河口临时建造了一座行人专用桥（后来的红军桥），又在下游方向临时建造了一座五跨孔木桥。

这座临时五跨孔木桥是在 1910 年时修建的，因为连接英国大街（Angliisky Prospect），故起名为"英国桥"（Angliisky Bridge）。

1962 年，木桥被拆除了。由建筑师阿列舍夫（Areshev Vasilkovsky）和工程师克里科夫（Kerikov）负责设计，在旧址上建造了一座三跨孔铁拱桥，长 60.8 米，宽 5.5 米。

1963 年，新的英国桥完工，向公众开放。

老卡林金桥

自英国桥顺流而下，不远就到了格里博耶多夫运河和丰坦卡运河交汇处。小卡林金桥横跨格里博耶多夫运河，连接丰坦卡运河滨河路。自小卡林金桥顺流而下，步行 30 米左右，即来到老卡林金桥（Staro – Kalinkin Bridge）了。

老卡林金桥连接丰坦卡运河左岸的彼得戈夫斯基大街和运河右岸的里姆斯基柯萨科夫大街（格里博耶多夫运河右岸沿河大街），长 65.6 米，宽 30 米。

在圣彼得堡建城之前，在今天的两座卡林金桥附近就曾有一个芬兰人居住的村庄，名字叫作"卡林娜村"（Kalinna Village）或"卡鲁拉村"（Kalula Village）。1737 年，这里就建了一座多跨孔木桥，木桥因"卡林娜村"而得名"卡林金桥"。

18 世纪末，丰坦卡运河航运繁忙。运河上的桥梁，桥身中段被设计成升降式或开合式结构，由机械装置控制。当时，丰坦卡运河上有七座"四亭桥"。四亭桥的中央桥段上建有四方亭子，内置控制桥梁升降或开合的机械装置。

19 世纪末，丰坦卡运河航运式微，桥梁的升降或闭合装置失去了实际效用和功能，改建或重建桥梁时便将这一具有历史纪念意义的升降或开合机械装置拆除了。

如今，丰坦卡运河上仍有两座桥保留了四方亭子和机械传动索链，一座是罗蒙诺索夫桥，另一座就是老卡林金桥。罗蒙诺索夫桥和老卡林金桥存在的意义不只是满足日常生活需要，还在于作为一种历史标识，它们让过去、当下和未来交流。

1786 年，木桥改建为三跨孔石桥，1788 年完工，向公众开放。石桥中间桥段为升降式设计，桥面上建造四座四方亭子以安置机械动力装置，通过索链控制中央桥段的升降。靠近河岸的桥孔和岸墩，均由花岗岩石砌成。

桥面的栏杆及其支柱，形状设计和喷漆颜色与丰坦卡运河沿岸的栏杆及其支柱完全相同。远远望去，景象开阔，河桥互映，形色相宜。

1786—1788 年，老卡林金桥又一次迎来了自己的辉煌。为了永久纪念这一段历史，圣彼得堡市政部门于 1989 年决定，在老卡林金桥上庄严地伫立起两块铜牌，分别写着"1786"和"1788"。

1890 年，圣彼得堡批准了建筑师里洛的设计方案，于 1892 年正式动工重建老卡林金桥，次年落成。

重建老卡林金桥时，保留了桥面上的四座亭子和索链，作为对那段历史的怀念和记忆。但是，在重建方案中，未能保留老卡林金桥的一些特色元素，如栏杆、护栏支柱、胜利方尖碑灯柱和四方亭子内供行人歇脚的石凳，这不能不说是一种设计缺陷和历史遗憾。

当时，老卡林金桥的宽度为 15.2 米。1907 年，圣彼得堡市政规划，在桥面上铺设电车轨道，将桥拓宽至 45.2 米。

1965 年，著名建筑师本诺伊斯（Benois）负责设计一座新桥。他决意恢复老卡林金桥的历史原貌：竖立胜利方尖碑灯柱，在四座亭子的支柱之间加设供路人歇脚休闲的石凳，在车道和人行道之间安装隔离栅栏。

另外，为四座亭子顶端和胜利方尖碑顶端的圆球鎏金着色，着色后的顶端与圆球显得金光闪闪，格外耀眼。鎏金圆球，宛若无尽夜空中闪烁的点点星光，微光所及，透露出历史长河中如烟往事闪现的痕迹和踪影。

这一年，老卡林金桥又迎来了一次历史性的辉煌。

在丰坦卡运河左岸的老卡林金桥附近，即老彼得戈夫斯基大街 2号，有一栋具有近两百年历史的老式建筑，是俄罗斯第一家海军医院的所在地。俄罗斯海军医院历史悠久，彼得大帝为了实现海军强国的宏伟蓝图，亲手创建了俄罗斯第一所海军医院。

在丰坦卡运河右岸的老卡林金桥附近还有一栋古老建筑，即丰坦卡运河沿岸街 185 号，内有一套公寓，是俄罗斯著名的海军上将克洛卡切夫（A. Klokachev）曾经租住的地方。后来，普希金也曾于1816—1820 年租住在这套公寓里。

俄罗斯著名的建筑师卡洛·罗西曾经租住在这栋建筑的另一套公寓里。1849 年，罗西因患霍乱不治，在此与世长辞，告别了他曾经为之精心规划、呕心沥血的俄罗斯旧都——圣彼得堡。

罗西是一位意大利建筑师，大半辈子生活在圣彼得堡，参与了圣彼得堡的城市规划和城市建设，为圣彼得堡建筑和艺术留下了弥足珍贵的作品。

罗西的建筑作品包括：阿尼奇科夫宫（Arnichkov Palace）、米哈伊洛夫斯基宫（Mikhailovsky Palace）、米哈伊洛夫斯卡娅广场

（Mikhailovskaya Plaoshchad）、总参谋部大楼（General Staff Building）、冬季运动场（Winter Stadium）、元老院广场（Senatskyaya Plaoshchad）、俄罗斯国家图书馆（Russian National Library）和俄罗斯内务部大楼（Building of Ministry of Internal Affairs）等。

　　伟大的建筑师罗西成就了圣彼得堡，辉煌的圣彼得堡也成就了罗西。如果没有罗西及其建筑作品，今天的圣彼得堡是不可想象的！罗西的生命活力，造就了艺术魅力，营造了圣彼得堡城市建筑艺术的巨大张力空间。

克留科夫运河上的桥

一条河流，可以承载舟船，也可以承载历史和文化。

初到圣彼得堡，人们往往将视线集中在涅瓦河两岸旖旎的风光、皇家宫殿气势恢宏的建筑、雄伟壮观的广场、神秘珍奇的博物馆和唯美宏大的教堂，而极少将目光停留在克留科夫运河（Kriukov Canal）上。

实际上，克留科夫运河在圣彼得堡颇具特色，独一无二，是我们了解圣彼得堡城市历史、文化和人文景观的另一扇明窗。

克留科夫运河北接新荷兰岛（New Holland Island）的海军部运河（Admiralteysky Canal），宛若一条飘逸的彩带，由北向南，几乎垂直地连接圣彼得堡三大著名运河——莫伊卡河、格里博耶多夫运河和丰坦卡运河。

克留科夫运河沿岸风光旖旎，景色诱人。春天古树新枝，绿草如茵；夏日繁花似锦，树影婆娑；秋日层林尽染，秋叶无声；冬日银装素裹，寂静空灵。一年四季，河水激滟，景象鲜明。在运河的灵秀水域中，充满着一种浓烈的氛围。

克留科夫运河沿岸，伫立着举世闻名的经典建筑：新荷兰拱门（New Holland Arch）、马林斯基剧院（Mariinsky Theatre）和尼古拉斯海军大教堂钟楼（The Bell Tower of Nicholas Naval Cathedral）、立陶宛城堡（Lithuanian Castle）及其邻近的十二月党人大街（Ulitsa Dekabristov）等。

克留科夫运河的历史沉淀厚重，人文气息浓厚，保持着一种严格意义上的质朴、神秘的状态。18世纪初，作为新首都的圣彼得堡大兴土木，宫殿楼宇拔地而起，大街小巷日益延展，沟壑纵横的沼泽地亟须综合整治。

1717年，圣彼得堡启动了一项通渠工程，开挖一条贯通涅瓦河和莫伊卡河的人工水道，以调节莫伊卡河的水文系统。当时，通渠工程的总承包商和建筑商是一个叫西缅·克留科夫（Semyon Kriukov）的人。这条短小人工水道就叫作克留科夫运河。运河的主体工程持续了近三年，直至1720年竣工。

时势造英雄，在新都初创的岁月里，技工吃香，名匠辈出，匠人精神被奉为圭臬。克留科夫从一个普通的建筑工人快速成长为一个在圣彼得堡街知巷闻的工匠。他技艺精湛，匠心独具。彼得大帝对克留科夫赞不绝口。一个是帝国沙皇，一个是出身卑微的普通建筑工人，两人却始终保持着良好的友谊。

在俄罗斯，一个人若想只凭自己的智慧和才干就取得成功或青史留名，是十分稀奇罕见的事。有这种想法的人也会被同伴耻笑为异想天开或白日做梦。克留科夫凭借自己的聪明才智，凭借自己和彼得大帝的友谊，成功承揽了通渠工程，从而名留青史，家喻户晓。

1782年，圣彼得堡启动了从莫伊卡河到丰坦卡运河的通渠工程，历时五年。这段水渠曾被命名为"尼克尔斯基运河"（Nikolsky Canal）。

尼克尔斯基运河的开通，使圣彼得堡三条运河之间又多了一条贯通水道，进一步完善了运河的循环系统，也大大改善了路网交通和城市景观。

1828年，尼克尔斯基运河和克留科夫运河被合称为"克留科夫运河"。

克留科夫运河在历史的长河中延伸了它的生命，跃入更加辽阔的波涛，从此踏浪高歌，无畏弄潮！它的精神，融入更加深厚的沃土，从此根深叶茂，硕果累累！

一个普通工匠，凭借技艺和匠心赢得了领袖的青睐和赏识，正如千里马偶遇伯乐。克留科夫，一个普通的建筑工人，凭一条短小的普通水道，载入了圣彼得堡城市建筑的光辉史册。

克留科夫的工匠精神，具有辐射力和穿透力，随着河流的延伸，浸润着圣彼得堡的每一个角落。克留科夫的艺术生命，具有感染力和震撼力，随着岁月的流逝，触及文明世界的地极天际。

1843 年，人们在今天劳动广场的位置上建造了报喜教堂（Annunciation Church）。同时，在涅瓦河和克留科夫运河交汇处，修建了一座横跨涅瓦河的报喜桥（Annunciation Bridge），即现在的斯密斯中尉桥（Lieutenant Schmit Bridge）。从涅瓦河到海军部岛的一段水道，由明渠改为暗渠，使克留科夫运河缩短了 200 米左右。

今天，我们若沿着克留科夫运河观赏水景和街景，可由海军部岛（Admiralteysky Canal）往西偏南方向行走，到了克留科夫运河和莫伊卡河交汇处的赫拉波维茨基桥（Khrapovitskiy Bridge），往北沿着新海军部岛（Novo - Admiralteysky Canal）行走，直至涅瓦河畔。

克留科夫运河从莫伊卡河到丰坦卡运河，全长 1 015 米。水流方向由北向南，源自涅瓦河，流经莫伊卡河、格里博耶多夫运河，注入丰坦卡运河。

18 世纪 90 年代，由于克留科夫运河从莫伊卡河延伸到丰坦卡运河，圣彼得堡地图上又增添了两个小岛——代祷岛（Pokrovsky Island）和科洛缅斯基岛（Kolomensky Island）。

"代祷"一词为宗教术语，意思是代别人向上帝祈祷。代祷岛三面环水，东临克留科夫运河，南濒丰坦卡运河，北靠格里博耶多夫运河。

科洛缅斯基岛四面环水，南有格里博耶多夫运河，北有莫伊卡河，东有克留科夫运河，西有普利娅兹卡运河（Pryazhka Canal）。

克留科夫运河上共有六座桥：马特维耶夫桥、十二月党人桥、贸易桥、卡辛桥、老尼克尔斯基桥和斯梅日桥。

18 世纪 90 年代，开挖克留科夫运河（从莫伊卡河到丰坦卡河河段）时，圣彼得堡罕有地统一了这六座桥主体结构的设计方案——石墩、三跨孔、中央桥段开合结构。

克留科夫运河成就了圣彼得堡桥梁的无限可能和城市的美好未来。

马特维耶夫桥

马特维耶夫桥（Matveyev Bridge）坐落在莫伊卡河和克留科夫运河交汇处，位于莫伊卡运河左岸，长 24.7 米，宽 9.78 米。

随着克留科夫运河的不断完善，人们在运河两岸铺设了花岗岩堤岸和路面。1782 年，在两条河流的交汇处，动工兴建了一座三跨孔木桥，岸墩桥墩均为石料。当初，市民称该桥为"监狱桥"，因为附近就是圣彼得堡的城市监狱利托夫斯基城堡（Litovsky Castle）。

1917 年，利托夫斯基城堡毁于二月革命战火。1919 年，圣彼得堡官方将该桥命名为马特维耶夫桥，以纪念苏联人民委员会委员马特维耶夫。1918 年，马特维耶夫为保卫十月革命成果牺牲在东线战场上。

1950 年，圣彼得堡对马特维耶夫桥进行综合维修，重砌了桥墩，更换了钢梁、护栏和路灯，桥面两侧铺设人行道。工程由工程师安德烈耶夫斯基（Andreyevsky）和建筑师沃森耶夫（Versenyev）负责。重修后的马特维耶夫桥和原有的风格保持一致。

站在马特维耶夫桥上，往东眺望，在百米的范围内，可领略到莫伊卡河上红色舰队桥的风采。再往北看，目光掠过莫伊卡河，马特维耶夫桥对面的新荷兰拱门近在咫尺，俄罗斯海军博物馆触手可及。

新荷兰拱门是圣彼得堡最古老的历史建筑遗迹，位于新荷兰岛上。新荷兰岛是一个几乎呈等边三角形的人工小岛，占地 7.8 公顷，三面环水，南临莫伊卡河，西北面是新海军部运河，东北面是克留科夫运河。

1719 年，按照彼得大帝的建城计划，在这一带区域开挖水渠，疏通河道，形成了新荷兰岛的雏形。1721 年，彼得大帝下令，在这里修建一个军港，奏响了俄罗斯海军强国梦的时代强音，新荷兰岛由此载入了俄罗斯海军发展的荣耀史册。

后来，彼得大帝还在岛上修建了一座宫殿。因为彼得大帝早年曾在荷兰学习造船技术，对荷兰文化有着浓厚的兴趣，他把岛上的宫殿称作"新荷兰"。于是，这个不起眼的三角形小岛就有了一个响亮的名字——"新荷兰岛"。

彼得大帝造船纪念雕塑

新荷兰岛后来成了一个造船厂。岛上木屋鳞次栉比，圆木堆积如山。一艘又一艘军舰和战船，从新荷兰岛起航，驶出涅瓦河，经过芬兰湾，横跨波罗的海，服役于俄罗斯海军。新荷兰岛是俄罗斯海军发展史上的第一个军港、第一个海军造船厂。

18 世纪末，圣彼得堡启动了新荷兰岛的房屋改造工程，木结构的房子陈旧过时，时存火灾隐患，后由一排排崭新的砖石结构建筑所取代。1765 年，新荷兰岛的改造工程启动，历时 15 年，于 1780 年完工。

法国工程师 Jean-Baptiste Vallen de la Mothe 充分考虑了岛内和周边的环境因素，将岛内池塘和三条绕岛运河有机融合起来，将新荷兰岛上的建筑设计成新古典主义风格。其中，最著名的莫过于新荷兰拱门了。

新荷兰拱门工程宏伟。拱门高 23 米，跨度 8 米，拱门的石柱每根重达四吨。拱门建筑工程始于 1770 年，完工于 1779 年，共花费 10 年时间才大功告成。

俄罗斯中央海军博物馆（Russian Central Naval Museum）既是世界上最早、最大的海军博物馆之一，也是世界上收藏海军舰船模型最丰富、最齐全的博物馆。馆内收藏海军文物 8 万余件，包括船只实物、模型、武器装备以及以海军为主题的艺术画和图片等，全面反映了俄罗斯海军的发展历程。

博物馆的镇馆之宝是"彼得大帝之舟"（Boat of Peter the Great），是被誉为"俄罗斯海军之父"的彼得大帝青年时期亲自参与设计制造的这艘激发人们无限想象力和海军强国之梦的小船。

"彼得大帝之舟"见证了俄罗斯海军从无到有、从小到大、从弱到强的光辉历程，这也正是"彼得大帝之舟"的价值之所在。

马特维耶夫桥记录着昔日往事，保持了一份过往时间中的真实存在。因它的存在，我们得以复原往昔的影像，得以实实在在地穿越历史时空，观照当下，展望将来。

十二月党人桥

十二月党人桥（Dekabristov Bridge）横跨克留科夫运河，连接十二月党人大街（Ulitsa Dekabristov），因此得名"十二月党人桥"。该桥长 24.3 米，宽 23.3 米，长和宽仅差 1 米，是圣彼得堡又一座长和宽几近相等的魅力桥梁。十二月党人桥桥头，是举世闻名的圣彼得堡马林斯基剧院。

十二月党人大街和十二月党人桥都是为了纪念十二月党人在元老院广场举行武装起义这一历史事件。

1784 年，这里动工修建了一座三跨孔石墩木桥，宽度只有 13 米。中央桥段为可升降结构，以利通航。桥梁修建工程历时两年，于 1786 年竣工通行。

十二月党人大街（原名为奥夫特兹斯卡亚大街）是圣彼得堡一条东西走向的主要大道。随着交通流量日益增长，扩建十二月党人桥的呼声日益高涨。但直至 1914 年，桥梁扩建工程计划才提交到圣彼得堡市政部门的有关议事日程上来。

十二月党人桥由工程师普什尼茨斯基（Pshenitsky）负责设计和施工。按照新桥设计，夯打桩基和岸墩，加设系梁和承台，安装承台和横梁之间的缓冲辅助构件。由于克留科夫运河软基厚，持力层深，施工难度大，施工人员采用沉箱作业，并将沉箱内的水和淤泥用高压泵抽出，直至河底持力层，打入桩基，浇筑桩帽和桩台。桥身为钢架结构，桥面两侧铺设人行道。灯柱和灯饰都保持了原有的风格。

1990 年，圣彼得堡又对十二月党人桥进行了全面翻修。

1825 年 12 月 26 日（俄历 12 月 14 日）的十二月党人起义是俄罗斯历史上的重要事件，对其历史轨迹和走向有着重大影响。圣彼得堡许多地方都留下了十二月党人活动的纪念印记。

一座桥，宛如线性时间的见证者。十二月党人桥，连接着历史和未来，承载着现实和梦想，见证着一座城市的昨日荣光和未来之梦。

一座桥，宛若一座历史纪念碑。十二月党人桥镌刻着昨日的辉煌，延续着今日的奇迹，更热切地期待着明日的美好。

贸易桥

贸易桥（Trade Bridge）横跨克留科夫运河，连接剧院广场和贸易大街，长 24 米，宽 10.5 米。

历史上，贸易桥有过三次重修，分别是 1905 年、1946 年和 1961 年。三次重大维修，除了建筑材料有变化，桥梁的主体和装饰都保持着最初修建时的风格。

1783 年，这里修建了一座三跨孔木桥，中央桥段是升降式结构，满足通航需要。1785 年，工程竣工，桥梁向公众开放。这座桥最初命名为"中桥"（Middle Bridge）。

1789 年，圣彼得堡在中桥附近开设了一间贸易市场，为各种货物的卖家和买家搭建了一个交易平台，促进了圣彼得堡的贸易发展。

20 世纪 20 年代，由于城市发展需要，圣彼得堡取消了贸易市场。具有一百多年历史的贸易市场依然深深印记在一代又一代圣彼得堡市民心中，人们索性称"中桥"为"贸易桥"。

当习以为常、司空见惯的东西消失之后，人们才发现它的珍贵。当珍贵的东西无法还原或复制时，人们就想方设法将它投射到另一个存在体上，并赋予其新的意义、新的形态和新的生命。

然而，还原的只是一座桥、一条街道的名字，恢复的只是人们内心的碎片式记忆。作为一个拥有完整生命形态的贸易市场，这些不过是一段历史中支离破碎的片段或四分五裂的镜像。

老尼古拉斯桥

从贸易桥往南前行，没多久就到了卡申桥（Kashin Bridge）。卡申桥是圣彼得堡一座再普通不过的小桥，横跨克留科夫运河，连接里姆斯基—科萨科夫大街，为喀山岛（Kazansky Island）和科洛缅斯基岛架起了沟通的桥梁。

从卡申桥继续往南前行，不一会儿便到了老尼古拉斯桥。

圣彼得堡共有两座桥以尼古拉斯海军大教堂的名字命名：一座是格里博耶多夫运河上的新尼古拉斯桥（Novo-Nikolsky Bridge），连接格里博耶多夫运河左岸的尼古拉斯大街和运河右岸的尼古拉斯广场；另一座是在格里博耶多夫运河和克留科夫运河交汇处的老尼古拉斯桥（Staro-Nikolsky Bridge），横跨克留科夫运河，连接花园大街。

老尼古拉斯桥长 24.3 米，宽 20.2 米，是圣彼得堡最古老的运河桥梁之一。由于地处格里博耶多夫运河和克留科夫运河交汇处，老尼古拉斯桥附近有皮卡洛夫桥和红色卫队桥，三座桥的建筑设计和装饰风格十分相似，与周围的建筑空间和水域环境和谐融合。

早在克留科夫运河延伸至格里博耶多夫运河和丰坦卡运河之前，这儿就有条自然水渠注入丰坦卡运河。1717 年，这里就修建了一座桥，它见证了克留科夫运河诞生、延伸和两岸景观不断完善的历史进程。

1784年，圣彼得堡重建老尼古拉斯桥。新桥为桩基石墩的三跨孔木桥。老尼古拉斯桥的桩基和桥墩的质量可靠，自从新桥落成通车后未动筋骨，只进行过小规模的维护。

历史上，老尼古拉斯桥的桥身历经几次重修或翻新：1842年，重装桥面护栏；1887年，托梁更换；1906年，桥面拓宽，铺设有轨电车轨道，桥身两侧加设悬臂，开辟人行通道。

历史上，老尼古拉斯桥附近有过两个重要的市场，一个是早已销声匿迹的尼古拉斯零工市场（Nikolsky Labour Market），另一个是至今尚存的尼古拉斯市场（Nikolsky Market）。

在19世纪早期，老尼古拉斯桥头和附近区域形成了一个松散的、自发性的劳动力雇佣市场，被称为"尼古拉斯零工市场"。由于圣彼得堡城市发展，各行各业需要大量的人手，吸引偏远地区农业人口涌入圣彼得堡。尼古拉斯零工市场对缓解劳动力供需紧张起到了一定的作用。

每天清晨，各行各业的从业者，如家政人员、护工、厨师、装修工、管道工等，一大早就来到尼古拉斯零工市场，等待着被雇主雇佣。雇主和雇工的劳资关系松散，雇工的工资日结，雇主和雇工来去自由。

后来，随着时代的进步和社会的发展，尼古拉斯零工市场在20世纪初就销声匿迹了。

城市的零工市场，作为人类历史上最古老、最传统的就业市场和雇佣平台，即使在信息化时代，在世界各大现代化都市，如美国的纽约、波士顿、洛杉矶、旧金山，英国的伦敦，巴西的里约热内卢，墨西哥的墨西哥城，南非的开普敦，中国的北京、上海、广州和深圳等地，仍然有迹可循，是城市的一道风景线。

今天，在老尼古拉斯桥头附近（今花园街 62 号）有一座极具俄罗斯建筑风格的两层建筑，俗称"圈楼"（Gostiny Dvor），又称"尼古拉斯圈楼"。它是圣彼得堡的一个大型室内综合市场。

在俄罗斯，圈楼是一个大型室内市场综合体，商家云集，品牌荟萃。圈楼一般为两层建筑，呈三角形布局，廊柱拱门，黄色墙面，深褐色楼顶。

在俄罗斯的各大城市中，如圣彼得堡、莫斯科、科斯特罗马、阿尔汉格尔斯克、雅罗斯拉夫尔、乌兰乌德等，都有极富俄罗斯风情的圈楼。其中，俄罗斯最大规模的圈楼在圣彼得堡，位于涅瓦大街和花园大街交界处，作为俄罗斯最大的室内市场，内设地铁出入口，站名就叫"圈楼站"。

1788 年，圣彼得堡动工兴建尼古拉斯圈楼，最初命名为"奥恰科夫斯基圈楼"（Ochakovsky Gostiny Dvor）。俄国和土耳其战争（俄土战争）期间，1788 年 6 月 17—18 日，元帅亚历山大·苏瓦洛夫（Alexander Suvorov，1730—1800）率领俄军经过艰苦激战，攻破土耳其奥恰科夫要塞。

1788 年，圈楼破土动工，俄国对土耳其战争节节胜利，历史时空就在老尼古拉斯桥头交汇。

后来，奥恰科夫斯基圈楼改名为"尼古拉斯圈楼"。俄罗斯历史文化遗产管理、使用和保护委员会决定，在保留原有建筑风貌的前提下，有关部门重建尼古拉斯圈楼，并配置全新的水电和供暖系统。

2010 年，尼古拉斯圈楼被成功拍卖。新企业主有意将圈楼打造成酒店综合体，打算新增地下双层停车场和圆形玻璃穹顶。重建计划遭到各方质疑，只得暂时搁置。

老尼古拉斯桥正以独特的视角和开阔的视野，关注着周边环境的变化：既可转身回溯一幕幕历史事件，又可以原地定神思索当下，还可以眺望未来，将未知的境遇和存在，融入无限宽广的自我内在视野。

往事如烟，要在当下；抚今追昔，展望未来。

邻居桥

邻居桥（Smezhny Bridge）是克留科夫运河上的最后一座桥，位于克留科夫运河和丰坦卡运河交汇处。克留科夫运河在此注入丰坦卡运河。邻居桥长24.1米，宽15.4米。邻居桥因紧挨着丰坦卡运河上的红军桥而得名，她是红军桥的"邻居"。

1787年，这里建造了一座简易木桥。1800年，为配合克留科夫运河工程，木桥被拆除，建造了一座三跨孔石墩桥。中央桥段比两侧桥段都要宽，是可开合木板结构。

1867年，邻居桥大修，桥墩重建，用钢板取代了中央桥段的木板。1940年，桥身改为双层梁托结构。1964年，工程师罗森菲尔德（Rozenfield）在圣彼得堡供水系统升级改造之际，主持设计和重建邻居桥，加设了热水供应管道。

邻居桥在历次重修、重建的过程中，基本保持了原来的主体结构和装饰风格。

邻居桥，简约而平凡，但它是由无限的时间铸就的桥梁经典。邻居桥，是时光凝聚的优雅，是历史铸就的丰碑。

涅瓦河上的桥梁

涅瓦河，是圣彼得堡最长、最宽的自然水道，是圣彼得堡的"母亲河"。它发源于欧洲最大的淡水湖——拉多加湖，注入波罗的海的芬兰湾。涅瓦河全长74公里，流经圣彼得堡市区的河段长28公里，从源头拉多加湖到芬兰湾入海口，直线距离只有45公里。涅瓦河的长度毫不起眼，但它的流量在欧洲大河中排第三，仅次于伏尔加河和多瑙河。

涅瓦河平均宽度为400~600米，最宽处达1 200米，最大深度为24米。

涅瓦河是俄罗斯十分重要的水上运输通道，在俄罗斯经济建设和人民生活中起着十分重要的作用。涅瓦河是白海—波罗的海和伏尔加河—波罗的海两大水系的重要河道。

根据历史学家考证，涅瓦河的名字来源说法有三：一是源自古代芬兰语，古代芬兰人称拉多加湖为"Nevo"，即"海"的意思；二是源自芬兰语的"nevajoki"，意为"沼泽"；三是源自瑞典语的"nyu"（新的），有"新河"之意。

涅瓦河上的桥梁，除了地处郊区的大奥布霍夫斯基桥，最富特色、最为壮观的该属"开桥"。每年夏季，成千上万的国内外游客云集圣彼得堡，目睹圣彼得堡夜景奇观——开桥。

日间，涅瓦河上的大桥车水马龙，熙熙攘攘，往来于涅瓦河上的货船只能在夜间依照"开桥"时间通行。

"开桥"期间，顺流而下的商船涌入芬兰湾，驶向波罗的海；逆流而上的商船，奔向拉多加湖，开往白海或伏尔加河。

涅瓦河上的开桥时间相对固定，但也并非一成不变。每年，圣彼得堡根据气候变化、河流融冰期等资讯，对开桥时间作相应调整，提前向公众公布开桥时间表。

在开始讲述涅瓦河上的桥梁之前，有必要对涅瓦河——圣彼得堡母亲河的建桥历史作简要回顾。

涅瓦河流淌着俄罗斯的民族血脉，凝聚着圣彼得堡人的不朽精神。在18世纪以前，欧洲对于俄罗斯人来说是十分陌生的。彼得大帝在圣彼得堡敞开了向西方学习先进科学技术和先进文化的窗户。彼得大帝在和欧洲的历次军事较量中，确立了海军强国的国策，建立了海军。

彼得大帝在圣彼得堡建立海军基地，建造大型舰艇，训练海军。涅瓦河和波罗的海水域开阔，为彼得大帝训练海军提供了天然的理想场所。一艘艘海军舰艇穿梭于涅瓦河和波罗的海之间，开往遍布俄罗斯辽阔海域的军港。

为了实现海军强国之梦，彼得大帝曾禁止人们在涅瓦河上建造桥梁。在没有桥梁的年代，涅瓦河成了圣彼得堡人的天然阻隔和屏障，虽对两岸民众的生活和交流造成极大不便，但天性乐观的俄罗斯人在与涅瓦河的相处中仍然找到了不少乐趣。

严冬来临，冰封涅瓦河，圣彼得堡白雪皑皑，银装素裹。一群宫廷小丑，敲锣打鼓，高声宣告连接涅瓦河两岸的"天然桥梁"——雪橇通道和人行通道正式开通。朝廷官员、达官贵人和平头百姓都欢天喜地，共同见证一年一度的冰封河道。圣彼得堡市民通过"天然桥梁"自由往来于涅瓦河两岸。

春天来临，涅瓦河冰雪消融，圣彼得堡春意盎然。初春的三声炮响，宣告涅瓦河封冻解除。彼得大帝在百官陪同下，率先乘船横渡到涅瓦河对岸，随后，圣彼得堡市民凭借舟船照样自由自在地往来于涅瓦河两岸。彼得大帝向臣民传递了一个重要的政治信息：即使涅瓦河上没有桥梁，臣民照样能自由往来，畅通无阻。

因此，在彼得大帝时期，涅瓦河上是没有桥梁的。彼得大帝于1725年2月去世，涅瓦河建桥禁令悄然解封。在今天的大学滨河路13号处的涅瓦河河堤上（列宾美术学院隔着大学滨河路斜对面），有一块红色花岗岩纪念石碑，上面用俄文镌刻着："这里是圣彼得堡第一座浮桥的遗址。岸墩建于1819—1821年，设计者为工程师贝坦库尔（1827—1916）。"要理解这段碑文，需要厘清相关历史发展脉络。

圣彼得堡历史上的第一座浮桥，是横跨涅瓦河的第一座浮桥。这座浮桥叫"伊萨基辅斯基浮桥"（Isaakievsky Pontoon Bridge），又叫"圣伊萨克桥"（Saint Isaac Bridge）。它连接瓦西里岛和金钟岛（海军部岛）。

在金钟岛的桥头，咫尺之外是彼得大帝的纪念雕像。桥头的不远处是圣伊萨克大教堂。18世纪上半叶，该教堂还是木质构造的达尔马西亚圣伊萨克大教堂（St. Isaac of Damatia Church），浮桥因此得名"圣伊萨克浮桥"。

1725年，彼得大帝去世，叶卡捷琳娜一世继位，但皇权落至王子、海军大元帅亚历山大·缅希科夫（Alexander Danilovich Menshikov，1673—1729）手中。

1727年，缅希科夫下令在自己的官邸（今大学滨河路15号）附近（今大学滨河路13号古桥遗址）修建一座浮桥，以便到对岸的冬宫和海军部处理军政要务。

俄罗斯18世纪版画家在1799年创作了一幅珍贵的版画《圣伊萨克桥》。画面中浮桥以驳船承重，用木桩固定堤岸，形成岸墩。桥面以圆木铺设，中央河段预留跨孔，小船可自由通过。

当帆船和大货船通过时，工人们通过简单的机械装置用绳索将桥面木板拉起。桥面车水马龙，行人如织；桥下波光粼粼，帆船竞渡，一片繁忙景象。

圣伊萨克浮桥建设工程由菲利普·彼得罗维奇·帕里奇科夫负责。他是一名默默无闻的造船工人，一生却充满传奇色彩。他凭着刻苦耐劳的精神、永不服输的勇气和争强好胜的信心，成为俄罗斯航海科学院的学生，接受工程科学领域的正规教育和训练。

帕里奇科夫造船技术精湛，一丝不苟，在家乡小有名气。但是，在圣彼得堡，他充其量只算是"彼得大帝鸟巢里的一只雏鸟"。他凭着聪明才智和老练通达，乐此不疲地斡旋于达官贵人之间，深得彼得大帝宠爱，并在帝国朝廷担任要职。

这似乎注定了帕里奇科夫和彼得大帝的友谊。帕里奇科夫结婚时，彼得大帝还"屈尊"担任他的"伴郎"。我们无法知道，彼得大帝曾为多少佳偶伉俪担任过伴郎。按常理推论，彼得大帝以"伴郎"的身份见证婚礼，一定为数不多。

1727 年，叶卡捷琳娜一世去世。彼得大帝的孙子彼得二世登上皇位。中国人的俗语"一朝天子一朝臣""树倒猢狲散"在圣彼得堡一一应验。新登基的彼得二世尚年幼，由亚历山大·缅希科夫摄政。而新沙皇对缅希科夫专权十分不满，断然采取措施，削去缅希科夫的大权。

缅希科夫失宠，无权参议朝政，甚至其财产都要登记造册，上报沙皇。为了保护巨额财产，缅希科夫下令立即拆毁浮桥。但为时已晚，反而激怒了年轻的彼得二世。缅希科夫被控叛国、贪污，判处流放西伯利亚。

圣彼得堡历史上第一座横跨涅瓦河的圣伊萨克浮桥，最终还是走向了历史的宿命。

1728 年 2 月，彼得二世移宫莫斯科，并举行盛大的加冕典礼。

王公大臣纷纷举家前往莫斯科。圣彼得堡空有其表，失去了作为首都的光环。

圣彼得堡的城市建设暂缓，涅瓦河上的桥梁工程也无人问津。缅希科夫拆毁圣伊萨克浮桥时留下的岸墩和木桩也连遭盗贼偷窃，浮桥原址上空空如也。

昨日的喧嚣已成往事，无处追忆；今日的气息，十足宁静。从此，大河奔流，风平浪静；大地苍茫，了无痕迹，好像一切都没有发生似的。

我常常观瞻浮桥旧址，对这段过往感慨万千。历史难于回转，但人类可以体验历史，回味过往。每每至此，对实实在在的历史现场，我心生敬畏，肃然起敬；对真实可触的历史影像，我情不自禁，触景生情。

1730 年，彼得二世患天花不幸身亡。安娜·伊凡诺夫娜继位，史称安娜一世。1732 年夏天，安娜一世迁回圣彼得堡，同年下令帕里奇科夫在原址上重建圣伊萨克浮桥。

帕里奇科夫左右为难：一方面，皇令如山；另一方面，旧桥的圆木早已无迹可寻，木桩和岸墩也荡然无存。

失去了朝廷这座靠山，也失去了彼得大帝的鼎力支持，帕里奇科夫身不由己，举步维艰。

面对海军部临时征集的大小不一的驳船、参差不齐的木桩、规格不同的圆木方木、技术参差不齐的工匠等，帕里奇科夫只得人尽其才，物尽其用。数月后，圣伊萨克浮桥重现涅瓦河畔。

匆匆忙忙的诞生，预示着草草率率的结束。1733 年，圣伊萨克浮桥在狂风骤雨中轰然倒下。驳船随风漂流，圆木四处飘荡，涅瓦河上混乱不堪，人们唏嘘不已。就这样，圣彼得堡历史上第二座横跨于涅瓦河上的圣伊萨克浮桥在风雨飘摇中淡出了人们的视线。

1733 年，圣彼得堡历史上第三座横跨涅瓦河的浮桥在旧桥原址上落成。桥梁设计者根据圣彼得堡冬夏气候变化和涅瓦河冬季封航、夏季通航的需要，将浮桥设计成活动式、可装卸的桥梁，并在河中心预留两处可升降桥孔，以便大型货船通航。

春季，涅瓦河冰雪消融，工作人员紧张有序地组装浮桥，沉寂了一个冬天的涅瓦河汽笛隆隆，大小船只日夜穿梭不停。秋季，涅瓦河结冰之前，工人们又拆除浮桥，涅瓦河进入禁航期。

圣伊萨克浮桥是涅瓦河上第一座收费的桥梁，浮桥通行费用于建造尼古拉·博戈亚夫连斯基海军大教堂（The Naval Nikolo – Bogoyavlensky Cathedral）。

1754 年 10 月 1 日，皇子保罗·彼得罗维奇（Paul Petrovich，1754—1801）诞生，将皇位后继无人的阴霾一扫而尽，宫廷内外喜气洋洋。伊丽莎白女皇下令，为庆祝皇子诞生，圣伊萨克浮桥停止收费。

保罗·彼得罗维奇即后来的保罗一世。保罗一世生性多疑，终为亲信所杀。圣伊萨克浮桥恰逢其时，但同样时运不济，一波三折。人和桥的命运，何其相似啊！

1779 年，一位桥梁工程师建议，圣伊萨克浮桥用不着春装秋拆，只要在涅瓦河冰冻之前，在驳船的背水和逆水方向，分别用结实的钢管固定好，就足以抵挡涅瓦河结冰、融冰时的物理冲击，整个河面结冰后，冰面自身固定，浮桥借助冰块的凝聚力，更加稳固。从此，在冬季，圣伊萨克浮桥成了横跨涅瓦河的固定性桥梁。

1821 年，由工程师贝坦库尔和特雷特负责，在圣伊萨克浮桥原址上重修了一座浮桥，拓宽了桥面，增加了承载重量，大幅度提高了人、车（主要是马车）的通行量。岸墩坚固耐用，抗震能力强。配合涅瓦河堤岸改造工程，堤岸砌上了石砖，人行道铺设了花岗岩，岸墩用花岗岩片贴面。

贝坦库尔和特雷特在桥头的河岸设计了环形楼梯和临水平台，供路人亲水、赏水、乐水。环形楼梯和临水平台的设计，充分体现了工程师的人文精神和人性关怀。

水与岸的亲密、岸与堤的无间、堤与墩的融合、墩与桥的合一、桥与人的神合、人与天地的和谐，一切都充满了诗意。

19 世纪著名的石版画家彼驰布埃斯（L. Bichebois）和维多·亚当斯（V. Adames）于 19 世纪 50 年代创作了一幅石版画《圣伊萨克桥》栩栩如生地再现了这座出自当时圣彼得堡著名工程师和建筑师之手的桥梁杰作。

隆冬时节，圣彼得堡白雪皑皑，圣伊萨克大教堂雄伟壮观，元老广场上的青铜骑士雕塑巍然耸立，涅瓦河被厚冰覆盖。

盛夏时节，圣伊萨克浮桥上车水马龙，桥下人来人往，熙熙攘攘，环形楼梯和临水平台成了人们往返两岸的重要通道。

1850 年，涅瓦河上第一座永久性桥梁（相对于浮桥而言）史密斯中尉桥（又称"报喜桥"）落成。圣彼得堡交易委员会（St. Petersburg Exchange Committee）向沙皇提出申请，将圣伊萨克浮桥往上游方向迁移，连接瓦西里岬角（圣彼得堡交易大楼所在地）和冬宫。

1853 年 8 月，沙皇批准了交易委员会的申请，随即展开浮桥的迁移工程。1856 年 11 月，圣伊萨克浮桥迁移工程顺利竣工。因靠近冬宫，圣伊萨克浮桥改名为"宫殿桥"。

相对其他种类的桥梁而言，浮桥的好处显而易见——便于移动、易于拆装。1896 年，冬宫西侧开辟出一块绿园。圣伊萨克浮桥向下游方向移动 53 米。新浮桥桥面开辟公共马车通道，安装汽灯照明。

1897 年 11 月，新桥工程顺利完工，适时向公众开放。圣彼得堡特地在晚上举行开放、亮灯仪式，众多市民见证了这一历史时刻。

1899 年，有一艘承重的驳船出现腐蚀和渗漏。有识之士纷纷上书，建议修建一座永久性桥梁取代浮桥。1912 年，一座铸铁桥飞渡涅瓦河，连接瓦西里岬角和冬宫。从此，涅瓦天堑变通途。这是彼得大帝实施涅瓦河建桥禁令以来，在涅瓦河上修建的第一座永久性铸铁桥梁。

同年，"宫殿桥"迁回原位，桥头两端分别是元老广场和缅希科夫宫。浮桥重新命名为"圣伊萨克浮桥"。

两百年来，圣伊萨克浮桥从原点出发，最终回归原点。如同一个人，源于尘土，归于尘土。

一座桥梁，在同一河段的三个不同位置上发挥着实用功效，作为一种洒脱的精神符号，体现出它的空间价值。

一座桥梁，在长达两个世纪的时间里，在三个不同的历史时段，彰显出它的价值，蕴含着超然的历史神韵。

受当时的照明技术限制，圣伊萨克浮桥上采用汽灯照明，燃料是煤油。一盏汽灯，由灯座、灯柱、灯嘴和灯罩构成。灯座相当于一个油壶，盛着煤油，还有一个加压装置。煤油受到压力，沿着灯柱内的输气管，喷向灯嘴。灯嘴相当于灯头，由蓖麻纤维或石棉经硝酸钍溶液浸泡后呈现白色罩纱，形状像今天的小灯泡。当灯头上的罩纱遇到高温后就发出白光，十几米的范围内，灯火通明。

圣伊萨克浮桥上的汽灯，需要大量的煤油，煤油储存在驳船的油桶里。对于浮桥来说，这是一个巨大的安全隐患。

1916 年 6 月 11 日，一个普普通通的日子，但在圣彼得堡桥梁建筑史上，却是充满悲剧色彩的一天。一艘汽船从上流方向驶向浮桥时，撞上浮桥，擦出火花，引燃了油罐里的煤油。

涅瓦河上风势正猛，火借风威，迅速向四周蔓延，浮桥陷入一片火海。消防船赶到后，全力扑救，但已无力回天。涅瓦河上圆木漂流，驳船乱窜。刹那间，浮桥轰然倒下，只剩下岸墩。

我常常流连于大学滨河路。每当走到圣伊萨克桥墩遗址前，都会情不自禁地止步，向对岸（宫廷滨河路）眺望。

桥墩古旧斑驳，沉稳厚重，基座、墩柱和横梁构成天然的画框。河水静静流淌，清澈如镜。涅瓦河对岸，树木苍翠，圣伊萨克大教堂巍然耸立，映衬着万里碧空，倒映在涅瓦河平静的水面上。这是一幅天然的风景画，是大自然馈赠给圣彼得堡无与伦比的礼物。这幅无与伦比的风景画，完美地阐释了河与桥、桥与水、水与岸、岸与人之间的天然关系。

从 1727 到 1916 年，圣伊萨克浮桥与圣彼得堡市民一直风雨同舟，浮桥忠心耿耿地服务市民近两个世纪。

一座桥梁，以非物质形式单纯地存在于人们的记忆深处，它风韵如初，秀色如昨。

圣彼得堡在不同的历史时期、在涅瓦河不同的河段，都修建过一些浮桥。这些浮桥有着明显的缺陷：春装秋拆，维修费用昂贵。从 18 世纪初到 19 世纪末，不断有有识之士向沙皇提出，在涅瓦河上建造永久性固定桥梁的建议。涅瓦河三角洲地质结构十分复杂，且涅瓦河跨度大，在当时的技术条件下，建造永久性固定桥梁是一次十分严峻的挑战。

第一个吃螃蟹的人，是自学成才的桥梁工程师和设计师库利宾

（Kulibin）。他清醒地认识到涅瓦河上的浮桥弊端——桥下撞船、桥上行人落水等意外事故频发，有的人甚至为此付出了生命。库利宾决心为涅瓦河设计出一座永久性的固定桥梁，造福市民和子孙后代。

1776 年，库利宾向俄罗斯科学院提交了一份桥梁建设方案——一座双层单跨孔木质拱桥。上层为行人专用通道，下层为公共交通公道；跨孔长达 294 米，当时的大型船只可自由通行。库利宾如此大胆的建设方案，让见多识广、富有想象力的科学院院士们都哑言失色，目瞪口呆。

1776 年隆冬时节，库利宾在涅瓦河畔、科学院门口的广场上，以 10：1 的比例构建了桥梁模型，进行实地测验。他于桥梁下层放置了重达 32 吨的重物，上层让行人自由自在地穿行。1793 年，桥梁模型迁至陶丽德花园（Tauride Garden）继续试验。

1808 年，库利宾年近 60 岁，当年意气风发的青年，此时已两鬓斑白。经过 32 年的观测和实验，木桥模型坍塌。库利宾得出结论：

第一，在涅瓦河上建造永久性固定桥梁在技术上是可行的。

第二，木质建材坍塌，是预料之中的事。

第三，铸铁是桥梁建筑的理想材料，能保证涅瓦河桥梁工程一劳永逸。

随后几年，库利宾多方奔走，提出多个建桥方案。但是，19 世纪初的俄国，正陷入俄法战争的泥潭难以自拔，国库空虚，国家根本无暇顾及桥梁建设。库利宾毕生为之奋斗的理想付诸东流。

库利宾的科学实验是成功的，但他壮志未酬身先死。若以成败史观论，他做科学实验获得了成功；若以科学史观论，他壮志未酬，但理想火花不灭，为后来者照亮了前进道路。库利宾是一位科学巨匠。

随后，许多桥梁专家前来，沿着库利宾的轨迹，提出了在涅瓦河上建桥的各种可行性方案：如工程师皮龙（Piron）的七跨孔石拱桥（1781 年）、工程师杰勒德（Gerard）的十三跨孔石拱桥（1800 年）、工程师法布拉（Fabra）的十三跨孔石墩木拱桥（1800 年）、工程师巴津（Bazen）的单跨孔悬索桥（1825 年）、工程师德方丹（Defontaine）的悬索桥（1831 年）等。

有识之士的真知灼见，闪耀着人类的智慧光芒。但是，所有的建桥方案都没有获得通过，理由是涅瓦河战略位置重要、河面宽、地质结构复杂、没有经验可资借鉴。更重要的是，资金缺乏。

这些桥梁专家和库利宾一样，壮志未酬但理想火花不灭。在涅瓦河桥梁建筑史上，他们的理想火花，他们的智慧光芒，永远闪耀在圣彼得堡浩瀚的星空。历史终将见证他们的功勋：1843 年，涅瓦河上第一座永久性固定桥梁——报喜桥动工兴建。1850 年，报喜桥顺利落成通车。

人有一种天性：第一次尝到了甜头，就会不断地重复尝试、不断地完善行为，为的是获得更多的甜头与喜悦。

涅瓦河上有了第一座永久性固定桥梁，圣彼得堡人就会不断努力，不断完善，在涅瓦河上修建更多、更好的桥梁，一座、两座、三座……

涅瓦河上的桥梁，大气磅礴，雄伟壮观，令人叹为观止，赞叹不已。涅瓦河流经圣彼得堡市区，顺流而下，共有九座大桥，依次是大奥布霍夫斯基桥（Bolshoi Obukhovsky Bridge）、沃洛达尔斯基桥（Volodarsky Bridge）、芬兰铁路桥（Finlyandsky Bridge）、亚历山大·涅夫斯基桥（Alexander Nevsky Bridge）、彼得大帝桥（Peter the Great Bridge）、铸造桥（Liteiny Bridge）、三一桥（Troitsky Bridge）、宫廷桥（Dvortsovy Bridge）和报喜桥（Annunciation Bridge）。

大奥布霍夫斯基桥

涅瓦河源头在拉多加湖，由北向南流，中途拐了个大弯后，由南向北流，奔向圣彼得堡市区，再向西流，流经圣彼得堡市区，注入芬兰湾。

大奥布霍夫斯基桥位于涅瓦河中下段，连接涅瓦河西岸的奥布霍夫斯卡娅大街（Obukhovskaya Oborona Prospect）和东岸的奥克佳布里斯卡娅沿河大街（Oktyabrskaya Embankment），总长为 2 824 米（中央主桥段 382 米），宽 44 米，净空高达 30 米。

大奥布霍夫斯基桥是涅瓦河流向圣彼得堡市区的第一座桥，被誉为"圣彼得堡的门户桥"。

大奥布霍夫斯基桥是涅瓦河上最新建造的桥梁（不包括 2006 年重建的报喜桥）。它始建于 2001 年 4 月，历时三年半，大桥第一期四车道工程顺利竣工。2004 年 12 月 15 日，圣彼得堡举行盛大通车剪彩仪式。时任俄罗斯总统普京出席了仪式，为大奥布霍夫斯基桥增光添彩。

2007 年 10 月 19 日，大奥布霍夫斯基桥第二期工程（双向四车道）顺利竣工。全部工程完工后，大桥双向八车道每天最高的汽车通行量可达 12 万辆。

大奥布霍夫斯基桥是涅瓦河上唯一一座"闭桥"（与"开桥"相对应），也是圣彼得堡市区内净空最高的桥梁。航行于涅瓦河水道上的大型货船、军舰都可从桥下通行。

因此，大奥布霍夫斯基桥是涅瓦河上唯一一座无须标明开桥时间的桥梁。

大奥布霍夫斯基桥还是圣彼得堡桥梁建筑史上第一座以全民公投方式进行命名的桥，参与公投的主要是圣彼得堡和列宁格勒州的居民。

大奥布霍夫斯基桥两岸的桥塔，高126米，悬挂14对缆索，将庞大桥体轻轻吊起。大桥全长2 824米，是全球长度排名第40位的斜拉桥。

俄罗斯人喜欢"世界之最"，每当谈起俄罗斯的"世界之最"时，他们的自豪之情溢于言表。俄罗斯有世界之最的国土面积、世界之最的天然气储量、世界之最的铁矿储量、世界之最的森林覆盖率、世界最深的湖泊（贝加尔湖）、世界最长的铁路（西伯利亚大铁路）、世界最北的不冻港（摩尔曼斯克港）等，这些"世界之最"使俄罗斯人眉飞色舞，神采飞扬。

俄罗斯人更热衷于创造"世界之最"。2006年圣诞节，圣彼得堡在涅瓦河左岸的大奥布霍夫斯基桥桥塔顶上，放置了一棵高大的圣诞树，他们号称这是"世界上最高的圣诞树"。当然，也有些人对此表示质疑。但质疑归质疑，最重要的是，圣彼得堡人谈及"世界上最高的圣诞树"时那份认真、那份真情、那份洋洋自得的幸福感和自豪感，不正是圣诞树、圣诞节所承载的普天同乐的盼望和对美好生活的向往吗？

大奥布霍夫斯基桥以崭新的姿态，屹立在涅瓦河上，承载着圣彼得堡桥梁建筑的历史，再现了圣彼得堡昔日的辉煌和世界文化名城的气度与风貌。

沃洛达尔斯基桥

沃洛达尔斯基桥位于圣彼得堡东南城区，连接伊万诺夫斯基斯卡娅大街（Ivanovskaya Ulitsa）和纳尔罗德那亚大街（Norodnaya Ulitsa），全长 1 107 米（其中引桥长 782 米，主桥长 325 米），宽 36 米，是圣彼得堡和涅瓦河上最长的桥梁之一。

沃洛达尔斯基桥的夏季开桥时间是每天凌晨 2：00—3：45 和 4：15—5：45。涅瓦河两岸的民众若想在凌晨过桥，只有等到 3：45—4：15 时段（半个小时）内抓紧时间过桥。

20 世纪 30 年代，圣彼得堡在东南方向沿着涅瓦河畔进行城市扩建。1932 年，沃洛达尔斯基桥动工兴建，工程历时 4 年，于 1936 年顺利竣工。

为了纪念苏维埃早期革命领导人、苏维埃政治家维·沃洛达尔斯基（V. Volodarsky，1891—1918），圣彼得堡决定将此桥命名为"沃洛达尔斯基桥"。

1918 年 6 月 20 日，沃洛达尔斯基在大桥附近遭到暗杀，遗体安葬于圣彼得堡战神广场。在沃洛达尔斯基桥头的广场上，耸立着一座维·沃洛达尔斯基雕像。

苏联的大城市都有以"沃洛达尔斯基"命名的公共建筑、大街、广场等，但 1992 年苏联解体后，俄罗斯急于回归西方怀抱（事实证明事与愿违），纷纷洗刷红色印记，许多布尔什维克领导人的雕像、纪念建筑等都遭到不同程度的亵渎、毁坏，就连位于圣彼得堡市中心军械库滨河路上列宁纪念雕像也未能幸免，更何况维·沃洛达尔斯基纪念雕像。

当年，俄罗斯总统叶利钦到访圣彼得堡时，位于冬宫附近的维·沃洛达尔斯基纪念雕像遭到破坏。如今，这座纪念雕像破旧不堪，唯有残存于圣彼得堡革命博物馆。

这座维·沃洛达尔斯基雕像蕴含着一位历史人物的生命轨迹及其革命精神，承载着一段历史以及人们对这段历史的记忆。

人们亵渎的，不仅仅是这座雕像，还有这座雕像的意义指向、生命延伸、历史记忆和文化引力。

幸好，高高耸立于桥头广场的维·沃洛达尔斯基雕像仍然完好无损，受到俄罗斯法律的保护。每逢维·沃洛达尔斯基诞辰、忌日或是革命纪念日，偶尔能看到有人来到这里，献上鲜花，寄托哀思。

一座雕像，背后隐藏的是一个人的强大力量。一座城市，向心力强大，背后隐藏的是城市文化的无限容量。

根据沃洛达尔斯基桥最初的设计方案，中央桥段为拱形，由机械联动装置控制中央桥段的开合。但是，1985年9月10日晚，中央桥段机械联动装置意外失灵。

随后，桥梁专家反复研究维修方案，多次对联动装置进行维修，仍未奏效。另外，城市发展，人口增加，加上这一河段水流湍急，航船撞桥事故时有发生。重建沃洛达尔斯基桥的呼声，越来越强烈。

1987年，沃洛达尔斯基桥开始重建，1994年完工。和旧桥相比，新桥外观和结构都有了较大改变，中央桥段的钢筋混凝土拱形结构改成平置式钢架结构。和半个世纪前的旧桥相比，新桥的设计方案、施工工艺和材料技术都有了长足进步，但圣彼得堡市民有着强烈的审美追求和独特的审美情趣，强烈批评沃洛达尔斯基桥不仅没有保持旧桥的样貌，而且改变了圣彼得堡的桥梁建设传统。机械、呆滞、古板的新桥和周边优美、静谧的自然环境格格不入，形成强烈反差，产生了

"审美视觉障碍"。

巴黎罗浮宫的玻璃金字塔，自诞生之日起，就争议不断，"既毁了罗浮宫，也毁了金字塔"。时至今日，玻璃金字塔又被誉为"巴黎罗浮宫"的一颗璀璨的明珠。

人们对待新生事物的审美情趣和审美标准不尽相同。一个民族有一个民族的审美情趣和审美标准，一座城市有一座城市的审美标准和审美情趣，一个人有一个人的审美标准和审美情趣。

圣彼得堡市民对沃洛达尔斯基桥的审美标准和审美情趣也不尽相同。沃洛达尔斯基桥尽忠职守，默默无闻，忍辱负重，风雨无阻地为圣彼得堡市民提供贴心服务。沃洛达尔斯基桥以独创性、独立性和自主性存在于人们的审美视野中。

圣彼得堡市民对沃洛达尔斯基桥感到十分"陌生"。这种"陌生"在桥梁形式上给人以新奇、惊奇之感，超越了桥梁建筑的"常境"，由此产生了一种感染力，唤醒了桥梁鉴赏者的审美感受和审美愉悦。

芬兰铁路桥

初到圣彼得堡，我怀着赏桥乐水的急切心情，查看地图，锁定目标，背起行囊，大步流星向着河与桥的方向出发。

当我在地图上查到芬兰铁路桥时，我先是一怔，然后脑子里出现一连串的问号：资料上说得一清二楚，芬兰铁路桥是在涅瓦河上，难道涅瓦河流经芬兰？难道芬兰铁路桥不在圣彼得堡，而是在芬兰？难道圣彼得堡的大桥是由芬兰人设计建设的？

经过他人解释，我才恍然大悟：芬兰铁路桥横跨涅瓦河，连接芬兰铁路。芬兰铁路是俄罗斯圣彼得堡和芬兰赫尔辛基的交通要道。

原来，俄罗斯的铁路是以终点（目的地）的名字来命名的。这和我国铁路命名不同，如京广线、京九线、京沪线、宝成线等，是以铁路线始点和终点的城市命名的。

俄罗斯人认为，铁路线或车站名书写空间有限，俄语字母拼写也有困难。而且，铁路起点站就是你所处的位置，你再熟悉不过了，不必赘述。例如，西伯利亚铁路，是以莫斯科为起点，以西伯利亚为终点；圣彼得堡的芬兰铁路，是以圣彼得堡起点，以芬兰（赫尔辛基）为终点。

俄罗斯火车站的命名也一样，圣彼得堡至赫尔辛基的火车站，就命名为"芬兰火车站"。在圣彼得堡，除了芬兰火车站，还有莫斯科火车站、波罗的海火车站、维捷布斯克火车站。

这种以终点站地域命名的方式，体现了俄罗斯铁路交通的特色，这与世界大多数国家不同。因此，许多人初到圣彼得堡，还以为莫斯科火车站是在莫斯科、芬兰火车站在芬兰呢。

芬兰铁路桥跨越涅瓦河，全长 1 140 米，其中引桥长 626 米，主桥长 514 米。它是圣彼得堡为数不多的、只铺设列车轨道、不向行人和社会车辆开放的桥梁，足见芬兰铁路桥在俄罗斯的战略和经济地位。

芬兰铁路桥始建于 1910 年，历时三年，于 1913 年完工。它的引桥穿过涅瓦河两岸的工业区。这里工厂林立，建筑密集，可谓寸土寸金。

桥梁设计师采用框架式引桥，尽量保持与周边环境的和谐一致，也有效地避免了引桥下的大量建筑物搬迁、拆迁工程，取得了良好的社会、环境和经济效益。芬兰铁路桥主桥和引桥，是俄罗斯 20 世纪初期最大的钢筋水泥建筑工程之一。

起初,该桥命名为"亚历山大一世桥"。1917年十月革命后,改名为"新桥",后来才改为现名"芬兰铁路桥"。

1983年,一艘满载着500吨白鲟鱼的货船顺流而下,撞上了芬兰铁路桥的桥墩。货船被撞出了一个大窟窿,歪歪斜斜地向下游方向漂了好几百米,最终沉入涅瓦河。这次事故虽然没有对桥梁造成伤筋动骨的灾害,但是大规模维修芬兰铁路桥的方案早已被提上了议事日程。

同年,为了提高芬兰铁路的运力,在紧贴芬兰铁路桥一侧(涅瓦河下游方向),按照芬兰铁路桥的设计方案,人们又建造了一座桥梁。

1987年,新桥完工并通车,随即启动了老芬兰铁路桥的维修工程。但是,由于当时社会动荡,政局不稳,维修工程一拖再拖,直到2003年初才顺利完工,终于赶上圣彼得堡建城300周年纪念大典。

芬兰铁路桥最引人瞩目的是中央桥段的通航升降装置。升降装置沿袭了圣彼得堡最传统的机械升降装置。中央桥段两端高高耸立着桥塔,当夏季通航时,中央桥段升至塔顶。桥段之下,货船穿梭不息,场面十分壮观。

芬兰铁路桥的开桥时间是凌晨2:30—5:10。

除了桥墩,芬兰铁路桥完全采用钢架结构,是圣彼得堡市区唯一一座没有进行任何装饰的桥梁。但芬兰铁路桥是美的:她毫无雕饰,美得自然。天然美,美得崇高。她协调对称,美得有序。秩序美,美得和谐。她端庄灵秀,美得愉悦。淳朴美,美得辉煌。她震撼心灵,美得神圣。通透美,美得无邪。

亚历山大·涅夫斯基桥

亚历山大·涅夫斯基桥连接涅瓦大街（Nevsky Prospect）和奥克塔区的扎涅夫斯基大街（Zanavsky Prospect），长 905.7 米，宽 35 米。在大奥布霍夫斯基桥建成通车之前，亚历山大·涅夫斯基桥是涅瓦河上最长的桥梁，也是圣彼得堡市区内最长的桥梁。

2004 年，大奥布霍夫斯基桥通车，刷新了圣彼得堡最长桥梁的纪录。亚历山大·涅夫斯基桥屈居第二。

亚历山大·涅夫斯基桥因纪念俄罗斯早期著名的军事将领、外交家和政治家亚历山大·涅夫斯基（Alexander Nevsky，1220—1263）而得名。

13 世纪初，俄罗斯人受到东方的鞑靼人和西方的瑞典人两大军事强族的威胁。1238 年，鞑靼人大军压境。同年，瑞典人和日耳曼人同时进犯诺夫哥罗德。

1240 年，基辅大公弗拉基米尔的孙子亚历山大·涅夫斯基率领部分精锐部队布防于涅瓦河两岸，成功阻击、击溃了瑞典人和日耳曼人的部队，取得了关键性的胜利。

涅瓦河战役人人地鼓舞了俄军的士气。它向世人宣告，经历了残酷战火洗礼的俄罗斯人，仍斗志昂扬，以钢铁般的意志捍卫自己的民族。

1545 年，亚历山大·涅夫斯基受到俄罗斯东正教会的"封圣"，故亚历山大·涅夫斯基桥又称"圣亚历山大·涅夫斯基桥"（St. Alexander Nevsky Bridge）。

彼得大帝定都圣彼得堡之初，建城计划曾受到王公贵族的抵制。

为了巩固圣彼得堡作为新首都的地位，彼得大帝于 1710 年建造了圣彼得堡第一座大教堂，命名为"圣亚历山大·涅夫斯基大修道院"。

1724 年，亚历山大·涅夫斯基的圣物从弗拉迪米尔小镇迁入圣亚历山大·涅夫斯基大修道院。

亚历山大·涅夫斯基是俄罗斯历史上赫赫有名的人物，在圣彼得堡家喻户晓。为了纪念亚历山大·涅夫斯基对圣彼得堡的伟大贡献，圣彼得堡的许多街道、建筑物和公园等都以他的名字命名，如亚历山大·涅夫斯基大桥、亚历山大·涅夫斯基大修道院和众所周知的涅瓦大街。苏联时期，各个联邦共和国以"亚历山大·涅夫斯基"命名的教堂就有三十多座。

众所周知，涅瓦大街是圣彼得堡最繁华的街道。涅瓦大街在起义广场，折向西南方向，直抵涅瓦河。

20 世纪初期，今天的亚历山大·涅夫斯基桥桥头所在的涅瓦河左岸一带，是一片藏污纳垢的"飞地"：坑坑洼洼，盗贼聚集，鼠患横行，声名狼藉。

20 世纪中期，城市发展，人口增加，急需修建一座大桥以连接涅瓦河两岸。1957 年，圣彼得堡开始规划建桥方案。1960 年，大桥正式动工，历时五年，于 1965 年顺利完工。

据载，1965 年 12 月 1 日，有关部门调动了军用坦克，以测试桥梁在冬季寒冷气候条件下受到重力时的结构稳定性。

2000 年，圣彼得堡对亚历山大·涅夫斯基桥进行了一次大规模的综合维修，包括加固桥墩、更换横梁、铺设电车轨道、翻修人行道、加设路灯和电车电线等。

2002 年 10 月，亚历山大·涅夫斯基桥以崭新的面貌迎接 2003 年举行的纪念圣彼得堡建城 300 周年大典。

今天，亚历山大·涅夫斯基桥和涅瓦大街的联结区域，又称"桥街结合区域"。昔日的"飞地"，如今是城市的黄金宝地，马路宽敞，街道整洁，高楼林立，商业发达。桥头一侧的莫斯科国际大饭店门前，终日车水马龙，熙熙攘攘；桥头另一侧的亚历山大·涅夫斯基大修道院，一片宁静深幽，生机盎然。

从亚历山大·涅夫斯基桥到亚历山大·涅夫斯基大修道院，在进入修道院的"报喜门"之前，有一条细细长长的小路，被称为"中央小路"。沿着中央小路朝"报喜门"方向走去，左边是圣拉萨路墓园（St. Lasarus Cemetery），右边是季赫温墓园（Tikhvin Cemetery）。两座墓园正门相对。

圣拉萨路墓园（又译作"拉扎列夫墓园"），建于 18 世纪之初，用于安葬彼得大帝皇室成员和沙皇重臣。后来，俄罗斯文化名人和科学巨匠也安葬于此，包括数学家伦纳德·欧拉（Leonard Euler，1797—1783）、建筑师安德烈·沃罗尼欣（Andrey Voronikhin，1759—1814）、建筑师让—弗朗索瓦·德·索蒙（Jean-Francois Thomas de Thomon，1760—1813）、建筑师贾科莫·夸伦吉（Giacomo Quarenghi，1744—1817）、建筑师卡洛·罗西和科学家米哈伊尔·罗蒙诺索夫等。

季赫温墓园建造于 1823 年，安葬着俄罗斯著名的艺术家，包括文学家、音乐家和画家。文学家包括寓言作家伊凡·克雷洛夫（Ivan Andreyevich Krylov，1769—1844）、作家费奥尔多·米哈伊洛维奇·陀思妥耶夫斯基和文学、音乐批评家弗拉迪米尔·斯塔索夫（Vladimir Stasov，1824—1906）；音乐家有作曲家米利·巴拉基耶夫（Mily Alekseyevich Blakirev，1837—1916）、作曲家亚历山大·鲍罗丁（Alexander Borodin，1833—1887）、作曲家亚历山大·康斯坦丁诺维奇·格拉祖诺夫（Alexander Constaninovich Glazunov，1865—1936）、米哈伊尔·伊凡诺维奇·格林卡（Mikhail Ivanovich Glinka，1804—1857）、里姆斯基—科萨科夫、彼得·伊里奇·柴可夫斯基（Pyotr Ilyich Tchaikovsky，1840—1893）和钢琴家和作曲家安东·鲁宾斯坦（Anton Rubinstein，1829—1894）等。

在此安息的还有舞蹈家马里乌斯·彼季帕（Marius Petipa，1819—1910）和画家阿尔希普·伊凡诺维奇·库因吉（Arkhip Ivanovich Kuindzhi，1841—1910）等人。

1939年，季赫温墓园内建起了一座圣彼得堡大都市雕塑博物馆，收藏和展出圣彼得堡著名的雕塑作品，鼓励年青一代艺术家从事雕塑艺术。实际上，圣拉萨路墓园和季赫温墓园里的雕塑每一件都是艺术杰作。两座墓园本身就是户外雕塑博物馆，也都是圣彼得堡大都市雕塑博物馆的一部分。

俄罗斯作曲家亚历山大·鲍罗丁的墓石十分别致，是一尊半身塑像，塑像下方是一把俄罗斯传统乐器。雕塑的基座上，赫然镌刻着鲍罗丁的生卒年"1833—1887"。雕塑背景是一页镀金的音乐手稿以及一道简化的化学公式。雕塑背景清楚地告诉我们：鲍罗丁是一位音乐家和化学家。

柴可夫斯基的墓石高大显眼。半身雕塑神情凝重，身后是一个展翅的天使。天使右手置于胸前，左手护着一座十字架，凝望天空。基座旁也有一位天使，她安详宁静，正聚精会神地阅读着……

两位天使，日夜守护着一位伟大音乐天才的苦闷心灵和不安灵魂，还有那座十字架引领着他不断追求光明和欢乐。柴可夫斯基的墓石雕塑，生动地再现了音乐家作品的主题。我置身于寂静的墓园，凝望着柴可夫斯基墓石雕塑，耳旁回荡着《天鹅湖》的优美旋律。

季赫温墓园的雕塑家细致地捕捉到墓室主人的高贵气质和瞬间神

情，每一件雕塑都匠心独运，精雕细琢，都是经典的艺术精品。

徜徉于墓园，身临其境，静心捕获时空的现场感和亲切感，切身感受艺术家们的伟大心灵，令人遐思万千，流连忘返。

从季赫温墓园出来右转，行走 100 米左右，再走过一座小桥，就到了大修道院的"天使报喜门"。穿过"天使报喜门"，就进入了亚历山大·涅夫斯基大修道院天使报喜教堂和圣三一教堂。

亚历山大·涅夫斯基大修道院是安放圣亚历山大·涅夫斯基圣物的地方。1710 年，彼得大帝沿着小河在这一带巡视，随后开始谋划、描绘定都圣彼得堡的宏伟蓝图。彼得大帝决定在此修建一座修道院，安放亚历山大·涅夫斯基的圣物。

1712 年，一座木质结构的天使报喜教堂拔地而起，后来扩建成亚历山大·涅夫斯基大修道院。修道院由两栋著名的建筑组成：一座是具有巴洛克建筑风格的天使报喜教堂（Church of Annunciation），另一座是具有新古典主义建筑风格的圣三一教堂（Holy Trinity Cathedral）。

从历史上看，亚历山大·涅夫斯基桥、亚历山大·涅夫斯基大修道院和涅瓦大街，都是圣彼得堡为纪念民族英雄亚历山大·涅夫斯基而建成的。

亚历山大·涅夫斯基桥有着强大的艺术牵引力，在独一无二的圣彼得堡城市空间里，作为一个意蕴丰富的审美符号，连接起一座城市波澜壮阔的历史、光辉灿烂的文化和震撼人心的艺术。

一座桥梁，绝非仅仅是钢筋水泥和物质结构的总和。它是一个生命体，一种创造性的生命存在，在历史、文化和艺术的长河中，实现自身的一切潜能，追求自身的无限价值。

彼得大帝桥

彼得大帝桥连接圣彼得堡市中心两大著名行政区斯莫尔尼区和奥克塔区，长334.8米，宽23.5米。

彼得大帝桥由三部分构成：中央桥段为双跳开结构，长48米；中央桥段两侧，各有一座灯塔，内置升降机械装置，控制中央桥段的开合；两座桥塔和涅瓦河左右两岸之间为拱式结构，各长136米。

彼得大帝桥是圣彼得堡最长的一座拱桥。彼得大帝桥或许是圣彼得堡最昂贵的桥梁。据说，在这座庞大、宏伟的钢筋水泥桥梁上，一共用了25 000个螺栓。其中，有一个螺栓是用纯金打造的，为了掩人耳目和防止盗窃，被镀成与普通螺栓同色。

涅瓦河右岸桥头，奥克塔河将奥克塔区一分为二——大奥克塔和小奥克塔。彼得大帝在圣彼得堡建城之前，奥克塔河沿岸就已经有人定居。奥克塔河是一条历史悠久的河流，它的历史远长于古城圣彼得堡的历史。

鉴于此，彼得大帝桥最初的名字是"大奥克塔桥"（Bolsheokhtinsky Bridge），现也有人称此桥为"奥克廷斯基桥"（Okhtinsky Bridge）。

从1829年开始，圣彼得堡的有识之士三番五次提出在此处建造大桥的建议。尼古拉一世有意将奥克塔纳入圣彼得堡市区，决定修建一座大桥，适应圣彼得堡城市建设和发展的需要。后来，建桥计划因国际风云突变而被搁置。

皇位继承人亚历山大二世鉴于城市发展需要，正式将奥克塔纳入圣彼得堡市区，并下令建造一座大桥连接涅瓦河两岸。

圣彼得堡通过国际招标方案，来自美国、法国、德国和西班牙的设计师参与竞标。结果圣彼得堡尼古拉军事工程学院教授的设计中标。但由于资金缺乏，建桥计划同样搁浅。

1907 年，一艘渡轮翻沉，造成人员伤亡。建造大桥的计划再次被提上了沙皇议事日程。同年，建造大桥的方案获得通过。1908 年，建桥合约各方开启了实质性建桥工作。1909 年 6 月 26 日，工程破土动工。

动工之时，恰逢波尔塔瓦战争胜利 200 周年庆典，纪念彼得大帝统率俄军完胜瑞典军队。因此，大奥克塔桥改名为"彼得大帝桥"。

彼得大帝桥于 1911 年秋建成并投入使用。在中央桥段的桥塔上，有一塔面镶嵌一块铜牌，上面镌刻着桥梁设计者和建设者的名字。

顺着涅瓦河左岸桥头的逆流方向，可寻到一个古战场遗址。1703 年 5 月 14 日，彼得大帝率领俄罗斯军队从瑞典军队手中夺回此军事要塞，为圣彼得堡建城奠定了军事基础。如今，只有战争纪念碑及其周围的大炮，无声地向人诉说着曾经弥漫的硝烟。

沿着涅瓦河左岸桥头的顺流方向，可看到历史上著名的建筑：斯莫尔尼学院（Smolny Institute）、圣彼得堡市政府大楼和斯莫尔尼女修道院（Smolny Monastery）。

凯萨琳大帝于 1762 年登基。她雄心勃勃，励精图治，其治国方略之一是振兴俄罗斯教育。1764 年，凯萨琳大帝下令建立斯莫尔尼学院，让贵族女子接受正规教育。1765 年，女皇又下令建立诺佛德维奇平民学院，为平民子女提供接受教育的机会。

斯莫尔尼学院是一座融意大利和俄罗斯风格的帕拉第奥式建筑，经过 18 世纪伊丽莎白一世和 19 世纪亚历山大一世的不断扩建，逐渐形成了融学校、宫殿和教堂于一体的建筑区域。

十月革命期间，斯莫尔尼学院是布尔什维克的总部，列宁曾在此居住过一段时间。1918 年 3 月，他搬出斯莫尔尼学院，离开圣彼得堡，前往莫斯科，入主克里姆林宫。

今天，在斯莫尔尼学院正门广场上，有一座列宁的巨型雕塑。

自列宁搬离之后，斯莫尔尼学院便成为圣彼得堡市政厅。

1934 年 12 月 1 日下午，斯大林的忠实追随者基洛夫进入斯莫尔尼学院，照常到办公室上班。在他进入办公室之际，突遭凶手枪杀，这一事件引发了苏联的"大清洗"运动。

苏联解体后，斯莫尔尼学院再度成为圣彼得堡市政厅。俄罗斯现任总统普京和总理梅德韦杰夫在 20 世纪 90 年代都曾在这里工作过。

彼得大帝桥在 20 世纪 90 年代经过一次综合维修。1997 年 11 月 29 日，彼得大帝桥修葺一新，圣彼得堡市市长出席典礼。市长亲手将一颗铜质螺栓装进固定位置，为金质螺栓增添了一份神秘色彩。

彼得大帝桥的入口横梁的中部镌刻着"彼得大帝桥"的字样，两侧分别写着"1908"和"1911"。横梁上方居中，是圣彼得堡的传统标志。

夜晚，彼得大帝桥灯火通明，流光溢彩。彼得大帝桥装有形状不同、功能各异的节能灯 1 300 多只，数量居圣彼得堡桥梁之冠，故有"通往奥克塔的光辉大道"之美誉。

铸造桥

涅瓦河流经彼得大帝桥后，由南向西转了一个超过 90 度的大弯，不远，就到了铸铁桥。

铸造桥连接铸造厂大街（Liteiny Prospect）和维堡区的莱贝德娃

科学院大街（Ulista Akademika Lebedeva），为五跨孔拱桥，长约394米，宽34米。1711年，在涅瓦河的左岸，有一个圣彼得堡铸造厂，铸造桥由此得名。

铸造桥地处涅瓦河深水区域。涅瓦河右岸，逆流方向是军械库滨河路（Arsenalnaya Nab），有列宁广场、列宁雕塑和音乐厅；顺流方向是皮罗格夫斯卡娅滨河路（Pirogovskaya Nab），有圣彼得堡大饭店。

站在铸造桥上远眺，可以看到涅瓦河支流大涅夫卡运河河口上停泊的阿芙乐尔号巡洋舰博物馆（Kreiser Avrora）。

历史上，在现今铸造桥的位置上曾建有一座浮桥。它是涅瓦河上的第二座浮桥。1865年4月4日，涅瓦河河面融冰，浮冰顺流而下，冲垮了浮桥。圣彼得堡决定在这里建造一座固定桥梁。铸造桥的建桥计划一波三折，工程"上马"后也是困难重重，事故频发，延误了工期。

铸造桥是俄罗斯桥梁建筑史上第一座采用沉箱施工技术的桥梁，具有划时代的意义。

1879年9月30日，大桥落成通车。官方将该桥正式命名为"亚历山大二世桥"，但民间并不接受这种具有浓郁皇权色彩的命名。十月革命后，该桥名称恢复为"铸造桥"。

铸造桥是世界桥梁建筑史上第一座采用照明电灯的跨河桥梁，也是圣彼得堡历史上第一座安装电灯照明的桥梁，并在很长的一段时间里，一直保持着这项纪录。

1878年，圣彼得堡电气公司成立，其目标是为圣彼得堡所有的桥梁、主干道安装上电灯，让圣彼得堡成为"不夜城"。但这一宏伟计划遭到了当时传统的汽灯、煤油灯垄断行业的强烈反对。圣彼得堡市政当局不得不出面调停，签署了如下方案：只容许电灯公司在铸造桥上安装电灯。

1879年，炮兵工程师费奥多·皮罗茨基（Fyodor Pirotsky，1845—1898）带领炮兵工程兵负责实施铸造桥上的电灯安装工程。

如今，站在铸造桥上远眺，还能清晰地看见涅瓦河岸边上的一座三层建筑物，那是当时施工的炮兵工程技术人员的营房。这座三层楼的建筑物，如今已成为圣彼得堡俄罗斯炮兵博物馆。

铸造桥有两大特色：一是独一无二的开桥；二是护栏装饰具有很高的艺术造诣和观赏价值。

铸造桥的开桥，与众不同，独树一帜。涅瓦河上其他大桥的开桥，一般为中央桥段折叠，双边对半开合，因为河流中间较深，有利于航行。铸造桥地处涅瓦河的深水区域，水深不会影响航行，但河面开阔，河段歪曲，顺流而下的船只自然而然地驶向左岸，逆流而上的船只自然而然地驶向右岸。

因此，桥梁设计师将开桥安排在顺流方向的左岸，且单臂、单边开合，采用高压冲水式涡轮装置提供开合动力。

铸造桥是圣彼得堡至今唯一一座仍采用高压冲水式涡轮装置提供开合动力的桥梁。铸造桥的开合桥段跨度为67米，长度居世界之冠。高压冲水式涡轮装置结构简单，动力强劲，在很短的时间内就能将这个重达3 225吨的庞然大物开启，轻而易举地完成桥梁开合。

铸造桥的开桥时段为凌晨1：50—4：40，开桥角度为67度。我曾远远站在罗伯斯比尔滨河路（Robespierre Nab）观赏铸造桥的开桥盛况，铸造桥宛若擎天一柱，颇有"气压乾坤，量含宇宙"的气势。

远处，兔子岛上的圣彼得保罗大教堂巍然耸立，钟楼庄严肃穆。铸造桥、大教堂和教堂钟楼呈现出一种天然美——具体而自然，平凡而神圣。

铸造桥上的栏杆装饰有两类，开桥桥段上的栏杆装饰，材质轻便，设计简练，线条流畅，美观大方；其他桥段上的栏杆装饰，采用铸铁材质，质感厚实，典雅稳重，主题鲜明。在涡卷装饰镶边内，是圣彼得堡市的市徽。在坚实的盾牌背景上，中间直立着一根权杖，河锚和海锚交叉。圆形涡卷装饰框结构紧凑，线条流畅，透出一种庄严崇高之感，让人联想到月桂花冠，象征着胜利、勇敢和荣誉。

装饰框的两侧各有一只美人鱼。美人鱼的上半身，是典型的俄罗斯少女形象，体态丰盈，目光相对而视，双手扶着圆形涡卷装饰；下半身是鱼尾，鳞片随风飘动，幻化成植物枝叶，向上攀升。

栏杆装饰精心设计，表现手法细腻，人、鱼和植物造型巧妙结合且自然转换，三者结合得天衣无缝，其形状搭配的体积感、光线明与暗的存在感、模糊和透明的纵深感，将人带入一种神奇的境界。

圣三一桥

圣三一桥是涅瓦河上继史密斯中尉桥、铸造桥之后的第三座永久性桥梁。圣三一桥连接涅瓦河左岸的苏沃洛夫广场、战神广场和右岸的圣三一广场、圣三一教堂。

圣三一桥长 582 米，宽 23.6 米，是圣彼得堡跨度位居第三的桥梁，仅次于大奥布霍夫斯基桥（全长 2 824 米）和亚历山大·涅夫斯基桥（全长 905.7 米）。

圣三一桥的名字源于涅瓦河右岸的圣三一教堂。圣三一教堂是圣彼得堡历史最悠久的教堂，20 世纪 40 年代毁于仇视宗教的浪潮中。十月革命后，圣三一桥改名为"公平桥"。后来，又改名为"苏沃洛夫桥"，纪念俄罗斯伟大的军事家苏沃洛夫大元帅。苏联解体后，该桥恢复"圣三一桥"的名字。

19 世纪初期，在今天圣三一桥上游方向不远处，人们建造了一座浮桥，连接彼得大帝的夏日花园和彼得小屋（Peter's House）。①

当时，由俄罗斯著名的设计师卡洛·罗西负责，在战神广场和涅瓦河之间的空旷地带，建造了一座广场，广场中央耸立着苏沃洛夫巨型雕像，这就是"苏沃洛夫广场"。它使得战神广场和苏沃洛夫广场、涅瓦河连成一个整体。

1824 年，在苏沃洛夫广场和圣三一广场之间，动工兴建了一座长长的浮桥，1827 年落成通车。浮桥跨度超 500 米，是当时圣彼得堡跨度最大的一座浮桥。

1831 年，普希金迁居圣彼得堡，与新婚妻子居住在距离冬宫不远的莫伊卡河旁的一座别墅里。普希金和这座浮桥结下了不解之缘。

1833 年 8 月 15 日，普希金向沙皇请假，离开圣彼得堡到奥伦堡边疆区、乌拉尔地区收集创作素材，调查当时曾经轰轰烈烈、震惊朝野的普加乔夫起义（Pugachev Uprising，1773—1775）。②

8 月 18 日，普希金在写给妻子的一封信中提到了他当时过圣三一浮桥时的情景：风雨交加，涅瓦河河水暴涨，警察已经拉起了警戒线，禁止车马行人过桥。普希金打算回家，放弃这次行程。但他最终还是走过了圣三一浮桥，离开了圣彼得堡奔赴目的地。

---

① 彼得小屋是彼得大帝在圣彼得堡的第一处住所，小屋为圆木结构。当年，彼得大帝住在这座小屋中，指挥兔子岛上圣彼得堡保罗要塞的建筑工程。如今，彼得小屋仍保存完好，成为彼得堡重要的博物馆。

② 普加乔夫起义是 18 世纪上半叶由行伍出身的普加乔夫领导的、旨在反抗封建压迫的声势浩大的农民起义，在非常短的时间内席卷奥伦堡边区、乌拉尔地区、西伯利亚地区、伏尔加河中下游地区，参加起义者多达 10 万。最后，在沙皇军队的镇压下，普加乔夫起义以失败告终。

普希金的这次实地考察，成就了他的经典历史名著《普加乔夫史》（1834）。普希金在《普加乔夫史》中，以翔实的第一手资料，向读者展示了俄罗斯历史上规模最大的农民起义及其领袖普加乔夫波澜壮阔的一生。

苏联时期，苏联科学院认为《普加乔夫史》是俄罗斯最优秀的历史著作之一，将普希金列入俄罗斯最杰出的历史学家行列中。

1837年1月27日下午，普希金在涅瓦大街18号文学咖啡馆喝完咖啡，坐上马车，沿着宫廷滨河路疾驰，直奔圣彼得堡郊区，义无反顾地走向了决斗场。

普希金在决斗中身负重伤。决斗结束后，他乘坐同一辆马车，按原路返回，再次经过圣三一浮桥，回到了莫伊卡河旁的住所。两天后，即1月29日，普希金不治身亡，年仅38岁。

1892年，圣彼得堡杜马顺应民众呼声，决定在圣三一浮桥的位置上建造一座永久性桥梁，并于次年举行国际招标。1897年6月5日，沙皇尼古拉二世钦定了法国巴蒂尼奥勒建筑公司（Société de Construction des Batignolles）的设计方案。

有趣的是，曾经设计了举世闻名的巴黎埃菲尔铁塔的亚历山大·古斯塔夫·埃菲尔也参与了投标，获得设计第一名和6 000卢布的奖金。但是，埃菲尔的标书却落选了，而没有参加投标的巴蒂尼奥勒建筑公司的设计方案竟然被意外选中。

1897年8月12日，圣三一桥奠基，基石就坐落在涅瓦河左岸的岸墩的位置上。

圣三一桥是一座恰逢其时、应运而生的桥梁。

圣三一桥奠基之日，正值亚历山大三世和玛利亚·费奥多罗夫娜（Maria Fyodorovna）银婚大典。

　　这一时期正值俄国和法国交好，法兰西第三共和国第六任总统弗朗索瓦·菲利·福尔（Francois Flix Faure，1841—1899）和一批法国官员参加了圣三一桥的奠基仪式。

　　参加圣三一桥奠基仪式的每一个人，包括沙皇尼古拉二世和法国总统，都朝大桥基石投掷了一枚金币。

　　1903 年 5 月，圣三一桥落成通车，正值圣彼得堡全城庆祝建城200 周年。

　　圣三一桥是一座充满传奇色彩的桥梁。它的壮观和华美，令无数艺术家为之倾倒。在圣彼得堡桥梁博物馆，讲解员讲及圣三一桥时神采飞扬，眉飞色舞。他们细数圣三一桥的傲人之处：圣三一桥明信片雪片似的寄往世界各地；圣三一桥的照片或油画，成为寻常百姓家墙上的装饰；以圣三一桥为主题或背景拍摄的电影，令万千影迷津津乐道，甚至神魂颠倒。

　　20 世纪 30 年代，一位隶属列宁格勒战斗机联队的飞行员瓦勒里·契卡洛夫（Valery Chkalov，1904—1938），在没有请示上级的情况下，驾驶他的战斗机，轻盈地从圣三一桥中央桥拱飞过。在圣三一桥上、涅瓦河畔的众人无意中领略了这一飞行壮举，有的瞠目结舌，有的惊魂不定，有的惊叹不已，有的欢呼雀跃……

　　瓦勒里·契卡洛夫是苏联著名的飞机试飞员，1936 年获得"苏联英雄"称号。他于 1937 年 6 月 18—20 日，驾驶一架图波列夫式ANT－25 型飞机，从莫斯科起飞，首次飞越北极，到达华盛顿，创下了连续飞行 63 小时的航空历史记录，为人类开辟北极航空航线做出了不可磨灭的贡献。1938 年，他在一次试飞中，空难身亡。

　　瓦勒里·契卡洛夫是斯大林树立的英雄典型。他的身亡，导致一批相关负责人被捕入狱。事后证明，契卡洛夫私自改变了飞行计划，是空难发生的主要原因。

今天的俄罗斯人民仍在纪念瓦勒里·契卡洛夫对俄罗斯民族航空事业的巨大贡献。1955 年，他的家乡改名为"契卡洛夫斯克市"，圣彼得堡有一地铁站命名为"瓦勒里·契卡洛夫站"，俄罗斯国家试飞中心命名为"瓦勒里·契卡洛夫试飞中心"……

1941 年，苏联著名电影艺术家、导演米哈伊尔·卡拉托佐夫（Mikhail Kalatozov，1903—1973）拍摄了电影《红色飞行员》（The Red Flyer，1941）①，再现了瓦勒里·契卡洛夫充满传奇色彩的一生。

电影有一幕拍摄的场景是圣三一桥，生动地再现了瓦勒里·契卡洛夫驾驶飞机穿越圣三一桥桥孔时摄人心魂的画面。饰演瓦勒里·契卡洛夫的替身演员，是一位苏联时期的年轻战斗机飞行员。他一次又一次地驾驶飞机穿越圣三一桥孔，直到第 7 次，导演才满意。

圣三一桥是一座充满英雄气概的桥梁，见证了一座城市的光荣历史和不朽功绩。

第二次世界大战期间，纳粹德国军队将圣彼得堡（时称列宁格勒）围困了 900 天。一天，一架德国轰炸机飞抵圣三一桥上空，接连投下数颗重磅炸弹，却未能炸中圣三一桥的要害。圣三一桥只受了点"皮外伤"。随后，这架德国轰炸机被俄罗斯守军高射炮击中。德军战机马达轰鸣，机身摇晃，机尾拖着长长的黑烟，顷刻间坠落在圣三一桥旁边。但圣三一桥纹丝不动，岿然屹立。

圣三一桥是一座洋溢着法国"新艺术之美"的桥梁。圣彼得堡涅瓦河上的圣三一桥和巴黎塞纳河上的亚历山大三世桥被誉为象征俄

① 美国电影市场引入《红色飞行员》时，改为《胜利之翼》（The Wings of Victory）。

罗斯和法国友好的"友谊桥"。

最令人称道的是位于圣三一桥涅瓦河左侧桥头的两座红色花岗岩方尖碑。方尖碑顶部，是俄罗斯国徽上的双头鹰塑像。[①] 方尖碑基座正面镶嵌着一块纪念铜牌，镌刻着桥梁设计师和建筑师的名字。基座上方，有一喙形船首。在船首和方尖碑中间，是一个俄罗斯古代武士的形象。武士的头部、左手和右手各支撑着一盏白色灯罩的照明灯。圣三一桥头的红色花岗岩方尖碑，以及桥上那些高雅气派的灯柱一气呵成，联结自然，交相辉映，构成一幅纯净、生动、壮观、纵深的立体画面。圣三一桥的方尖碑和灯柱之间的和谐之美，是一种静穆、崇高的艺术之美。

我站在圣三一桥上，惊愕地发现一幅幅似曾相识的画面，脑海中不停闪现出皮卡洛夫桥上的"八桥览胜"精致景观。

在圣三一桥上，我可以清楚地欣赏到"八桥同辉"的壮丽景色：脚下的圣三一桥、举目所及的伊凡诺夫斯基桥、桑普逊涅夫斯基桥、宫廷桥、埃尔米塔日桥、上天鹅桥、洗衣桥和铸造桥。

宫廷桥

宫廷桥连接瓦西里岛岬角上的交易广场和海军部岛上的冬宫广场，长 260 米，宽 27.7 米，是一座五跨孔拱桥。其中，中央桥段为开桥。

宫廷桥源自一座浮桥的名字。自从史密斯中尉桥落成后，圣彼得

---

① 圣三一桥头红色花岗岩胜利方尖碑上的双头鹰，在苏联时期被换上了五角星。苏联解体后，又恢复了双头鹰雕塑。

堡交易委员会要求将伊萨克耶夫斯基浮桥回迁至冬宫附近，将瓦西里岛和海军部岛连接起来。浮桥回迁工程于 1856 年完成，人们将这座浮桥起名为"宫廷桥"，并延续至今。

在宫廷桥周围，都是圣彼得堡最具有历史价值的建筑物。在宫廷桥右侧桥头（涅瓦河的右岸），上游方向的瓦西里岛岬角上，有景色迷人的交易广场。交易广场两侧，分别耸立着海神柱。交易广场旁边，是圣彼得堡最早的交易大楼。交易广场因这座交易大楼而得名，下游方向是大学滨河路，有俄罗斯科学院图书馆和圣彼得堡大学。

海神雕像

在宫廷桥左侧桥头（涅瓦河的左岸），上游方向是宫廷滨河路，有埃尔米塔日博物馆和冬宫广场。下游方向是海军部滨河路，有俄罗斯海军部和海军部花园。

宫廷桥享有圣彼得堡"最美开桥"的盛誉。宫廷桥和周围的历史建筑相得益彰，与涅瓦河畔的自然环境相映成趣。

沙皇尼古拉二世顺应历史发展和城市建设的需要，果断地解封了彼得大帝关于严禁在涅瓦河上建造永久性桥梁的法令，朝野上下有关拆除浮桥、建造永久性桥梁的呼声日益高涨。

宫廷桥从规划到落成可谓一波三折，命途多舛，这在圣彼得堡桥梁建筑史上是十分罕见的。

1901 年，圣彼得堡市政府启动宫廷桥设计的招标工作。27 家来自世界著名桥梁设计、建筑公司递交了标书，并在市政厅展示了各自的建桥方案。市政府否决了 26 家公司的建桥方案，只接受了法国巴蒂尼奥勒建筑公司的设计方案。

巴蒂尼奥勒建筑公司中标后提出了一个苛刻的条件：由该公司承建桥梁，否则拒绝提供具体建桥方案，包括技术参数等。圣彼得堡市政府同意由巴蒂尼奥勒建筑公司承建大桥，但无法接受巴蒂尼奥勒建筑公司的工程造价。

随后，只得启动第二轮招标工作。在此期间，关于宫廷桥的选址再起波澜，一些团体要求宫廷桥不得遮挡周边的历史建筑和自然环境的观赏视野。

1912 年，宫廷桥动工，预计于 1913 年完工。然而，由于设计方案修改，宫廷桥的落成通车变得遥遥无期。

1914 年 4 月，圣彼得堡遭遇世纪大洪水，涅瓦河河水泛滥，城市一片泽国，宫廷桥的桥墩也被洪水冲垮。

同年 8 月，第一次世界大战爆发，俄罗斯陷入战争泥潭。宫廷桥的建设伴随着战争，跌跌撞撞，艰难进行。宫廷桥就像一艘遭遇风暴的航船，左冲右突，遍体鳞伤，无所适从，迷失方向。

1916 年 11 月 23 日，宫廷桥终于落成通车。典礼简单，人员不多，车马疏落。宫廷桥来不及装饰，十月革命一声炮响，罗曼诺夫王朝覆灭，布尔什维克革命成功，苏维埃政权建立。

宫廷桥通车二十多年后，圣彼得堡市政府才启动宫廷桥的"穿衣戴帽"工程。1939 年，宫廷桥终于装上了木质栏杆，点上了煤油汽灯。

宫廷桥通车八十多年后，圣彼得堡市政府才启动宫廷桥的"亮灯工程"。1997 年，宫廷桥终于装上了电灯，成为继圣三一桥、报喜桥之后第三座采用电灯照明的桥梁。

1997 年 12 月 14 日下午，圣彼得堡万人空巷，市民云集在涅瓦河畔宫廷桥旁，先睹宫廷桥"亮灯"为快。下午 4：30，涅瓦河畔张灯结彩，烟花绽放，灯火通明，"北方威尼斯"的漫漫长夜，如同白昼。

桥上行人如织，人头攒动；桥下帆船穿梭，船上笑语盈盈，轻歌曼舞；河流两岸，人来人往，熙熙攘攘。远处，圣彼得堡保罗要塞礼炮齐鸣；瓦西里岛交易广场上焰火五彩缤纷，宛如天降祥云。

圣彼得堡汇聚成欢乐的海洋，庆祝宫廷桥"亮灯"这一历史性时刻。

2000 年 12 月 31 日晚上，为庆祝新年的来临，宫廷桥破例提前"开桥"，圣彼得堡万人空巷，市民热情高涨，纷纷涌向宫廷桥，见证"千禧年"到来的历史时刻。

午夜，宫廷桥缓缓合拢；"合桥"一刻，钟楼的"世纪之钟"正好指向"2001 年 01 月 01 日 00 时 00 分 00 秒"。

宫廷桥的历史性"合桥"，象征着涅瓦河两岸的永久性连接，象征着圣彼得堡光辉过去和美好未来的融合，象征着"东方的"俄罗斯和"西方的"俄罗斯的融合，象征着俄罗斯文化和西方文化的融合。

报喜桥

报喜桥是涅瓦河上第一座永久性桥梁，长 331 米，宽 24 米。该桥连接涅瓦河左岸的英国滨河路、特鲁达广场（劳动广场）和涅瓦河右岸的大学滨河路、特雷齐尼广场。

报喜桥是一座充满历史传奇色彩的桥梁。

1727 年，在今天报喜桥的位置上，修建了涅瓦河上的第一座浮桥——圣伊萨克浮桥。该浮桥后来移至今天宫廷桥所在的位置。

1843 年，涅瓦河上第一座永久性桥梁动工兴建，由俄军中波兰裔俄罗斯人设计师和工程师斯坦尼斯塔·基尔贝兹（Stanisław Kierbedz，1810—1899）负责设计和监造。该桥为八跨孔铸铁桥（涅瓦河右岸的边孔为开桥），长 298.2 米，宽 20.3 米，是当时欧洲最长的跨河大桥。

沙皇尼古拉一世废除了彼得大帝的建桥禁令，十分重视涅瓦河上第一座永久性桥梁的建设。他向斯坦尼斯塔·基尔贝兹承诺：每建成一个桥墩和跨孔，就将他的军衔升一级。1850 年 12 月 12 日，大桥完工，斯坦尼斯塔·基尔贝兹荣升为将军。

报喜桥的名字，源自涅瓦河左岸桥头的一座隶属于俄罗斯皇家骑兵卫队的教堂——报喜堂（Annunciation Church）。

报喜桥是圣彼得堡具有历史性意义的桥梁，它是涅瓦河上第一座永久性桥梁，也曾经是欧洲最长的跨河大桥，也是斯坦尼斯塔在圣彼得堡留下的重要建筑遗产。

斯坦尼斯塔·基尔贝兹是圣彼得堡具有标志性意义的人物，他是圣彼得堡桥梁建筑史上唯一一个正式提议在涅瓦河上建造永久性桥梁并将建桥计划成功付诸实践的设计师和工程师。

他在圣彼得堡主持了许多有名的建筑工程，包括斯坦尼斯塔天主教堂、圣彼得堡—华沙铁路和喀琅施塔得军港等。

斯坦尼斯塔在列宁格勒州的卢加河上修建了第一座桁架桥梁，在波兰华沙的维斯图拉河上建造了第一座铸铁桥。

斯坦尼斯塔于 1899 年逝世于波兰华沙，安葬于波瓦斯基公墓（Powazki Cemetery）。

相传，大桥落成后不久，沙皇尼古拉一世马车队经过报喜桥。尼古拉一世坐在马车上，尽情欣赏着报喜桥的宏伟壮观和涅瓦河上的旖旎风光。

突然，他发现有一送葬队伍迎面而来，灵车上的棺材瘦薄，送葬人衣着简朴。两个身穿军装的人扶着灵枢，缓缓而行。沙皇得知死者曾是俄罗斯军队的一名普通士兵，便当即下了马车，加入送葬队伍，其他高级官员也纷纷下车，效仿沙皇。

报喜桥曾激发过许多艺术家的创作灵感。俄罗斯 19 世纪著名画家瓦西里·萨多夫尼科夫（Vasily Sadovnikov, 1800—1879）在报喜桥落成之后，经常来报喜桥写生。他的作品栩栩如生地反映出报喜桥不同时间、不同视角的优美和典雅。

1855 年 7 月 6 日（俄历 6 月 25 日），沙皇尼古拉一世去世，报喜桥改名为"尼古拉耶夫斯基桥"（Nikolayevsky Bridge）。

如今，距离报喜桥不远处，停泊着阿芙乐尔号巡洋舰博物馆。1917 年 11 月 6 日，阿芙乐尔号巡洋舰奉苏维埃军事委员会命令，占领尼古拉耶夫斯基桥。7日晚，阿芙乐尔号巡洋舰向冬宫开炮，发出了进攻冬宫的号角。此时此地，尼古拉耶夫斯基桥见证了罗曼诺夫皇朝的灭亡，也见证了十月革命的成功和世界上第一个苏维埃政权的建立。

弗拉基米尔·马雅可夫斯基在为庆祝十月革命十周年而创作的一首长诗中提到：尼古拉耶夫斯基桥，作为"时代的见证人"，见证了腐朽王朝的结束，又迎来了"新世纪的曙光"。

报喜桥落成后，成了圣彼得堡市民茶余饭后津津乐道的话题，也成了人们赏桥乐水的一道靓丽风景线。报喜桥被誉为"涅瓦河上一串无价珍珠"，甚至被称为"世界第八大奇观"之一。

关于报喜桥的这些美誉，虽然外界或官方未必认同，但足见圣彼得堡市民对它的赞美之心和真挚的爱。

报喜桥的装饰简约大方，独一无二。灯柱与灯柱之间，铁艺栏杆一气呵成，无缝接合，反映了当时高超的工艺水平。护栏图案以敞开式呈现在观众面前：上下各有一条植物花叶饰带；两条饰带之间，是宽敞的主题装饰空间。

一枝棕榈叶自然伸展，象征着谦恭、卑微、再生和复活，展现出大桥命名的主旨：天使报喜，圣母领报，圣子降临。

一枝棕榈叶，使得整座大桥灵气十足。一枝棕榈叶，让报喜桥和天主教堂遥相呼应，浑然一体。

在棕榈叶两侧，各有一只海马，相对而卧。海马伸展前腿，护着棕榈叶。海马的尾巴，幻化成植物花叶，呈卷叶状向上、向后延展，线条的连续性和构图的统一性完美融合，向人们展现了一幅开阔、清朗、明丽的风景装饰画，充满着迷人的魅力。

报喜桥的装饰也提醒人们：圣彼得堡的桥梁装饰有一种特殊的内

在价值，在特定时间、有限空间交汇，传递出一种无限的审美价值。

十月革命胜利后，1918 年，为了纪念 1905 年黑海舰队武装起义领导人彼得·彼得罗维奇·史密斯（Peter Petrovich Smith，1867—1906），"尼古拉耶夫斯基桥"改名为"史密斯中尉桥"。

彼得·史密斯是俄罗斯黑海舰队海军中尉。1905 年 11 月，史密斯中尉在克里米亚半岛上的塞瓦斯托波尔（Sevastopol）多次发表演说，要求俄罗斯统治者顺应民意，实行变革，释放政治犯。几日后，史密斯被捕，并被勒令退伍。黑海舰队巡洋舰奥恰科夫号（Ochakov Cruiser）上发生兵变，其他军舰的官兵纷纷声援，支持他们的行动。军官们一致同意推举史密斯中尉担任起义总指挥。

史密斯登上奥恰科夫号巡洋舰，向尼古拉二世施压，要求政治改革，召开宪法会议。俄军向史密斯中尉发出最后通牒，遭拒后，开始镇压叛军。最后，塞瓦斯托波尔起义失败，史密斯中尉被捕，并被判处死刑。

十月革命后，史密斯中尉被视为英雄，圣彼得堡将这座具有历史象征意义的桥梁改名为"史密斯中尉桥"。

2001 年，报喜桥装上了全新的动态灯光系统。2006 年，史密斯中尉桥重建，并恢复原名"报喜桥"。重建后的报喜桥，保持了原有的大桥风貌和装饰风格。

细心的人一定会发现：每当夜晚来临，灯光颜色每间隔三分钟，就会变化一次。颜色变化顺序为绿色、蓝色和紫色，循环往复，这为报喜桥再添魅力。

滔滔不绝的涅瓦河，流经报喜桥之后，河面宽阔，水流平静，缓缓流向远方，注入芬兰湾和波罗的海，融入五湖四海。

参考文献

［1］A. T. 奥姆斯特德著，李铁匠、顾国梅译：《波斯帝国史》，上海：上海三联书店，2017 年。

［2］杨白芳：《最冷和最热的俄罗斯》，北京：现代出版社，2016 年。

［3］彭文钊：《俄罗斯历史》，北京：北京大学出版社，2016 年。

［4］甘苏庆：《西方油画 600 年：19 世纪俄罗斯油画艺术》，沈阳：辽宁美术出版社，2016 年。

［5］张英伦：《外国名作家传》（上、中、下册），北京：中国社会科学出版社，1979 年。

［6］张平：《俄罗斯文化艺术：俄文》，北京：国防工业出版社，2015 年。

［7］于小琴：《俄罗斯城市化问题研究》，哈尔滨：黑龙江大学出版社，2015 年。

［8］但丁著，田德望译：《神曲》，北京：人民文学出版社，2015 年。

［9］陆运高：《看版图学俄罗斯历史》，北京：中国地图出版社，2014年。

［10］全山石、奚静之：《19世纪末20世纪初俄罗斯"艺术世界"》，济南：山东美术出版社，2014年。

［11］伊·奥多耶夫采娃著，李莉译：《涅瓦河畔》，兰州：敦煌文艺出版社，2014年。

［12］杰弗里·霍斯金著，李国庆，宫齐，周佩虹，等译：《俄罗斯史》，广州：南方日报出版社，2013年。

［13］闻一：《俄罗斯通史（1917—1991）》，上海：上海社会科学出版社，2013年。

［14］克柳切夫斯基著，张蓉初译：《俄国史：全5卷》，北京：商务印书馆，2013年。

［15］杜安：《北方的荣耀：俄罗斯传统园林艺术》，北京：中国建筑出版社，2013年。

［16］邸立丰：《列宾美术学院和俄罗斯艺术》，沈阳：辽宁美术出版社，2013年。

［17］张可扬：《"画"说俄罗斯：张可扬眼中的艺术王国》，呼和浩特：内蒙古大学出版社，2013年。

［18］贝文力：《转型时期的俄罗斯文化艺术》，上海：上海人民出版社，2012年。

［19］莱尔顿著，薛白译：《海神之子》，南宁：接力出版社，2012年。

［20］普鲁金著，韩林飞译：《建筑与历史环境》，北京：社会科学文献出版社，2011年。

［21］黎皓智：《拾取思想的片断：回眸俄罗斯文学艺术》，南

昌：江西人民出版社，2011 年。

[22] 伍德沃斯、理查兹著，李巧慧、王志坚译：《圣彼得堡文学地图》，上海：上海交通大学出版社，2011 年。

[23] 唐寰澄：《中国古代桥梁》，北京：中国建筑工业出版社，2011 年。

[24] 费多洛夫斯基著，马振聘译：《独特的俄罗斯故事》，上海：东方出版中心，2010 年。

[25] 费多洛夫斯基著，马振聘译：《克里姆林宫故事》，上海：东方出版中心，2010 年。

[26] 费多洛夫斯基著，马振聘译：《圣彼得堡故事》，上海：东方出版中心，2010 年。

[27] 徐霞客著，朱惠荣整理：《徐霞客游记》，北京：中华书局，2009 年。

[28] T. C. 格奥尔吉耶娃著，焦东建、董茉莉译：《俄罗斯文化史：历史与现代》（修订版），北京：商务印书馆，2006 年。

[29] 戴桂菊、李英男：《俄罗斯国情多媒体教程：俄罗斯历史》，北京：外语教学与研究出版社，2006 年。

[30] H. A. 约宁娜著，宋洪英等译：《印证人类文明的 100 座宫殿》，北京：经济日报出版社，2005 年。

[31] 普希金著，冯春译：《普希金诗选》，上海：上海译文出版社，2003 年。

[32] 天津人民美术出版社编：《俄罗斯博物馆藏画》，天津：天津人民美术出版社，2000 年。

[33] 施瓦布著，刘超之、爱英译：《古希腊神话故事》，北京：宗教文化出版社，2000 年。

［34］费奥多尔·米哈伊洛维奇·陀思妥耶夫斯基著，非琴译：《罪与罚》，南京：译林出版社，1994年。

［35］罗日杰斯特文斯基著，谷羽译：《一切始于爱情：罗日杰斯特文斯基诗选》，北京：外国文学出版社，1991年。

［36］陀思妥耶夫斯基著，南江译：《被欺凌与被侮辱的》，北京：人民文学出版社，1980年。

［37］莱辛著，朱光潜译：《拉奥孔》，北京：商务印书馆，2013年。

［38］荷马著，陈中梅译：《奥德赛》，广州：花城出版社，1994年。

［39］荷马著，陈中梅译：《伊利亚特》，广州：花城出版社，1994年。

［40］维吉尔著，曹鸿昭译：《埃涅阿斯记》，长春：吉林出版集团有限责任公司，2010年。

［41］提图斯·李维著，王焕生译：《罗马建城以来的历史》，北京：中国政法大学出版社，2009年。

［41］Ascher, Abraham. *The Revolution of* 1905：*A Short History*. Stanford：Stanford University Press, 2004.

［42］Beatty, Bessie. *The Red Heart of Russia*. New York：Century, 1918.

［43］Trigger, Bruce Graham. *Ancient Egypt*：*A Social History*. Cambridge University Press, 1983.

［44］Bater, James H. *St. Petersburg*：*Industrialization and Change*. Montreal：Mc-Gill-Queen's University Press, 1976.

［45］Bely, Andrei. *Petersburg*. Translated, annotated, and introduced by Robert A. Maguire and John E. Malmstad. Bloomington: Indiana University Press, 1978.

[46] Berman, Marshall. *All That Is Solid Melts Into Air: The Experience of Modernity*. New York: Penguin Books, 1982.

[47] Cracraft, James. *The Revolution of Peter the Great*. Cambridge, MA: Harvard University Press, 2003.

[48] Philostratus, Flavius. *The Life of Apollonius of Tyana*, translated by F. C. Conybeare. Cambridge: University of Cambridge Press, 2013.

[49] George, Arthur I, Elena George. *St. Petersburg: Russia's Window to the Future—The First Three Centuries*. Lanham, MD: Taylors Trade Publishing, 2003.

[50] Giangrande, Cathy. *Saint Petersburg: Museums, Palaces and Historic Collections*. Charlestown, MA: Bunker Hill Publishing, 2003.

[51] Hamm, Michael F, eds. *The City in Late Imperial Russia*. Bloomington: Indiana University Press, 1986.

[52] Hosking, Geoffrey. *Russia and the Russians: A History*. Cambridge MASS: Harvard University Press, 2001.

[53] Buckler, Julie A. *Mapping St. Petersburg: Imperial Text and Cityshape*. Princeton University Press, 2004.

[54] Kurth, Peter. *Tsar: The Lost World of Nicholas and Alexandra*. Boston: Back Bay, 1998.

[55] Kokker, Steve and Nick Selby. *Lonely Planet: St. Petersburg*, 6th edition. Oakland, CA: Lonely Planet Publications, 2015.

[56] Mironov, Boris, with Ben Ekbf. *The Social History of Imperial Russia, 1700 – 1917*. Boulder, CO: Westview Press, 2000.

［57］ Nicholas V, Riasanovsky. *A History of Russia*, 4th edition. Oxford University Press, 1984.

［58］ Pushkin, Alexander. *The Bronze Horseman: Selected Poems of Alexander Pushkin*. Translated and Introduced by D. M. Thomas. New York: Viking Press, 1982.

［59］ Schenker, Alexander M. *The Bronze Horseman: Falconet's Monument to Peter the Great*. New Haven: Yale University Press, 2003.

［60］ Scatton, Linda Hart. *Mikhail Zoshchenko: Evolution of a Writer*. Cambridge: Cambridge University Press, 1993.

［61］ Teras, Victor. *A History of Russian Literature*. New Haven: Yale University Press, 1991.

［62］ Vokov, Solomon. *St. Petersburg: A Cultural History*. Translated by Antonia W. Boris. New York: The Free Press, 1995.

［63］ Victor Terras. *Hankbook of Russian Literature*. New Haven: Yale University Press, 1990.

［64］ Orttung, Robert W. *From Leningrad to St. Petersburg*. New York: Palgrave Macmillan, 1995.

［65］ Ometev, Boris and John Stuart. *St. Petersburg: Portraits of an Imperial City*. New York: Vendome Press, 1990.

［66］ Richardson, Dan. *The Rough Guide to St. Petersburg*, 8th edition. New York: Rough Guides Limited, 2015.

［67］ Shvidkovsky, Dmitri. *St. Petersburg: Architecture of the Tsars*. New York: Abbevile Press, 1996.

［68］ Vlokov, Solomon. *St. Petersburg: A Cultural History*. New York: The Free Press, 1995.

[69] Sutcliffe, Mark, Frank Althaus, and Yury Molodkovets. *Petersburg Perspectives*. London: Booth-Clibborn, 2003.

[70] Williams, Albert Rhys. *Through the Russian Revolution*. New York: Boni and Liveright, 1921.

[71] Sablinksy, Walter. *The Road to Bloody Sunday: Father Gapon and the St. Petersburg Massacre of 1905*. Princeton: Princeton University Press, 1976.

[72] Hamilton, George Heard. *The Art and Architecture of Russia*, 3rd Edition. New Haven: The Yale University Press, 1992.

[73] http://petersburgcity.com.

[74] http://www.petersburg-russia.com.

[75] http://www.hermitagemuseum.org.

[76] http://www.saintpetersburg.com.

[77] http://en.rusmuseum.ru.

[78] http://eng.ethnomuseum.ru.

[79] http://www.st-petersburg-essentialguide.com.

[80] http://www.encspb.ru.

[81] http://www.abcgallery.com.

[82] http://russianartgallery.org.

后　记

2014 年 9 月至 2015 年 2 月，我受深圳职业技术学院选派，到俄罗斯圣彼得堡国立科技大学进行为期半年的访学研究工作。

我在圣彼得堡访学期间，除了完成预定的科研任务，还将我在圣彼得堡的所见所闻、所思所想撰写成纪实性散文。回国后，我花了两年多的时间，对这些散文进一步加工润色，遂成《涅瓦河畔的冥想》。

在本书付梓之际，我谨以感恩之心，衷心感谢为我创造以高级访问学者身份到圣彼得堡国立科技大学访学机会的深圳职业技术学院，衷心感谢那些促成此次访学之行的同事和朋友。

我衷心感谢深圳职业技术学院应用外国语学院同仁的帮助、鼓励和支持。衷心感谢应用外国语学院俄语专业徐浩老师在两校之间的有效沟通，为我成功到圣彼得堡国立科技大学访学做了大量细致的工作。在我们平日的交谈中，我从他的专业学识和丰富经历中受益匪浅。衷心感谢应用外国语学院俄语专业毕业生曾强在我办理赴俄签证时提供的帮助，以及他在圣彼得堡国立科技大学留学期间对我在生活上的关心和语言翻译上的支持。在遥远的异国他乡，我们在校园里、在公共汽车上、在地铁上常常用客家话进行交流。乡音的无穷魅力和古老神韵，让我倍感亲切温暖。

同时，感谢应用外国语学院俄语专业毕业生李竟成在我赴俄之前为我提供的帮助。他以在圣彼得堡国立科技大学留学的亲身体验，为我提供切实可行的建议。他赠送给我的圣彼得堡路书和地图，一直陪伴我徜徉于涅瓦河畔，也一直陪伴我穿行于圣彼得堡的大街小巷。

我衷心感谢暨南大学出版社，暨南大学出版社在国内外出版业中享有良好声誉。2007年，暨南大学出版社出版了我的第一部英文专著《暂时遏止混乱的锐利思想武器：儒家思想观照下罗伯特·弗罗斯特诗歌研究》。周玉宏老师在接受本书出版申请时所表现出来的专业精神和职业素养，令人敬佩；出版社编校老师在审校书稿过程中严肃认真、一丝不苟的精神，令人感动。

最后，我还要衷心感谢家人对我的无私支持和帮助。

徐新辉

2018 年 11 月于深圳西丽湖